W0406210

CE 2
cycle 2

maths explicites

Fichier de l'élève

Philippe Bourgouint
Directeur d'école d'application

Lucien Castioni
Professeur des écoles

Caroline Joly
Professeure des écoles

Angélique Le Van Gong
Professeure des écoles

hachette
ÉDUCATION

PRÉSENTATION DE LA MÉTHODE

Ce fichier **Maths Explicites CE2** a été conçu pour permettre à chaque enseignant(e) de mettre en œuvre un enseignement des mathématiques à la fois simple et efficace, qui profite à tous les élèves. Pour atteindre cet objectif, elle s'appuie sur la pédagogie explicite et certains principes de la méthode de Singapour.

Qu'est-ce que la pédagogie explicite ?

La pédagogie explicite est une méthode fondée sur la transmission directe des connaissances et des savoir-faire par l'enseignant(e) aux élèves.

• Ses principes

a) Exposer de façon explicite les apprentissages

L'enseignant(e) verbalise l'objectif d'apprentissage, les critères de réussite et les stratégies pour y parvenir. Il met en avant les étapes mentales du raisonnement et les réactive régulièrement au cours de la séance. Il est le « haut-parleur » de sa pensée.

Les élèves sont amenés à reformuler de façon systématique les consignes et les procédures données. Le langage devient alors un vecteur d'apprentissage et d'appropriation d'une nouvelle notion. Il permet par ailleurs à l'enseignant(e) de vérifier la compréhension de tous, de mettre en place des réajustements et des remédiations adaptés.

b) Procéder de manière structurée et progressive

L'apprentissage se construit pas à pas au travers de phases allant du plus simple au plus complexe. L'enseignant(e) explicite, l'élève manipule, puis s'exerce avec l'accompagnement de l'adulte (pratique guidée). La notion suivante n'est abordée que lorsque la précédente est acquise afin d'éviter toute surcharge cognitive. Dans le cas d'une incompréhension ou d'une stratégie erronée, l'enseignant(e) adapte et réajuste en apportant une remédiation immédiate, prévue dans le guide pédagogique.

c) Pratiquer la répétition

L'objectif est de favoriser la mémorisation à long terme avec des révisions régulières sur toute l'année pour ancrer de façon solide les notions étudiées.

d) Valoriser les efforts et les stratégies pour amener l'élève à réussir

Au quotidien, dans la classe, cela se traduit par un enseignement très structuré, donc rassurant. L'enseignant(e) accompagne l'élève tout au long de son apprentissage. Il l'aide à construire son savoir grâce à des réactivations fréquentes et régulières. L'élève prend confiance en ses compétences en développant son appétence mathématique.

• Pourquoi le choix de la pédagogie explicite ?

a) Pour tenir compte des recherches en neurosciences

Au cours des quarante dernières années, différentes études sur les méthodes pédagogiques décrivent la pédagogique explicite comme l'une des plus efficaces. Citons le Projet *Follow Through*, vaste expérimentation dans le domaine de l'éducation qui a comparé neuf méthodes pédagogiques, dans les années 1970, aux États-Unis. Depuis quinze ans, la méthode explicite a aussi été théorisée et mise en lumière par des professeurs canadiens en sciences de l'éducation : Clermont Gauthier, Steve Bissonnette et Mario Richard. Toutes ces recherches montrent que la pédagogie explicite est particulièrement efficace du fait de **sa grande cohérence avec le fonctionnement des processus cérébraux et cognitifs de l'apprentissage** que l'on connaît beaucoup mieux grâce aux recherches en neurosciences.

– La pédagogie explicite évite toute surcharge cognitive : trop d'informations nouvelles et simultanées à traiter freinent l'apprentissage, en particulier chez les enfants en difficulté.

– La pédagogie explicite revient régulièrement sur les compétences, empêchant l'installation de représentations erronées.

– La pédagogie explicite fait précéder les exercices d'application d'exemples travaillés, facilitant ainsi l'apprentissage.

b) Pour installer des bases solides qui favorisent la réussite de tous les élèves

Cette méthode, souvent qualifiée de « pédagogie du bon sens », a pour objectif de donner la possibilité à tous, y compris à ceux qui ont des difficultés, d'acquérir des bases solides et de réussir. En France, ces dernières années, plusieurs rapports soulignent cette efficacité.

Qu'est-ce que la méthode de Singapour ?

• Ses principes

Elle repose notamment sur les travaux de pédagogues comme Jérôme Bruner, George Polya, Benjamin Bloom ou même Maria Montessori. En voici quelques principes.

a) Favoriser un apprentissage progressif par la manipulation

L'apprentissage se fait de façon progressive :

– Le passage du concret vers l'abstrait par le biais d'exploitation d'images porteuses de sens mathématiques est un des points clé de la démarche. Cette représentation visuelle, associée à la verbalisation, facilite la compréhension et l'acquisition des notions.

– En parallèle, la manipulation d'objets de toutes sortes, très présente dans la démarche, facilite aussi cette mise en relation entre les concepts mathématiques abstraits et le monde réel. En plus de rendre l'apprentissage intéressant et stimulant, permettre à l'élève de vivre l'action, de voir, de toucher, de s'impliquer physiquement transforme, de façon progressive, ces notions abstraites en concepts concrets. Ainsi, la manipulation est un élément très important de la démarche proposée afin de faciliter la mémorisation et l'ancrage de l'apprentissage à long terme.

b) Mettre l'accent sur les échanges langagiers

Les échanges langagiers sont au cœur de l'enseignement mathématique. Le langage mathématique ne cesse d'être exploité et exploré : l'enseignant(e) se fait le haut-parleur de sa pensée et l'élève verbalise, reformule, échange avec ses pairs.

c) Mettre la résolution de problèmes au cœur des apprentissages

La résolution de problèmes est au centre de la démarche. Les situations de recherche sont nombreuses, variées et ouvrent la voie au questionnement mathématique. En résolvant une grande variété de problèmes différents, les élèves sont encouragés à comprendre en profondeur les démarches mathématiques.

Deux pédagogies complémentaires

On constate donc que la pédagogie explicite et la méthode de Singapour, reconnues toutes deux pour leur efficacité, témoignent de la nécessité d'un apprentissage explicite. Elles sont complémentaires : la méthode de Singapour donne des indications théoriques précises sur la construction du nombre, la pédagogie explicite, quant à elle, propose un cadre structuré, progressif et guidé. C'est donc dans l'optique de combiner ces deux méthodes que nous avons construit cette collection.

L'organisation du fichier de l'élève

• Le sommaire

Le sommaire est organisé en modules. Chaque module est constitué d'une succession de leçons sur un thème commun et chaque leçon présente une seule compétence.

• Les leçons

Chaque leçon est analysée et décomposée en plusieurs sous-compétences qui sont abordées, logiquement, de la plus simple à la plus complexe. Toutes les leçons suivent le même plan, qui permet de mettre en œuvre les différentes étapes de la pédagogie explicite et certains principes de la méthode de Singapour.

a) La phase collective

• L'observation d'un poster

Chaque module débute par l'observation d'un poster en lien avec des situations de la vie quotidienne ou proche du vécu de l'enfant. Cette approche visuelle utilise le langage oral pour développer les principales compétences à exercer. Elle amène les élèves à se questionner sur des concepts mathématiques clés. Les questions proposées sont des pistes, pour démarrer le module et revenir régulièrement au poster au fil de l'acquisition des compétences.

• L'explicitation

Chaque leçon commence par une phase d'explicitation. L'enseignant(e) explicite le savoir et la stratégie à utiliser pour chaque sous-compétence à acquérir. L'explicitation est aussitôt suivie de la pratique guidée, la phase où l'enseignant(e) vérifie que tous les élèves ont compris la sous-compétence qui vient d'être explicitée : cette vérification se fait par le biais de situations de manipulation réalisées par les élèves selon des modalités de groupements variées.

b) Le travail sur le fichier

Toutes les leçons suivent la même organisation, permettant de mettre en œuvre les différentes étapes de la pédagogie explicite.

• L'explicitation : « Apprenons ensemble »

C'est la phase d'application immédiate, en oral collectif, d'une sous-compétence explicitée par l'enseignant(e) auparavant.

• La pratique guidée : « Entraînons-nous »

C'est la phase écrite de la pratique guidée. L'enseignant(e) vérifie que tous les élèves maîtrisent chaque sous-compétence.

• La pratique autonome : « Je travaille seul(e) »

Elle comporte des exercices dont la difficulté est repérée par un nombre d'étoiles (de ★ à ★★). Cette phase offre ainsi la possibilité de mettre en place la différenciation en classe.

• La réactivation : « Je révise »

Une notion étudiée précédemment est révisée.

• La résolution de problèmes

Le module s'achève par des situations de recherche où les compétences en résolution de problèmes sont travaillées. Entrer dans une démarche de recherche, organiser son raisonnement, exercer des procédures et échanger autour des stratégies de résolution en sont les principes clés.

• Les photofiches

Elles sont proposées en situation de remédiation, de différenciation et même de réactivation.

• Le mémo

C'est un outil de référence essentiel qui garde la trace des notions acquises. Il sert également d'aide à la réactivation des notions.
Ce mémo est aussi un outil de méthodologie indispensable aux élèves rencontrant des difficultés dans l'apprentissage. Sa fréquentation régulière permet une meilleure appropriation du savoir.

MODE D'EMPLOI

OUVERTURE DE MODULE

Chaque module commence par une séance orale d'observation d'une scène illustrée (également projetable en classe) pour amener les élèves à se questionner en collectif sur des concepts mathématiques et à raconter des histoires mathématiques.

La scène représente une situation de la vie quotidienne ou proche du vécu de l'enfant.

Pour chaque scène, des propositions de questions à poser en classe à tout moment du module.
La scène servira également de support à l'invention d'histoires mathématiques et d'énoncés de problèmes.

Apprenons ensemble

1. Phase collective d'explicitation :
au début de la séance, c'est l'enseignant(e) qui donne l'explicitation des sous-compétences à acquérir dans la leçon. Le contenu de l'explicitation est détaillé dans le guide pédagogique. Dans le fichier, la trace écrite de l'explicitation permet à l'élève d'appliquer ce qu'il vient de voir.

Un encadré pour l'enseignant(e) (compétences de calcul mental, sous-compétences de la leçon, compétence du « Je révise »).

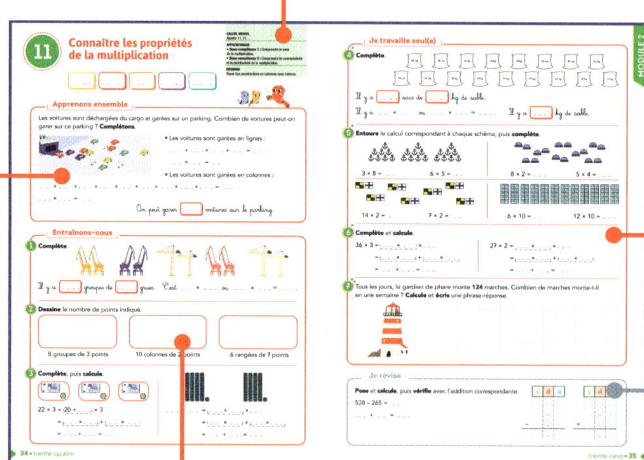

Je travaille seul(e)

3. Phase de pratique autonome :
des exercices d'entraînement différenciés sur 2 niveaux (★ ou ★★).

Je révise

4. Phase de réactivation :
un exercice pour réviser une compétence vue précédemment, pour un rebrassage régulier des savoirs et des savoir-faire.

Entraînons-nous

2. Phase de pratique guidée :
des exercices en individuel ou en collectif permettent à l'enseignant(e) de vérifier que l'élève maîtrise chaque sous-compétence.

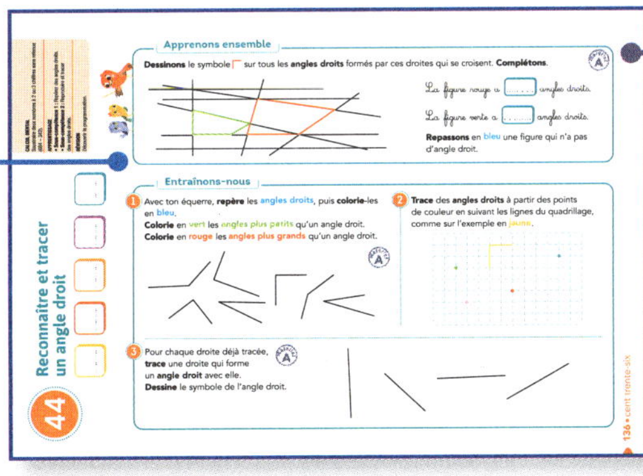

Matériel

Renvoi page A.

Pour faciliter les tracés, certaines pages **« Grandeurs et mesures »** et **« Espace et géométrie »** sont au format paysage.

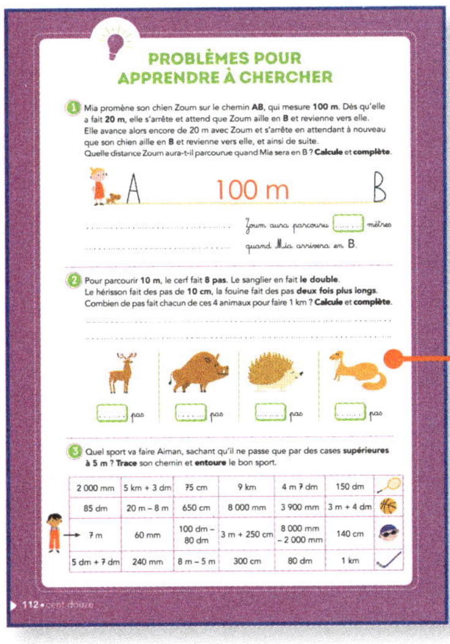

Pages matériel (Matériel A)

Situées en fin d'ouvrage, elles contiennent du matériel cartonné à découper (monnaie, horloge, règles…) pour faciliter la mise en œuvre des leçons (manipulation).

PROBLÈMES POUR APPRENDRE À CHERCHER

À la fin de chaque module, des situations de recherche pour travailler les compétences en résolution de problèmes.

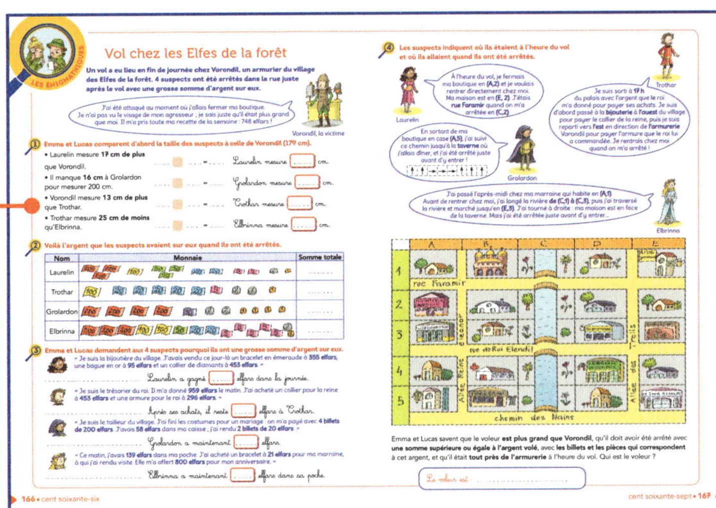

LES ÉNIGMATHIQUES

Des problèmes ludiques sous forme d'énigmes mobilisant les notions abordées pendant chaque période, pour amener les élèves à chercher et élaborer leur propre stratégie, seuls ou en collectif.

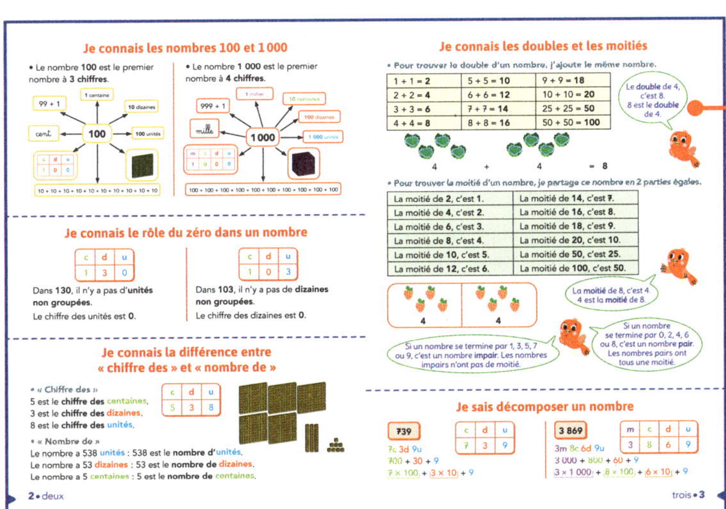

MÉMO

Pour l'élève,
un livret indépendant pour retrouver l'essentiel à retenir.

SOMMAIRE

Nombres et calculs

Grandeurs et mesures

Espace et géométrie

Les énigmathiques

PROGRAMMATION ANNUELLE

	Nombres et calculs	Grandeurs et mesures	Espace et géométrie
Période 1	**Module 1 :** Nombres et calculs jusqu'à 999 (1) 1. Dénombrer et représenter des collections par groupements de 10 et de 100 2. Lire, écrire et représenter les nombres jusqu'à 999 3. Découvrir des stratégies de calcul : additionner et soustraire en ligne 4. Décomposer et recomposer les nombres jusqu'à 999 5. Poser des additions en colonnes 6. Poser des soustractions en colonnes (sans retenue) Résoudre des problèmes du champ additif Problèmes pour apprendre à chercher	**Module 6 :** Manipuler la monnaie 30. Connaître la relation entre l'euro et les centimes 31. Rendre la monnaie Résoudre des problèmes impliquant des prix Problèmes pour apprendre à chercher	**Module 10 :** S'orienter et se repérer dans l'espace 40. Se repérer et se déplacer sur un quadrillage 41. Se repérer et se déplacer sur un plan 42. Découvrir la programmation Résoudre des problèmes impliquant des déplacements sur un plan Problèmes pour apprendre à chercher
	Énigmathique période 1		
Période 2	**Module 2 :** Nombres et calculs jusqu'à 999 (2) 7. Comparer et ranger les nombres jusqu'à 999 8. Poser des soustractions en colonnes avec retenue 9. Intercaler et encadrer les nombres jusqu'à 999 10. Calculer les compléments à la dizaine ou à la centaine supérieure 11. Connaître les propriétés de la multiplication 12. Connaître les doubles et les moitiés Résoudre des problèmes du champ additif à plusieurs étapes Problèmes pour apprendre à chercher	**Module 7 :** Se repérer dans le temps 32. Mesurer le temps court 33. Lire l'heure	**Module 11 :** Connaître les propriétés géométriques 43. Segments et droites 44. Reconnaître et tracer un angle droit 45. Reconnaître et tracer un axe de symétrie 46. Compléter des figures symétriques Résoudre des problèmes impliquant la symétrie et le tracé Problèmes pour apprendre à chercher
	Énigmathique période 2		
Période 3	**Module 3 :** Nombres et calculs jusqu'à 1 000 13. Connaître le nombre 1 000 et les compléments à 1 000 14. Repérer un rang ou une position : le nombre ordinal 15. Connaître les tables de multiplication 16. Multiplier un nombre par 10 et 100 17. Multiplier par un nombre à un chiffre 18. Diviser : groupements et partages Résoudre des problèmes par la modélisation Problèmes pour apprendre à chercher	**Module 7 :** Se repérer dans le temps 34. Mesurer le temps long Résoudre des problèmes impliquant des durées Problèmes pour apprendre à chercher	**Module 12 :** Connaître les figures planes 47. Reconnaître, nommer et décrire des figures planes : les polygones 48. Reconnaître et tracer un carré et un rectangle 49. Reconnaître et tracer un triangle et un triangle rectangle
	Énigmathique période 3		
Période 4	**Module 4 :** Nombres et calculs jusqu'à 9 999 19. Lire, écrire et représenter les nombres jusqu'à 9 999 20. Multiplier un nombre par des dizaines et des centaines entières 21. Décomposer et recomposer les nombres jusqu'à 9 999 22. Découvrir des stratégies de calcul : la multiplication en ligne 23. Calculer à l'aide d'un tableau 24. Calculer des ordres de grandeur Résoudre des problèmes de partage Problèmes pour apprendre à chercher	**Module 8 :** Manipuler les longueurs 35. Connaître les unités de mesure de longueur et leurs relations : m, cm, dm et mm 36. Connaître les unités de mesure de distance et leurs relations : m et km Résoudre des problèmes impliquant des longueurs ou des distances Problèmes pour apprendre à chercher	**Module 12 :** Connaître les figures planes 50. Reconnaître et tracer un cercle Résoudre des problèmes de construction et de reproduction de figures complexes Problèmes pour apprendre à chercher
	Énigmathique période 4		
Période 5	**Module 5 :** Nombres et calculs jusqu'à 10 000 25. Comparer, ranger, intercaler et encadrer les nombres jusqu'à 10 000 26. Poser des additions et des soustractions sur des grands nombres 27. Multiplier par un nombre à 2 chiffres 28. Utiliser les données d'un graphique 29. Calculer une division en ligne avec ou sans reste Résoudre des problèmes en choisissant la bonne opération Problèmes pour apprendre à chercher	**Module 9 :** Manipuler les masses et les contenances 37. Connaître les unités de mesure de masse et leurs relations : kg et g 38. Connaître les unités de mesure de masse et leurs relations : g, kg et t 39. Connaître les unités de mesure de contenance et leurs relations : L, dL et cL Résoudre des problèmes impliquant des mesures de masse Problèmes pour apprendre à chercher	**Module 13 :** Connaître les solides usuels 51. Reconnaître, nommer et décrire les solides usuels 52. Reconnaître et décrire le cube et le pavé droit Résoudre des problèmes de construction de solides Problèmes pour apprendre à chercher
	Énigmathique période 5		

• MODULE 1 •
Nombres et calcul jusqu'à 999 (1)

Au bord de la mer

– Combien y a-t-il de coquillages en tout dans les seaux ? – Combien vois-tu de nombres à 1 chiffre ? à 2 chiffres ? à 3 chiffres ?
– Combien reste-t-il de mètres à parcourir depuis le panneau pour arriver à la plage ?
– Quelle opération peux-tu faire pour trouver le nombre total d'arbres sur le sentier forestier ?
– Recompose le nombre total de parasols. – Combien de chênes manque-t-il pour qu'il y en ait autant que de pins ?

1 Dénombrer et représenter des collections par groupements de 10 et de 100

.... | .... | .... | .... | ....

CALCUL MENTAL
Ajouter et soustraire 1, 2, 3 à un nombre à 1 chiffre.

APPRENTISSAGE
- **Sous-compétence 1 :** Utiliser les groupements par 10 et 100 pour dénombrer une collection.
- **Sous-compétence 2 :** Repérer dans l'écriture d'un nombre les informations liées aux groupements.

RÉVISION
Représenter les nombres jusqu'à 99.

Apprenons ensemble

Groupons par **10** (en rouge), puis par **100** (en vert) pour calculer le nombre de coquillages.

Il y a .... fois 10 coquillages et .... fois 1 coquillage.

Il y a .... fois 100 coquillages, ... fois 10 coquillages et .... fois 1 coquillage.

Il y a .... centaines, ... dizaines et .... unités.

Il y a .... coquillages.

c	d	u
......	......	......

Entraînons-nous

1 Un crabe a **10 pattes et pinces**. **Entoure** des groupes de **100 pattes et pinces**. **Compte** les centaines, dizaines et unités, puis **complète**.

Il y a .... × 100 + ... × 10 + ...   ou   .... + ... + ... = ...

Il y a .... pattes et pinces en tout.

c	d	u
......	......	......

2 La plage a été nettoyée : on a ramassé **760 L** de déchets dans des sacs de **100 L** et de **10 L**. **Dessine** les sacs qui manquent et **complète**.

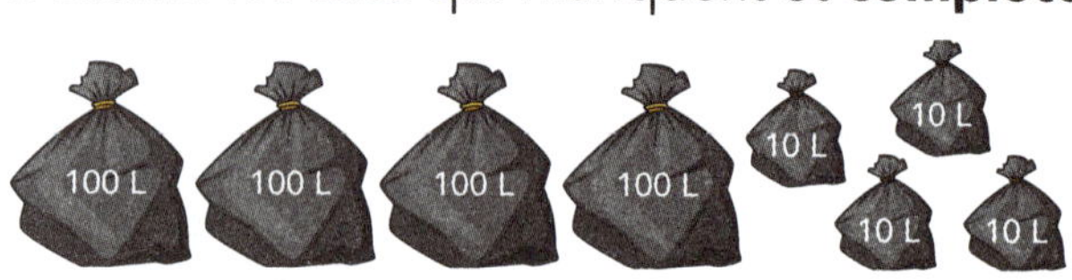

760, c'est .... × 100 + ... × 10.   760, c'est .... centaines et .... dizaines.

3 **Colorie** les étiquettes pour avoir le nombre de mètres indiqué sur le panneau.

100 m | 100 m | 100 m | 100 m | 100 m

10 m | 10 m | 10 m | 10 m | 10 m | 5 m | 2 m | 2 m | 1 m

Je travaille seul(e)

4 **Groupe** par **10** (en rouge), puis par **100** (en vert) et **complète**.

Il y a .... × 100 + ... × 10 + ... ou .... + ... + ... = ...

c	d	u
......	......	......

Il y a .... étoiles de mer en tout.

5 **Complète** les tableaux.

354	3 centaines, 5 dizaines, 4 unités
289	.... centaines, ... dizaines, ... unités
....	4 centaines, 2 unités

....	20 dizaines
536	.... dizaines, ... unités
493	.... centaines, ... unités

6 **Relie** chaque écriture mathématique au nombre correspondant.

400 + 20 + 9 •	• 235 •	• 5 × 100 + 3 × 10 + 2
200 + 90 + 4 •	• 429 •	• 2 × 100 + 3 × 10 + 5
500 + 30 + 2 •	• 294 •	• 4 × 100 + 2 × 10 + 9
200 + 30 + 5 •	• 532 •	• 2 × 100 + 9 × 10 + 4

7 **Complète** les phrases.

- *Dans 573, le chiffre des centaines est* ....
- *Dans 206, le chiffre des dizaines est* ....
- *Dans 368, le nombre de centaines est* ....
- *Dans 130, le nombre de dizaines est* ....

Je révise

Colorie de la même couleur les étiquettes du même nombre.

75	9d 5u	80 + 15	soixante-cinq	70 + 5
95	6d 5u	soixante-quinze	7d 5u	90 + 5
60 + 5	60 + 15	65	quatre-vingt-quinze	65u

2 Lire, écrire et représenter les nombres jusqu'à 999

CALCUL MENTAL
Ajouter et soustraire 6, 7 à un nombre à 1 chiffre.

APPRENTISSAGE
• **Sous-compétence 1 :** Lire, écrire et représenter les nombres jusqu'à 999.
• **Sous-compétence 2 :** Associer les différentes représentations des nombres jusqu'à 999.

RÉVISION
Connaître les nombres jusqu'à 499.

....

Apprenons ensemble

Combien y a-t-il de cubes en tout ? **Complétons.**

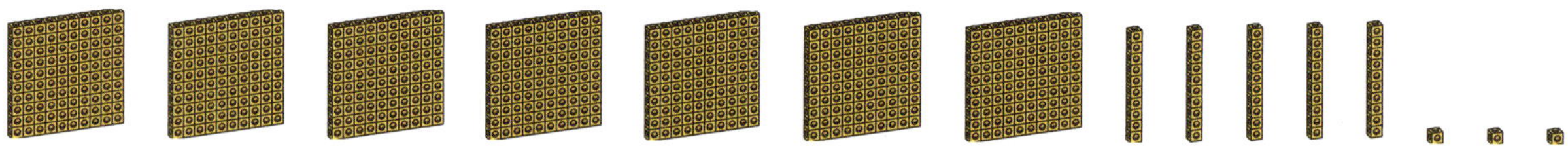

.... centaines .... dizaines .... unités

.... + ... + ... + ... + ... + ... + ... + ... + ... + ... + ... + ... + ... + ...

.... × 100 + ... × 10 + ...

.... + ... + ... = ...

Il y a .... cubes en tout.

Entraînons-nous

1 **Relie** chaque représentation au nombre correspondant.

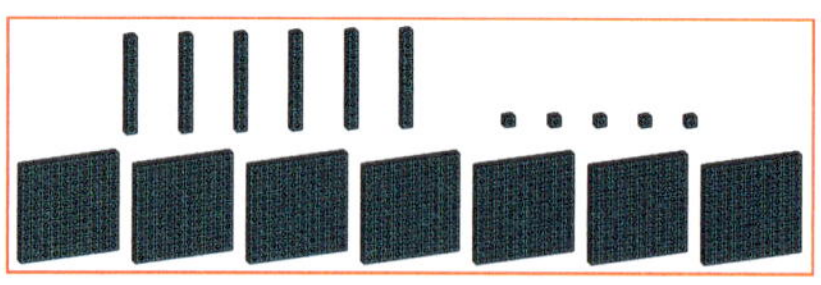

60 + 300 + 9

100 + 100 + 100 + 10 + 10 + 10 + 10 + 10 + 10 + 10 + 10 + 10 + 6

630

765

369

396

576

100 + 100 + 100 + 100 + 100 + 10 + 10 + 10 + 10 + 10 + 10 + 10 + 6

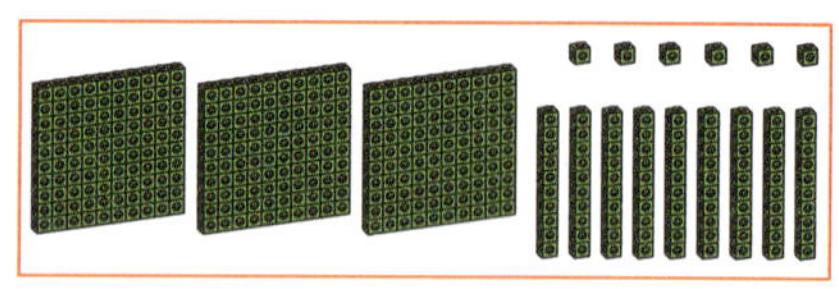

6 × 100 + 3 × 10

2 **Calcule**, puis **écris** chaque nombre **en lettres**.

5 × 100 + 6 × 10 + 7 = ...

800 + 50 + 1 = ...

100 + 100 + 100 + 10 + 10 + 6 = ...

3 **Écris** combien il y a d'argent dans chaque porte-monnaie.

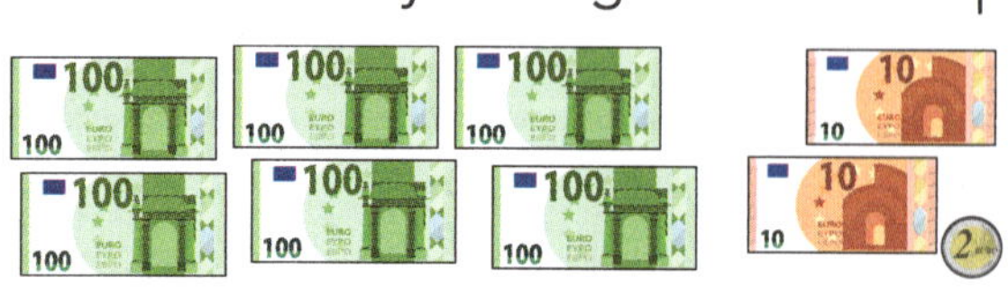

.... €

.... €

Je travaille seul(e)

4 **Écris en chiffres** les nombres représentés sur les abaques.

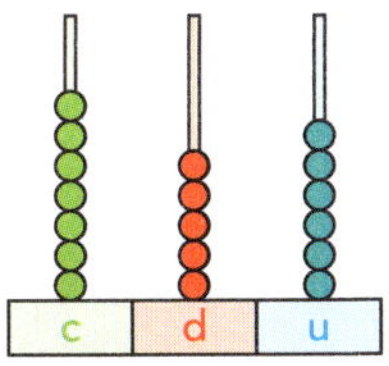

....

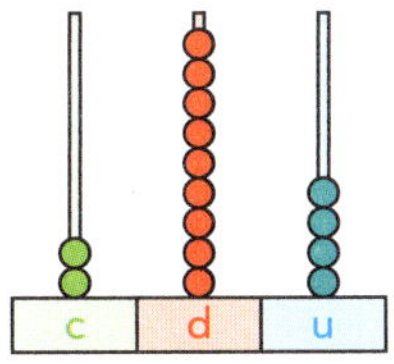

....

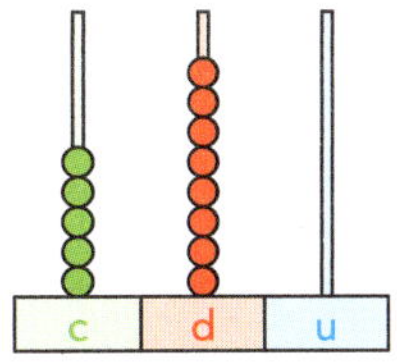

....

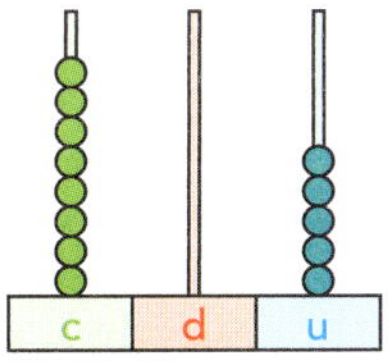

....

5 **Complète** comme dans l'exemple.

641 = 6 × 100 + 4 × 10 + 1

794 = ...

270 = ...

889 = ...

358 = ...

895 = ...

903 = ...

586 = ...

6 **Recompose** chaque nombre représenté.

300 + 50 + 7 = ...

8 + 400 + 30 = ...

2 × 100 + 4 × 10 + 2 = ...

3 × 10 + 6 × 100 + 8 = ...

70 + 500 + 3 = ...

800 + 4 + 30 = ...

7 × 100 + 6 × 10 + 9 = ...

4 + 5 × 100 + 9 × 10 = ...

7 **Dessine** des flèches dans chaque cible pour avoir le nombre de points indiqué.

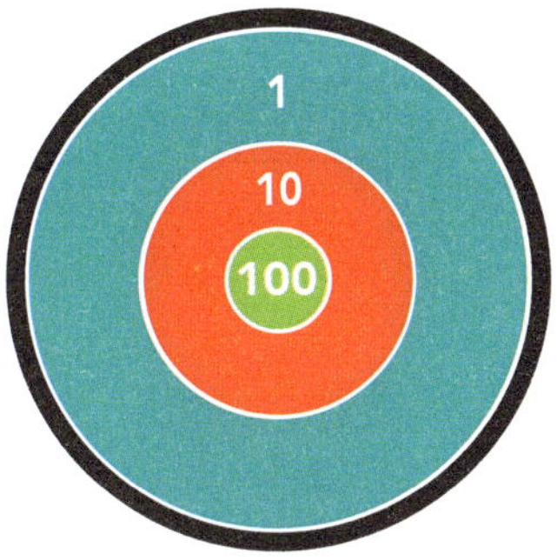

646 points

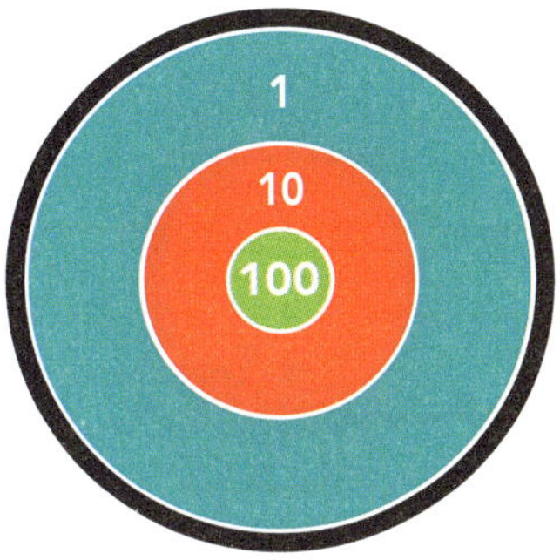

532 points

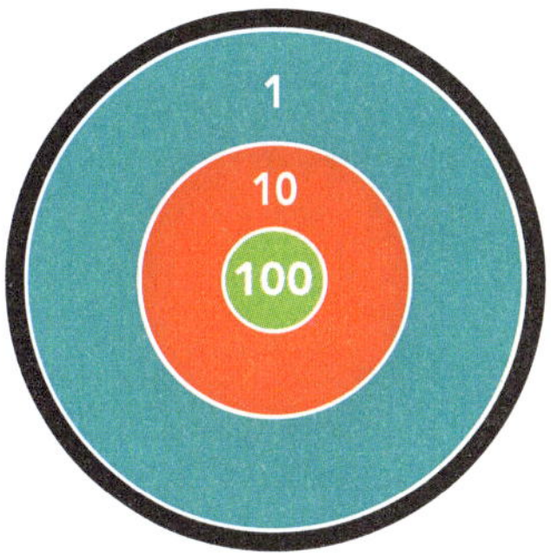

684 points

Je révise

Complète les files numériques avec les nombres qui conviennent.

95	....	....	98	....	....	101
....	....	80	....	....	....	84
....	....	200	....	202	....	....

3 Découvrir des stratégies de calcul : additionner et soustraire en ligne

CALCUL MENTAL
Trouver le complément à la dizaine supérieure (nombres < 100).

APPRENTISSAGE
- **Sous-compétence 1 :** Regrouper et décomposer pour mieux calculer.
- **Sous-compétence 2 :** Additionner et soustraire des dizaines et centaines entières.

RÉVISION
Compléter une suite numérique.

Apprenons ensemble

Les plongeurs ont nettoyé les fonds marins. Ils ont ramassé **47 kg** de déchets en plastique et **6 kg** de déchets en verre. Quelle masse de déchets ont-ils ramassée en tout ?
Complétons et **calculons**.

47 + 6 = 47 + ... + ...

= 50 + ... = ...

Les plongeurs ont ramassé .... *kg de déchets en tout.*

Entraînons-nous

1 Claire part de son parasol, elle fait **52 mètres** mais perd son bracelet et doit reculer de **8 mètres** pour le récupérer. À quelle distance de son parasol son bracelet est-il tombé ?
Complète et **calcule**.

52 – 8 = 52 – (........ + ...) = ...

– 8

40	41	42	43	44	45	46	47	48	49	50	51	52	53	54

– .... – ....

Le bracelet de Claire est tombé à .... *mètres du parasol.*

2 **Calcule** les additions et les soustractions. Tu peux t'aider de la **droite graduée**.

76 + 9 = ... 35 + 7 = ... | 41 – 9 = ... 92 – 6 = ...

23 + 8 = ... 66 + 9 = ... | 82 – 7 = ... 55 – 9 = ...

86 + 8 = ... 29 + 8 = ... | 74 – 9 = ... 96 – 8 = ...

0 10 20 30 40 50 60 70 80 90 100

3 **Calcule**.

45 + 20 = ... 56 + 30 = ... | 73 – 10 = ... 98 – 50 = ...

124 + 30 = ... 245 + 300 = ... | 265 – 40 = ... 421 – 200 = ...

Je travaille seul(e)

4 **Calcule**. Tu peux t'aider de la droite graduée.

32 – .... = ...

.... – 9 = ...

.... – .... = ...

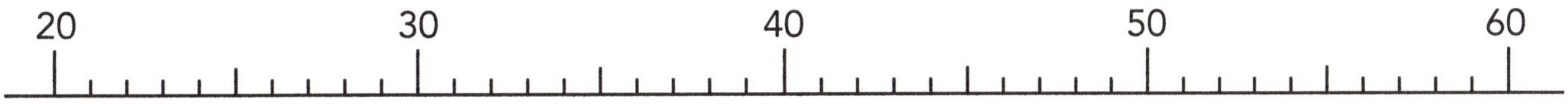

5 **Calcule** les additions en passant par un nombre de **dizaines entières**.

68 + 7 = 68 + ... + ... = 70 + ... = ...

76 + 5 = 76 + ... + ... = ... + ... = ...

125 + 8 = 125 + ... + ... = 130 + ... = ...

286 + 9 = 286 + ... + ... = 290 + ... = ...

6 **Calcule**.

76 + 20 = ... 89 + 10 = ...

24 + 40 = ... 13 + 60 = ...

85 – 30 = ... 74 – 50 = ...

97 – 70 = ... 62 – 30 = ...

7 Le parking de la plage peut accueillir **85 voitures**. Il y a déjà **50 voitures** garées. Combien reste-t-il de places libres ? **Calcule**, puis **écris** une phrase-réponse.

....

....

....

....

Je révise

Complète chaque suite numérique.

220	230	....	....	260	....	....
425	430	....	....	....	450	....
694	696	....	....	....	....	706

4 Décomposer et recomposer les nombres jusqu'à 999

....	....	....	....	....

CALCUL MENTAL
Décomposition additive des nombres < 20.

APPRENTISSAGE
- **Sous-compétence 1 :** Décomposer les nombres jusqu'à 999.
- **Sous-compétence 2 :** Recomposer les nombres jusqu'à 999.

RÉVISION
Dénombrer et représenter des collections par groupements de 10 et de 100.

Apprenons ensemble

Misti a ramassé **253 moules** sur les rochers. Elle les range dans des sachets de **10 moules** pour les partager avec ses voisins.
Entourons les centaines en vert, puis **complétons** le tableau et le calcul.

.... × 100 + ... × 10 + ... = ... + ... + ... = ...

c	d	u
......	......	......

Entraînons-nous

1 **Complète** les **décompositions** des nombres.

3 × 100 + ... × 10 + ... = 369
.... × 10 + 4 × 100 + 5 = 485
700 + ... + 3 = 753
200 + ... + ... = 270
.... + 3 + 600 = 623

.... × 100 + 2 × 10 + ... = 527
.... + 7 × 10 + ... × 100 = 671
.... + 10 + ... = 912
.... + 90 + ... = 994
.... + ... + 80 = 786

2 **Recompose** les nombres en **complétant** chaque calcul et le tableau.

.... × 100 + ... × 10 + ...
= .... + ... + ...
= ....

c	d	u
......	......	......

.... × 100 + ... × 10 + ...
= .... + ... + ...
= ....

c	d	u
......	......	......

3 **Décompose** les nombres comme dans l'exemple.

quatre cent soixante-sept	400 + 60 + 7	467
huit cent vingt-deux	.... + ... + ...	....
neuf cent quinze	.... + ... + ...	....
six cent quatre-vingt-treize	.... + ... + ...	....

Je travaille seul(e)

4 **Colorie** d'une même couleur le nombre et sa **décomposition**.

8 × 100 + 9 | 9 × 100 + 8 × 10 | 467 | 980 | 70 + 600 + 4 | 800 + 9 | 7 × 10 + 6 × 100 + 4 | 7 + 60 + 400 | 809 | 4 × 100 + 7 + 6 × 10 | 674 | 80 + 900

5 **Recompose** les nombres.

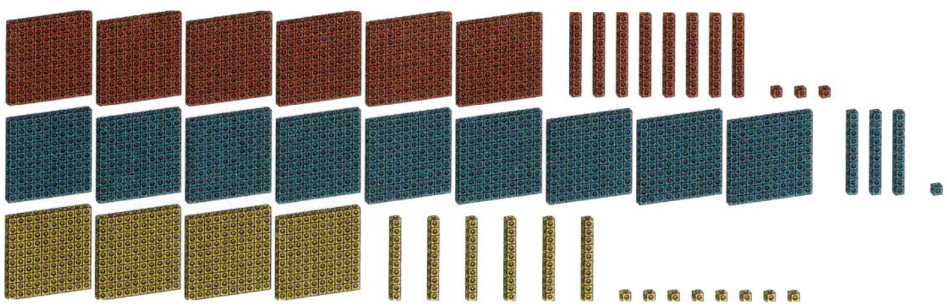

.... × 100 + ... × 10 + ... = ...

.... × 100 + ... × 10 + ... = ...

.... × 100 + ... × 10 + ... = ...

6 **Écris** le nombre correspondant à chaque **décomposition**.

5 × 100 + 7 × 10 + 3 = ...

8 × 10 + 3 × 100 + 6 = ...

1 × 100 + 7 + 5 × 10 = ...

3 × 100 + 8 × 10 = ...

7 × 100 + 2 × 10 + 9 = ...

4 + 6 × 100 + 9 × 10 = ...

9 × 100 + 7 + 4 × 10 = ...

8 + 4 × 100 = ...

7 Les gardes forestiers recensent les arbres plantés dans la forêt du bord de mer 10 ans plus tôt.
Ils comptent **7** rangées de **100** pins, **3** rangées de **10** eucalyptus et **9** albizias.
Combien d'arbres ont-ils recensés en tout ?
Calcule et **complète** le tableau pour **recomposer** le nombre, puis **écris** une phrase-réponse.

.... × .... + ... × .... + ... + ... + ... = ...

....

....

c	d	u
......	......	......

Je révise

Fais des groupes de **10**, puis de **100**. **Compte** les centaines, dizaines et unités et **complète**.

.... × 100 + ... × 10 + ...

.... + ... + ... = ...

c	d	u
......	......	......

Il y a .... *pommes de pin en tout.*

5 Poser des additions en colonnes

....	....	....	....	....

CALCUL MENTAL
Additionner et soustraire des nombres de dizaines entières.

APPRENTISSAGE
- **Sous-compétence 1 :** Poser des additions avec retenue sur les dizaines.
- **Sous-compétence 2 :** Poser des additions avec retenue sur les centaines.

RÉVISION
Lire, écrire et représenter les nombres jusqu'à 999.

Apprenons ensemble

Calculons en colonnes.

266 + 358 = ...

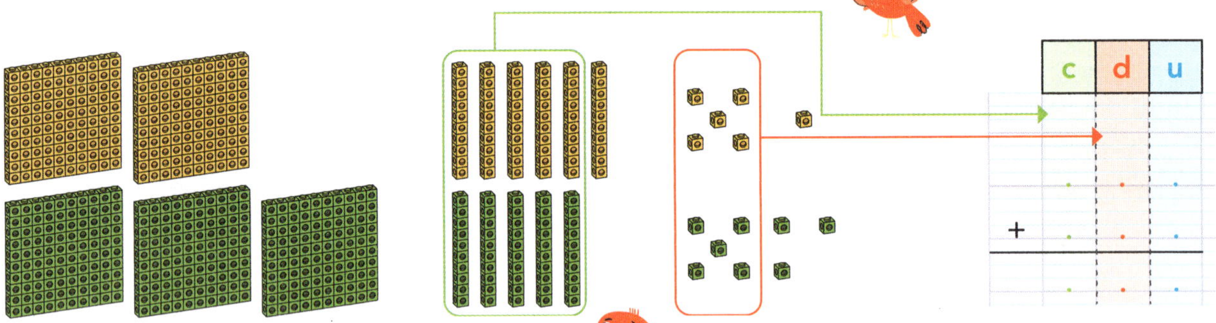

Entraînons-nous

1 **Pose** et **calcule**.

544 + 239 = ...

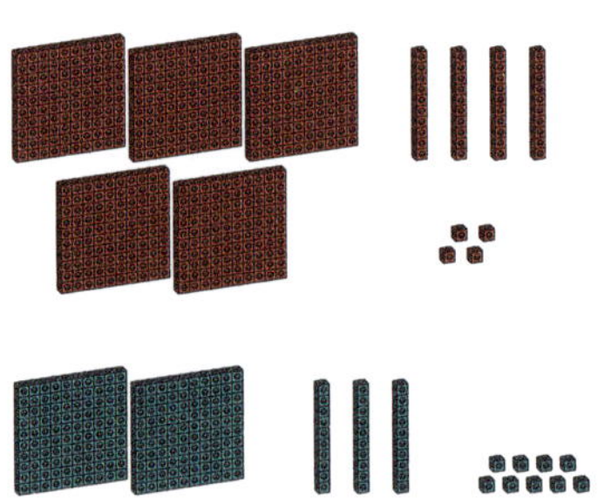

	c	d	u
	5	4	4
+	2	3	9
	.	.	.

627 + 364 = ...

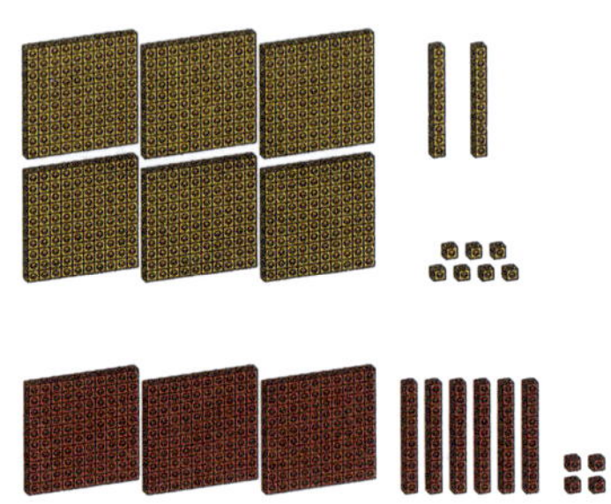

	c	d	u
	.	.	.
+	.	.	.
	.	.	.

304 + 463 + 172 = ...

	c	d	u
	.	.	.
	.	.	.
+	.	.	.
	.	.	.

481 + 274 + 193 = ...

	c	d	u
	.	.	.
	.	.	.
+	.	.	.
	.	.	.

551 + 127 + 235 = ...

Je travaille seul(e)

2 **Pose** et **calcule**.

325 + 418 = ...

	c	d	u
	.	.	.
+	.	.	.
	.	.	.

273 + 592 = ...

	c	d	u
	.	.	.
+	.	.	.
	.	.	.

269 + 154 + 398 = ...

3 Sur la plage, il y a **256** parasols jaunes, **97** parasols rouges et **363** parasols bleus. Combien de parasols y a-t-il en tout ? **Écris** ton calcul, **pose**-le en colonnes, puis **écris** une phrase-réponse.

....

....

....

4 **Complète** ces additions en colonnes.

	4	8	0
+	.	7	9
	7	5	.

	.	7	3
+	1	.	9
	8	3	.

	3	4	8
	.	7	.
+	2	.	7
	.	7	7

	2	.	3
	.	5	.
+	3	1	2
	7	9	2

	5	5	3
	1	.	3
+	2	6	4
	.	1	.

Je révise

Écris en chiffres chaque nombre représenté.

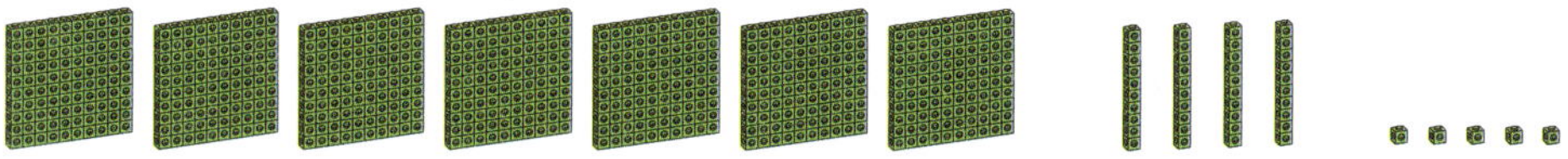 ....

neuf cent quatre-vingt-treize ....

6 × 10 + 3 × 100 + 7 ....

....

8u 5c 4d ....

6 Poser des soustractions en colonnes (sans retenue)

.... | .... | .... | .... | ....

CALCUL MENTAL
Ajouter ou soustraire un nombre < 10 à un nombre à 2 chiffres sans retenue.

APPRENTISSAGE
- **Sous-compétence 1 :** Poser une soustraction d'un nombre à 3 chiffres et un nombre à 2 chiffres, sans retenue.
- **Sous-compétence 2 :** Poser une soustraction de deux nombres à 3 chiffres, sans retenue.

RÉVISION
Additionner et soustraire en ligne.

Apprenons ensemble

Colorions le bon ordre de grandeur du résultat, puis **barrons** les cubes, **calculons** et **complétons**.

683 – 451 = ...

130	230	340

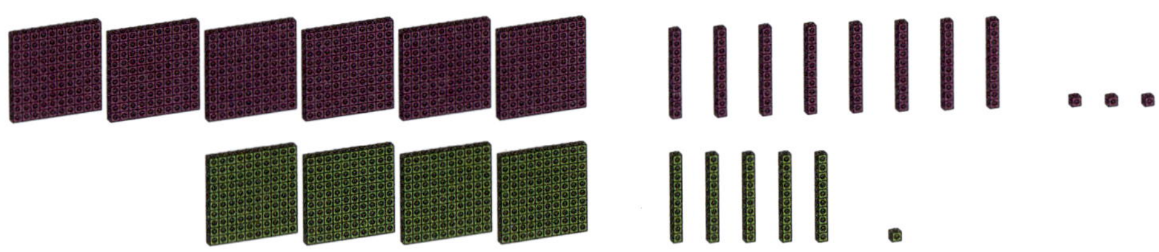

	c	d	u
	.	.	.
–	.	.	.
	.	.	.

Entraînons-nous

1 **Pose** et **calcule**.

379 – 63 = ...

	c	d	u
	3	7	9
–		6	3
	.	.	.

458 – 47 = ...

	c	d	u
	.	.	.
–	.	.	.
	.	.	.

786 – 352 = ...

2 **Colorie** le bon ordre de grandeur du résultat de chaque soustraction, puis **pose** et **calcule**.

654 – 41 = ...

500	600	700

	c	d	u
	6	5	4
–	.	4	1
	.	.	.

585 – 215 = ...

100	200	400

	c	d	u
	.	.	.
–	.	.	.
	.	.	.

869 – 422 = ...

200	500	600

Je travaille seul(e)

3 **Pose** et **calcule**, puis **vérifie** en posant l'addition correspondant à chaque calcul.

785 – 75 = ...

c	d	u
.	.	.
– .	.	.
.	.	.

.... + 75 = 785

367 – 225 = ...

c	d	u
.	.	.
– .	.	.
.	.	.

.... + 225 = 367

639 – 528 = ...

.... + ... = ...

4 L'année dernière, le sentier côtier comptait **459 arbres** de variétés différentes. Mais cet été, de nombreux arbres ont disparu lors d'un incendie et il ne reste plus que **311 arbres**. Combien faut-il replanter d'arbres pour en avoir le même nombre que l'année précédente ? **Écris** ton calcul, **pose**-le en colonnes, puis **écris** une phrase-réponse.

....

....

....

5 **Complète** ces soustractions en colonnes.

	7	.	.
–	.	2	7
	6	1	1

	.	6	2
–	2	.	1
	3	2	.

	8	.	7
–	.	1	4
	5	2	.

	.	5	6
–	7	.	2
	2	4	.

Je révise

Calcule en ligne.

26 + 7 = ... 433 + 9 = ... 53 – 8 = ... 127 – 8 = ...

30 + 80 = ... 357 + 600 = ... 75 – 20 = ... 128 – 50 = ...

Résoudre des problèmes du champ additif

CALCUL MENTAL
Ajouter ou soustraire des multiples de 10 à un nombre à 2 ou 3 chiffres.

APPRENTISSAGE
- **Sous-compétence 1 :** Résoudre des problèmes du champ additif sur la composition de plusieurs états.
- **Sous-compétence 2 :** Résoudre des problèmes du champ additif sur la transformation d'un état.

RÉVISION
Décomposer et recomposer les nombres jusqu'à 999.

Apprenons ensemble

Léa part en vacances à la mer. Elle doit prendre une autoroute pendant **443 km**, puis une nationale pendant **269 km**, et enfin une départementale pendant **136 km**. Combien de kilomètres doit-elle faire en tout pour aller à la mer ?
Complétons le schéma et la boîte à compter, puis **calculons** et **complétons**.

443 km | .... km | .... km

total : .... km

.... + ... + ... = ...

Léa doit faire [..........] *km en tout pour aller à la mer.*

......		
......	......	......

Entraînons-nous

1 Sur la plage, il y a **76 parasols**. **43** de ces parasols sont multicolores ; les autres sont unis. Combien y a-t-il de parasols unis ? **Complète** et **calcule**.

.... – .... = ... + ... = ...

76 parasols	
43 parasols multicolores	.... parasols unis

Il y a [..........] *parasols unis.*

2 Djemila a ramassé des moules dans son seau. Ses parents y ajoutent les **52** moules qu'ils ont ramassées. Maintenant, le seau de Djemila contient **94** moules. Combien de moules Djemila avait-elle ramassées ? **Complète** et **calcule**.

....

....

......	
......	......

Djemila avait ramassé [..........] *moules.*

3 Dans le congélateur du marchand de glaces, il y a **176** glaces à la vanille. Dans la matinée, il en a vendu **52**. Combien reste-t-il de glaces à la vanille dans son congélateur ?
Calcule, puis **écris** une phrase-réponse.

....

....

....

....

Je travaille seul(e)

4 Sacha achète des jeux de plage. Il dépense **159 €** pour 2 raquettes et une énorme bouée.
Les 2 raquettes coûtent **75 €**. Combien coûte l'énorme bouée ?
Complète la boîte à compter, puis **calcule** et **complète** la phrase-réponse.

.... €

75 €

......	
......	......

159 – .... = ... ou .... + ... = 159

L'énorme bouée coûte ....

5 Maman s'achète une tenue de plage complète.
Elle choisit une robe à **169 €**, un chapeau à **39 €**, un panier à **68 €**,
un drap de bain à **115 €** et des sandales à **27 €**.
Combien a-t-elle dépensé pour sa tenue ? **Complète** et **calcule**.

.... + ... + ... + ... + ... = ...

......				
......	......	......	......	......

Maman a dépensé .... *pour sa tenue.*

6 Sur la plage, Diego a fait des châteaux de sable. Une vague en a détruit **35**.
Il n'en compte plus que **107**. Combien Diego avait-il fait de châteaux de sable ?
Calcule, puis **écris** une phrase-réponse.

....

....

7 L'appareil photo de Lucia indique **273** photos prises à la plage. Elle prend encore **84** photos.
Que lui indique son appareil photo maintenant ?
Complète, **calcule** puis **écris** une phrase-réponse.

......	
......	......

....

....

....

Je révise

Recompose les nombres.

7 × 100 + 4 × 10 + 6 = ...

8 × 10 + 3 × 100 + 2 = ...

50 + 7 + 600 = ...

1 + 900 + 60 = ...

Décompose les nombres.

485 = ... + ... + ...

364 = ... × 100 + ... × 10 + ...

802 = ... × 100 + ... × 10 + ...

540 = ... + ... + ...

PROBLÈMES POUR APPRENDRE À CHERCHER

1 **Écris** en **chiffres** tous les nombres à **3 chiffres** que l'on peut trouver en utilisant une ou plusieurs de ces étiquettes : cent | huit | cinq | soixante | douze

24

100

500

800

2 **Écris** les nombres **de 1 à 9** dans les 9 zones déterminées par les 5 anneaux olympiques, pour que la somme des nombres dans chaque anneau soit égale à **11**.

3 On entre dans le labyrinthe par la case **3** et on en ressort par la case **8**. Il faut totaliser exactement **100** pour sortir du labyrinthe. On additionne les nombres des cases dans lesquelles on passe et on ne repasse jamais 2 fois par la même case. **Trace** le chemin pour traverser le labyrinthe.

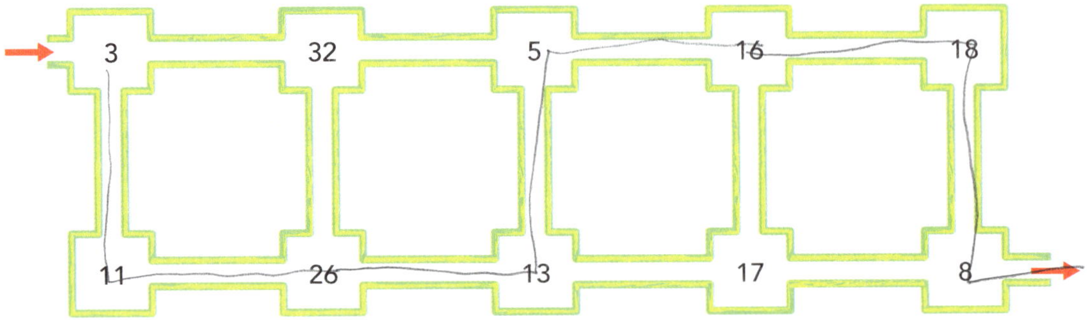

4 Ces 2 mots codés dans un alphabet secret sont 2 nombres écrits **en lettres**, compris **entre 10 et 20**. Chaque signe représente une lettre. **Indique** comment écrire « trois » dans cet alphabet.

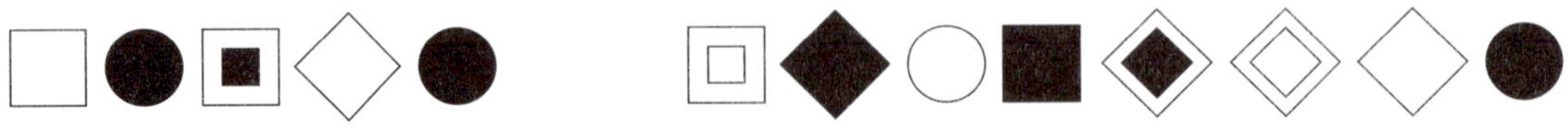

• MODULE 2 •
Nombres et calcul jusqu'à 999 (2)

Au port

– Quel voilier porte le nombre le plus grand ? le plus petit ?
– Intercale les nombres des conteneurs parmi les nombres des voiliers.
– Combien manque-t-il au nombre sur le conteneur bleu pour aller à 1 000 ?
– Combien y a-t-il de bateaux en tout au port de plaisance ? Quel calcul as-tu fait pour le savoir ?

7 Comparer et ranger les nombres jusqu'à 999

CALCUL MENTAL
Additionner des multiples de 5.

APPRENTISSAGE
- **Sous-compétence 1 :** Comparer les nombres jusqu'à 999.
- **Sous-compétence 2 :** Ranger les nombres jusqu'à 999.

RÉVISION
Poser des additions en colonnes.

....

Apprenons ensemble

Entourons en rouge le bateau qui a pêché le plus de poissons et en bleu celui qui en a pêché le moins. Puis **rangeons** dans l'ordre **croissant** les masses de poissons pêchées.

.... < .... < .... < .... < .... < ....

Entraînons-nous

1 **Compare** les nombres en utilisant les symboles **>** ou **<**.

756 ☐ 567 887 ☐ 889 240 ☐ 204 943 ☐ 933

630 ☐ 680 549 ☐ 594 337 ☐ 340 476 ☐ 496

2 **Compare** les nombres avec **<**, **>** ou **=**.

389 ☐ 3c 4d 9u 6c 5d 1u ☐ 5c 1d 6u 793 ☐ 3u 7c 9d

400 + 50 + 7 ☐ 5c 4d 7u 862 ☐ 8 × 100 + 6 × 10 + 2

750 + 5 ☐ 557 9 × 100 + 7 + 4 × 10 ☐ 4d 7c 9u

3 **Range** les nombres **dans l'ordre décroissant**.

.... > .... > .... > .... > .... > .... > .... > ....

Je travaille seul(e)

4 **Compare** les abaques en utilisant les symboles **<** ou **>**.

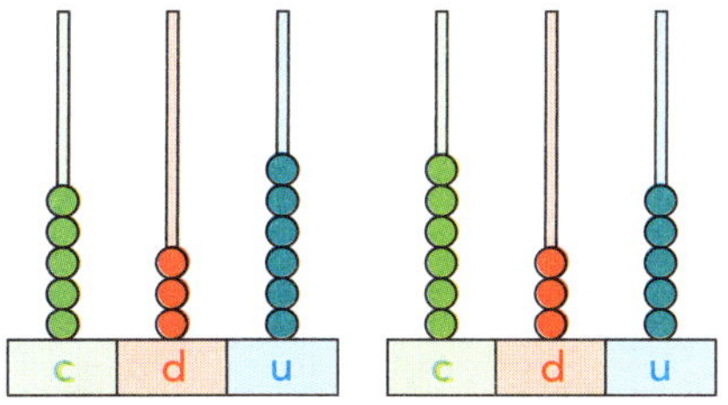

.... ☐ ....

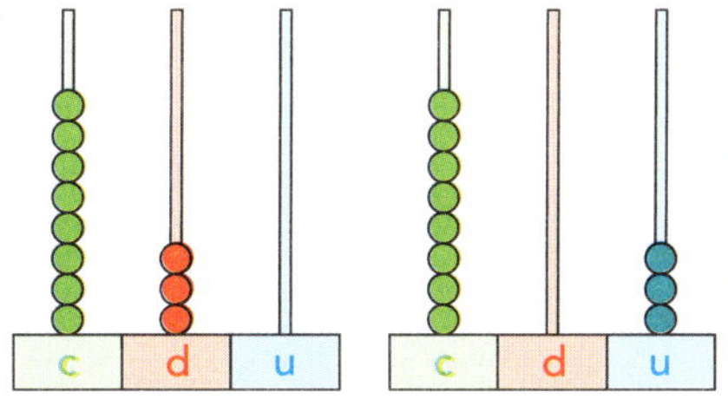

.... ☐ ....

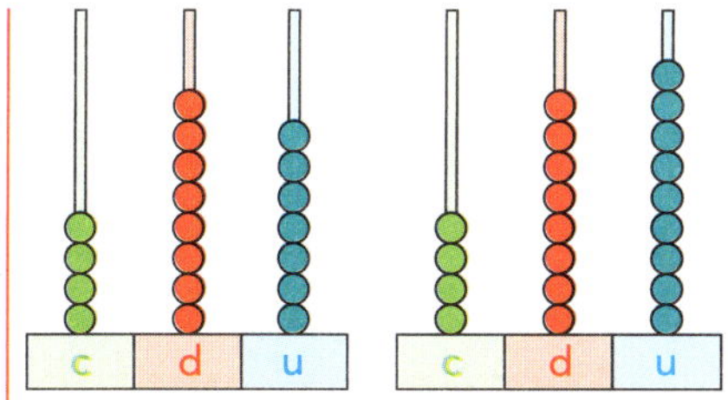

.... ☐ ....

5 Dans chaque série, **colorie** le coquillage avec le plus grand nombre en violet et celui avec le plus petit nombre en jaune. Range ensuite les nombres **dans l'ordre croissant.**

536 324 786 279 738 224 764 695

....

645 678 613 697 602 653 641 695

....

6 **Complète** avec <, > ou =.

678 ☐ 698 — 204 ☐ 200 + 4 — 300 + 40 + 6 ☐ 4 × 100 + 3 × 10 + 6

532 ☐ 444 — 4c 6d ☐ 406 — 7d 6c 9u ☐ 600 + 70 + 9

7 **Range** les nombres au bon endroit sur la file.

827 465 478 469 299 703 525 836

....	346	....	....	....	....	572	....	....	....

Je révise

Pose et **calcule**.

432 + 548 = ...

c	d	u
+		

368 + 257 = ...

c	d	u
+		

264 + 378 + 185 = ...

c	d	u
+		

8 Poser des soustractions en colonnes avec retenue

....	....	....	....	....

CALCUL MENTAL
Calculer des sommes de 3 nombres en changeant l'ordre des nombres.

APPRENTISSAGE
- **Sous-compétence 1 :** Poser et calculer une soustraction avec retenue dans les dizaines ou les centaines.
- **Sous-compétence 2 :** Poser et calculer une soustraction avec retenue dans les dizaines et les centaines.

RÉVISION
Poser des soustractions en colonnes sans retenue.

Apprenons ensemble

Calculons.

342 – 157 = ...

	c	d	u
	3	⑴ 4	⑴ 2
–	1 (+1)	5 (+1)	7
	.	.	.

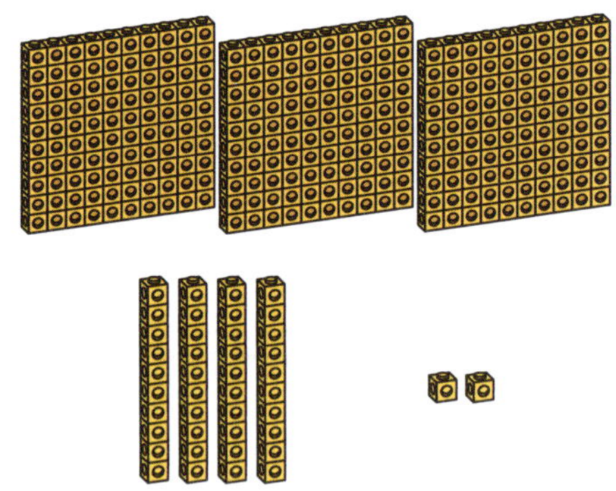

Je ne peux pas soustraire 7 unités à 2 unités, donc j'ajoute 10 unités en haut devant le 2 et 1 dizaine en bas sous le 5.
5d + 1d = 6d

Je ne peux pas soustraire 6 dizaines à 4 dizaines, donc j'ajoute 10 dizaines en haut devant le 4 et 1 centaine en bas sous le 1.
1c + 1c = 2c

Quand j'ajoute en haut, j'ajoute toujours la même quantité en bas.

Entraînons-nous

1 Pose et calcule.

J'ajoute 10 unités en haut et 1 dizaine en bas.

782 – 467 = ...

565 – 249 = ...

354 – 217 = ...

2 Pose et calcule.

J'ajoute 10 dizaines en haut et 1 centaine en bas.

958 – 285 = ...

646 – 371 = ...

708 – 535 = ...

Je travaille seul(e)

3 **Pose** et **calcule**.

543 – 229 = ... 807 – 543 = ... 710 – 536 = ...

c	d	u

4 Un voilier quitte le port avec **344 litres** d'eau douce. Pendant la traversée de 10 jours, les passagers consomment **257 litres** d'eau. Combien reste-t-il d'eau douce dans les réserves du voilier ? **Calcule**, puis **écris** une phrase-réponse.

5 **Colorie** l'ordre de grandeur du résultat, puis **pose** et **calcule**.

452 – 147 = ... 200 300 400

835 – 492 = ... 300 400 500

607 – 119 = ... 300 400 500

c	d	u

6 **Complète** les soustractions.

	4	.	2
–	.	3	5
	2	1	.

	6	0	8
–	1	.	3
	.	7	.

	5	.	.
–	.	3	9
	2	8	5

Je révise

Pose et **calcule**.

467 – 235 = ... 683 – 271 = ... 975 – 852 = ...

c	d	u

9 Intercaler et encadrer les nombres jusqu'à 999

....	....	....	....	....

CALCUL MENTAL
Trouver l'ordre de grandeur d'une addition.

APPRENTISSAGE
- **Sous-compétence 1 :** Intercaler des nombres jusqu'à 999.
- **Sous-compétence 2 :** Encadrer des nombres jusqu'à 999.

RÉVISION
Résoudre des problèmes du champ additif.

Apprenons ensemble

Intercalons des nombres au choix pour qu'ils soient rangés **du plus petit au plus grand**.

367 | .... | 382 | .... | .... | 410

Entraînons-nous

1 **Intercalons** les nombres sur les bouées pour qu'elles soient rangées **dans l'ordre croissant**.

730 920 599 718 884 883 853

595 | .... | 607 | .... | .... | .... | 857 | .... | .... | ....

2 **Encadre** avec des nombres de **dizaines entières**. **Aide**-toi de la file numérique.

....	78	....
....	34	....

....	123	....
....	582	....

....	256	....
....	918	....

0 10 20 30 40 50 60 70 80 90 100

3 **Encadre** avec des nombres de **centaines entières**. **Aide**-toi de la file numérique.

....	237	....
....	673	....

....	425	....
....	892	....

....	376	....
....	739	....

0 100 200 300 400 500 600 700 800 900 1 000

Je travaille seul(e)

4 **Intercale** les nombres suivants.

463 569 410 359 383

352	....	....	409	....	....	478	....

5 **Encadre** les nombres donnés par des nombres de ton choix.

....	305	....	....	662	....	....	349	....	....	894	....
....	95	....	....	107	....	....	7	....	....	58	....

6 **Encadre** chaque nombre avec des nombres de **dizaines entières**.

....	253	....	....	439	....	....	184	....
....	675	....	....	768	....	....	916	....

7 **Intercale** le nombre qui convient dans chaque suite de 3 nombres.

456 < .... < 458 238 < .... < 240 721 < .... < 723 599 < .... < 601

340 < .... < 350 170 < .... < 180 660 < .... < 670 920 < .... < 930

200 < .... < 300 800 < .... < 900 500 < .... < 600 400 < .... < 500

Je révise

Le port comporte **493** emplacements pour bateaux. Ce matin, **168** bateaux sont sortis.
Combien reste-t-il de bateaux dans le port ?
Complète et **calcule**, puis **écris** une phrase-réponse

.... ☐ .... = ...

....	
....	....

10 Calculer les compléments à la dizaine ou à la centaine supérieure

....	....	....	....	....

CALCUL MENTAL
Additionner des multiples de 5 (65 + 25, 145 + 35).

APPRENTISSAGE
- **Sous-compétence 1 :** Calculer les compléments à la dizaine supérieure.
- **Sous-compétence 2 :** Calculer les compléments à la centaine supérieure.

RÉVISION
Comparer et ranger les nombres jusqu'à 999.

Apprenons ensemble

Le cargo doit emporter **300** conteneurs. On a déjà chargé **237** conteneurs.
Combien de conteneurs doit-on encore ajouter ?
Calculons et **complétons**.

237 —[+ ....]→ 240 —[+ ....]→ 300

237 + ... = 240   240 + ... = 300

On doit encore ajouter [..........] *conteneurs.*

Entraînons-nous

1 **Complète** les calculs.

45 + ... = 50   62 + ... = 70   86 + ... = 90

327 + ... = 330   541 + ... = 550   128 + ... = 130

913 + ... = 920   786 + ... = 790   474 + ... = 480

2 **Complète** les étiquettes et les calculs.

572 —[+ ....]→ 580 —[+ ....]→ 600   572 + ... = 600

748 —[+ ....]→ 750 —[+ ....]→ 800   748 + ... = 800

321 —[+ ....]→ 330 —[+ ....]→ 400   321 + ... = 400

3 **Complète** les calculs.

62 + ... + ... = 100   85 + ... + ... = 100   231 + ... + ... = 300

459 + ... + ... = 500   786 + ... + ... = 800   623 + ... + ... = 700

Je travaille seul(e)

4 **Dessine** l'argent qui manque pour acheter chaque objet, puis **complète**.

	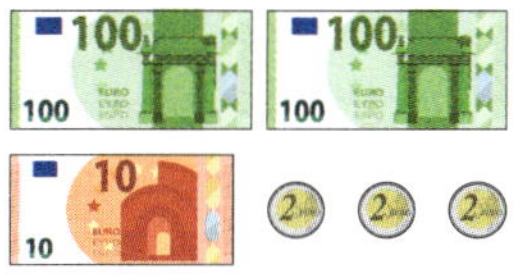 .... + ... + ... = 300
	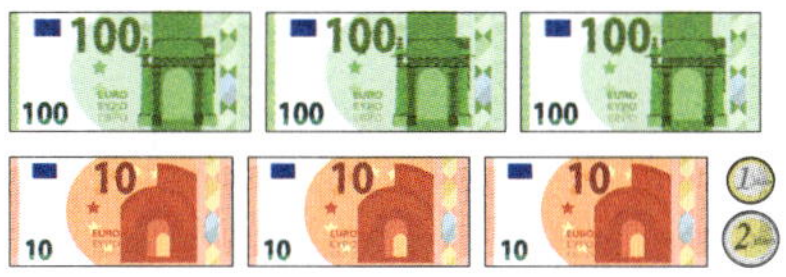 .... + ... + ... = 400
	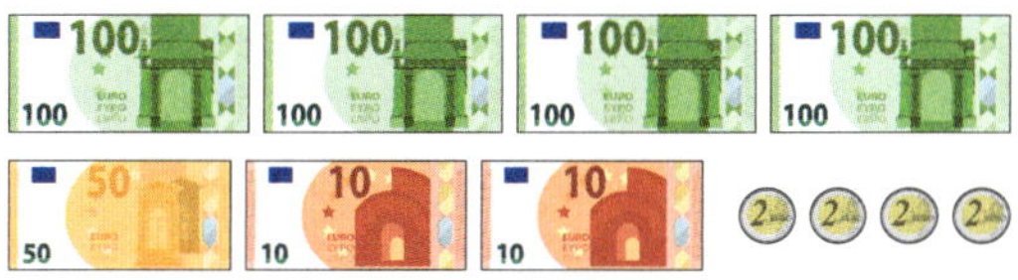 .... + ... + ... = 700

5 **Complète** les calculs.

246 + ... = 250 | 427 + ... = 430 | 911 + ... = 920

187 + ... = 190 | 872 + ... = 880 | 365 + ... = 370

123 + ... + ... = 200 | 614 + ... + ... = 700

853 + ... + ... = 900 | 748 + ... + ... = 800

6 **Colorie** la ou les carte(s) qu'il faut pour aller à la **centaine supérieure**.

352 à 400		
7	8	9
40	50	60

685 à 700		
4	5	6
10	20	30

406 à 500		
2	3	4
70	80	90

213		
2	5	7
60	30	50

892		
8	9	3
10	20	7

556		
3	4	3
40	50	60

Je révise

Range ces nombres dans l'**ordre croissant**.

650 328 648 731 103 684 599 653

.... < .... < .... < .... < .... < .... < .... < ....

11 Connaître les propriétés de la multiplication

....	....	....	....	....

CALCUL MENTAL
Ajouter 11, 21…

APPRENTISSAGE
- **Sous-compétence 1 :** Comprendre le sens de la multiplication.
- **Sous-compétence 2 :** Comprendre la commutativité et la distributivité de la multiplication.

RÉVISION
Poser des soustractions en colonnes avec retenue.

Apprenons ensemble

Les voitures sont déchargées du cargo et garées sur un parking. Combien de voitures peut-on garer sur ce parking ? **Complétons**.

- Les voitures sont garées en lignes :

.... + ... + ... + ... = ...

.... × .... = ...

- Les voitures sont garées en colonnes :

.... + ... + ... + ... + ... + ... + ... + ... + ... = ...

.... × .... = ...

On peut garer [..........] *voitures sur le parking.*

Entraînons-nous

1 **Complète**.

Il y a [..........] *groupes de* [..........] *grues. C'est* .... × .... *ou* .... × .... = ...

2 **Dessine** le nombre de points indiqué.

8 groupes de 3 points	10 colonnes de 2 points	6 rangées de 7 points

3 **Complète**, puis **calcule**.

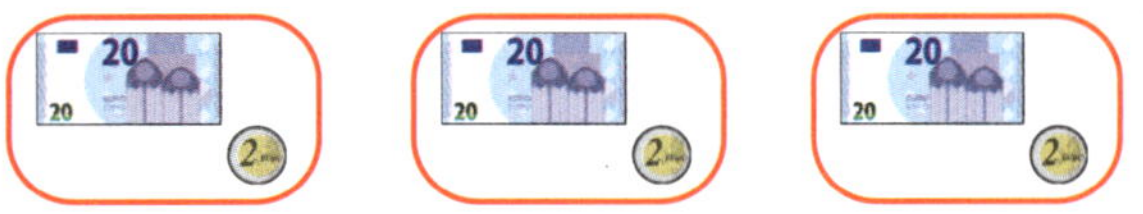

22 × 3 = (20 + ...) × 3

= (........ × ....) + (........ × ....)

= .... + ... = ...

.... × .... = (........ + ...) × ....

= (........ × ....) + (........ × ....)

= .... + ... = ...

Je travaille seul(e)

4 **Complète**.

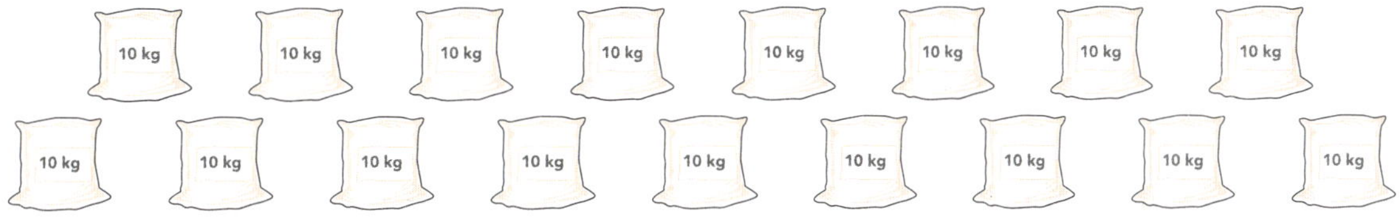

Il y a [..........] sacs de [..........] kg de sable.

Il y a .... × .... ou .... × .... = ... Il y a [..........] kg de sable.

5 **Entoure** le calcul correspondant à chaque schéma, puis **complète**.

3 × 8 = ... 6 × 5 = ...

8 × 2 = ... 5 × 4 = ...

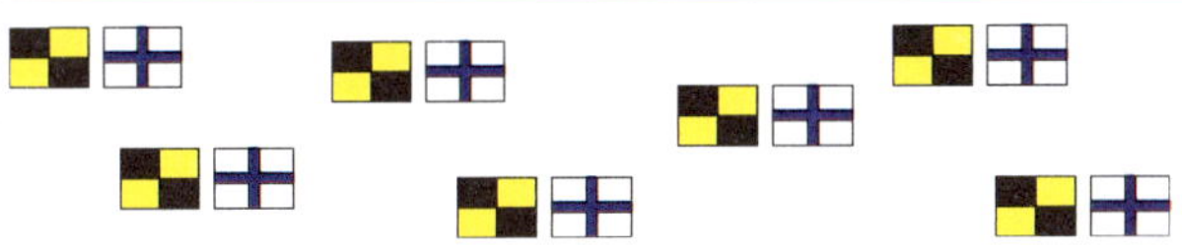

14 × 2 = ... 7 × 2 = ...

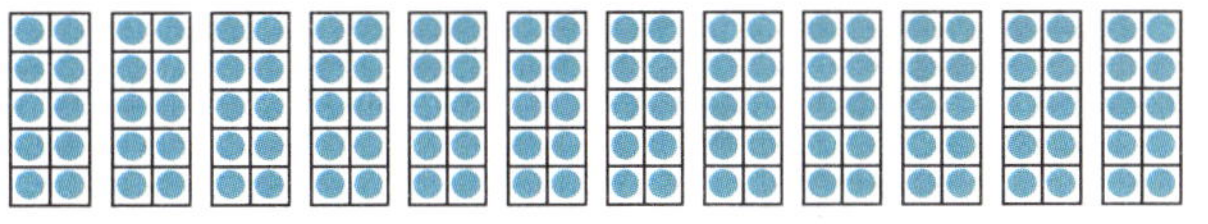

6 × 10 = ... 12 × 10 = ...

6 **Complète** et **calcule**.

36 × 3 = ... × .... × ....
= .... × .... + ... × ....
= .... + ... = ...

27 × 2 = ... × .... × ....
= .... × .... + ... × ....
= .... + ... = ...

7 Tous les jours, le gardien de phare monte **124** marches. Combien de marches monte-t-il en une semaine ? **Calcule** et **écris** une phrase-réponse.

Je révise

Pose et **calcule**, puis **vérifie** avec l'addition correspondante.

538 – 265 = ...

.... + ... = ...

	c	d	u
–			

	c	d	u
+			

12

Connaître les doubles et les moitiés

CALCUL MENTAL
Soustraire 11, 21…

APPRENTISSAGE
- **Sous-compétence 1 :** Connaître les doubles.
- **Sous-compétence 2 :** Connaître les moitiés.

RÉVISION
Intercaler et encadrer les nombres entre 0 et 999.

[..............] [..............] [..............] [..............] [..............]

Apprenons ensemble

Le 1er bateau transporte **124 passagers**, le 2e bateau en transporte **le double**. Le 3e bateau transporte **moitié moins** de passagers que le 1er bateau. Combien de passagers le 2e et le 3e bateau transportent-ils ? **Calculons** et **complétons**.

- 124 + 124 = ...

[..........] est le double de 124.

Le 2e bateau transporte [..........] passagers.

- .... + ... = ...

[..........] est la moitié de 124.

Le 3e bateau transporte [..........] passagers.

Entraînons-nous

1 **Relie** chaque nombre à son **double** et à sa **moitié**.

125 •	• 60 •	• 28
7 •	• 250 •	• 400
100 •	• 90 •	• 120
30 •	• 200 •	• 500
45 •	• 14 •	• 180

2 **Calcule** et **complète** les doubles et les moitiés.

65 + 65 = 130 : 130 est le double de 65.
36 + 36 = ... : [.......] est le double de 36.
.... + ... = 90 : [.......] est le double de [.......].
.... + ... = 300 : 300 est le double de [.......].

130 = 65 + ... : 65 est la moitié de 130.
.... = 36 + ... : 36 est la moitié de [.......].
90 = ... + ... : [.......] est la moitié de [.......].
300 = ... + ... : [.......] est la moitié de 300.

3 **Calcule.**

28 = ... + ...	56 = ... + ...	62 = ... + ...	114 = ... + ...
250 = ... + ...	400 = ... + ...	500 = ... + ...	660 = ... + ...

Je travaille seul(e)

4 **Colorie** d'une même couleur le **double** et la **moitié** correspondants, puis **écris** chacun d'eux dans le bon sac en utilisant cette même couleur.

18 | 300 | 700 | 54 | 9 | 350 | 80 | 27 | 150 | 160

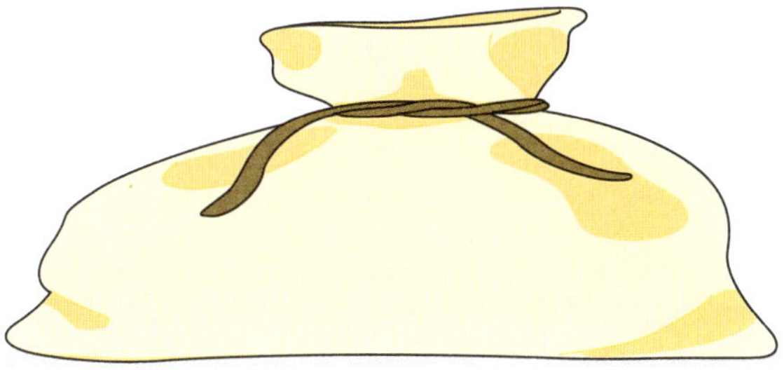

les doubles

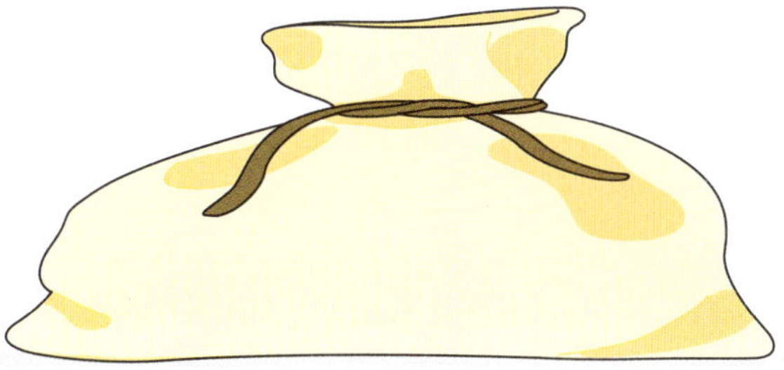

les moitiés

5 **Coche** la bonne réponse.

- Rémi a **62 €** dans sa tirelire. Sami a **le double** de Rémi. Combien d'argent a Sami ?

☐ 31 € ☐ 104 € ☐ 124 €

- Maman a **150 €** dans son porte-monnaie. Elle en dépense **la moitié**. Combien lui reste-t-il dans son porte-monnaie ?

☐ 65 € ☐ 70 € ☐ 75 €

6 **Réponds** aux devinettes.

- Quel est le double du plus petit nombre impair à 2 chiffres ? ....
- Quelle est la moitié du plus petit nombre pair à 3 chiffres ? ....
- Quel est le double du plus grand nombre pair à 2 chiffres ? ....

7 Le bateau de pêche *Marie-Jeanne* rentre au port avec **244 kg** de poissons. Il en a pêché **le double** par rapport à la veille. Combien de kg de poissons avait-il rapportés la veille ? **Calcule**, puis **écris** une phrase-réponse.

Je révise

Intercale les nombres suivants : 542 279 269 482 359 445 356

267	....	....	310	....	....	....	450	....	....

Résoudre des problèmes du champ additif à plusieurs étapes

CALCUL MENTAL
Calculer le double des nombres de 1 à 20.

APPRENTISSAGE
- **Sous-compétence 1 :** Résoudre des problèmes à 2 étapes.
- **Sous-compétence 2 :** Résoudre des problèmes à 3 étapes.

Calculer les compléments à la dizaine et à la centaine supérieure.

Apprenons ensemble

Dans le port à sec, il y a **3 rangées** de bateaux. Dans la 1re rangée, il y a **25 bateaux**. La 2e rangée contient **le double** de bateaux. La 3e rangée peut contenir le même nombre de bateaux que la 2e rangée, mais elle a **12 places libres**.
Combien y a-t-il de bateaux rangés ? **Complétons** et **calculons**.

(1) Je calcule le nombre de bateaux dans la 2e rangée :

.... + ... = ...

(2) Je calcule le nombre de bateaux dans la 3e rangée :

.... – .... = ...

(3) Je calcule le nombre total de bateaux rangés :

.... + ... + ... = ...

En tout, il y a [..........] *bateaux rangés dans le port à sec.*

Entraînons-nous

1 Un cargo quitte son port d'attache avec **276 conteneurs**. Lors de sa 1re escale, il décharge **235 conteneurs**. Lors de sa 2e escale, il en charge **188**. Combien le cargo contient-il de conteneurs lorsqu'il arrive à sa 3e escale ? **Complète** et **calcule**.

(1) Je calcule le nombre de conteneurs dans le cargo après la 1re escale : .... – .... = ...

(2) Je calcule le nombre de conteneurs dans le cargo après la 2e escale : .... + ... = ...

À la 3e escale, le cargo contient [..........] *conteneurs.*

2 Louis fait le plein d'essence de son bateau. Il doit mettre **200 litres** dans le réservoir. Il a déjà apporté les 2 bidons ci-dessous. Combien de litres doit-il encore apporter ? **Calcule** et **complète**.

(1) Je calcule ce que Louis a apporté dans ses bidons :

.... = ...

(2) Je calcule ce que Louis doit encore apporter :

.... = ...

Louis doit encore apporter [..........] *litres d'essence.*

Je travaille seul(e)

3 Pour partir en voyage, papa remplit les 2 réservoirs du bateau d'eau potable. Chaque réservoir contient **121 litres**. Maman achète ensuite **8 grosses bouteilles de 5 litres**. Avec combien de litres d'eau partons-nous ? **Complète** et **calcule**.

(1) Je calcule le nombre de litres dans les réservoirs : .... + ... = ...

(2) Je calcule le nombre de litres dans les 8 bouteilles : .... × .... = ...

(3) Je calcule le nombre total de litres d'eau : .... + ... = ...

Nous partons avec [...........] *litres d'eau.*

4 Cette semaine, Amine a loué un bateau de pêche **75 € la matinée**. Il est sorti **4 fois** et le loueur lui a fait une réduction de **25 €**. Combien a-t-il payé au total ? **Complète** et **calcule**.

(1) *Je calcule* ....

.... = ...

(2) *Je calcule* ....

.... = ...

Amine a payé [...........] *€ au total.*

5 Théa a **65 €** dans son porte-monnaie. À son anniversaire, elle reçoit de sa famille **178 €**. Elle s'achète ensuite du matériel pour la pêche et dépense **126 €**. Combien lui reste-t-il d'argent ? **Calcule** et **écris** tes phrases-réponses aux différentes étapes du problème.

Je révise

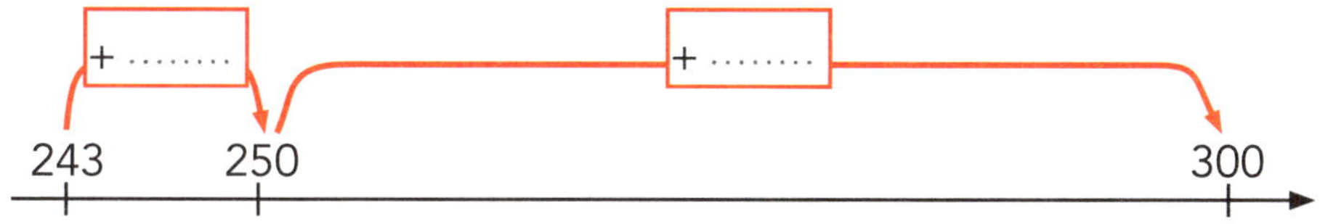

243 + ... = 300

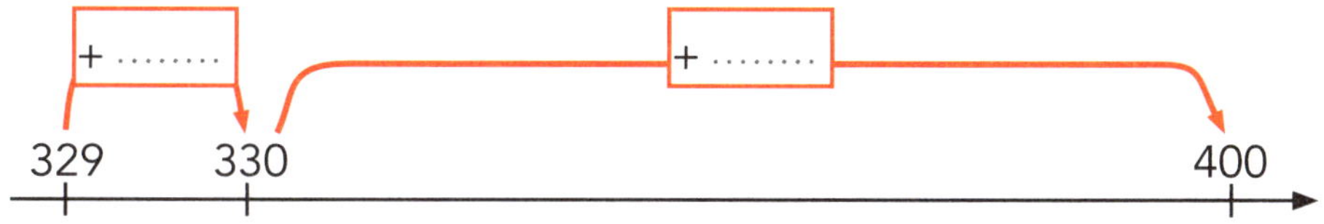

329 + ... = 400

167 + ... = 200 406 + ... = 500 671 + ... = 700 558 + ... = 600

PROBLÈMES POUR APPRENDRE À CHERCHER

1 Devinettes

• Mon nombre a les mêmes chiffres que le résultat de la soustraction **805 – 429**. C'est un nombre plus petit que **700**, mais plus grand que **650**.

....

Le nombre est [..........].

• La somme de mes 3 chiffres est **4** et leur produit est **0**. Quelles sont les solutions ?

....

2 Le pirate Barbe-Noire a rangé **527 diamants** dans **3 coffres** A, B et C. Dans le coffre A, il y a **27** diamants de plus que dans le coffre B. Dans le coffre C, il y a **moitié** moins de diamants que dans le coffre B. Combien de diamants le pirate Barbe-Noire a-t-il rangés dans chaque coffre ? **Calcule** et **complète**.

....

....

Le coffre A *contient* [........] *diamants, le coffre* B [........] *et le coffre* C [........].

3 **Écris** tous les nombres **impairs** de **3 chiffres** dont la somme des chiffres est égale à **7**.

....

....

4 Dans cette pyramide, chaque brique vaut la somme des deux briques sur lesquelles elle repose.
Complète les cases avec les nombres qui manquent.

......				
......	618			
......	......	459		
......	95	......	......	
13	......	......	47	......

5 **Colorie** les 5 bandes de ce drapeau, sachant que :
– le jaune est à gauche du blanc ;
– le vert et le blanc ne se touchent pas ;
– le rouge n'est ni à côté du blanc, ni à côté du jaune, ni à côté du vert ;
– le bleu n'est ni à côté du vert, ni à côté du jaune.

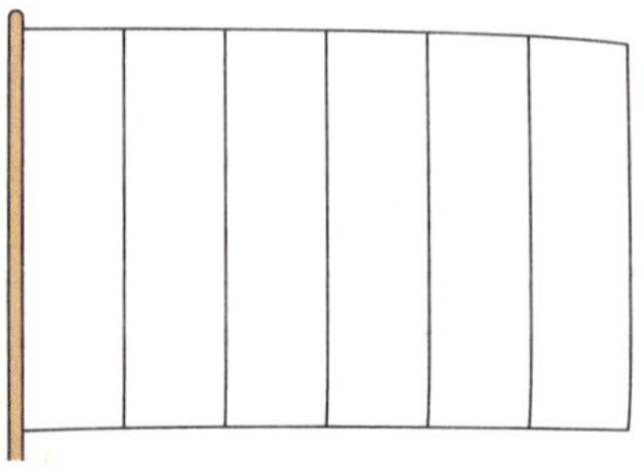

• MODULE 3 •
Nombres et calcul jusqu'à 1 000

À la fête foraine

- Combien de pattes la chenille a-t-elle ? – Quel est le rang du dernier enfant dans la file ?
- Léa a touché les canards 200, 700 et 100 : combien de points a-t-elle marqués au tir à la carabine ?
- Combien de ballons décorent la fête ? Quel calcul as-tu fait pour le savoir ?
- Léa et Mous achètent un paquet de churros pour 2. Combien de churros chaque enfant aura-t-il ?

13 Connaître le nombre 1 000 et les compléments à 1 000

| .... | .... | .... | .... | .... |

CALCUL MENTAL
Soustraire 2 nombres à 2 chiffres avec retenue (85 – 37).

APPRENTISSAGE
• **Sous-compétence 1 :** Associer le nombre 1 000 à ses représentations.
• **Sous-compétence 2 :** Connaître et calculer les compléments à 1 000.

RÉVISION
Connaître les propriétés de la multiplication.

Apprenons ensemble

Combien y a-t-il de bonbons en tout sur le stand de confiseries ? **Complétons.**

Il y a .... centaines de bonbons.

Il y a .... millier de bonbons.

Il y a .... bonbons en tout.

m	c	d	u
......	......	......	......

Entraînons-nous

1 **Coche** quand tu comptes **1 000**.

☐

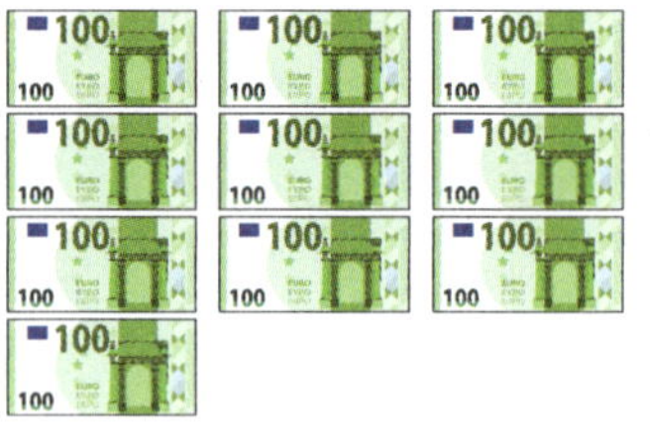

☐

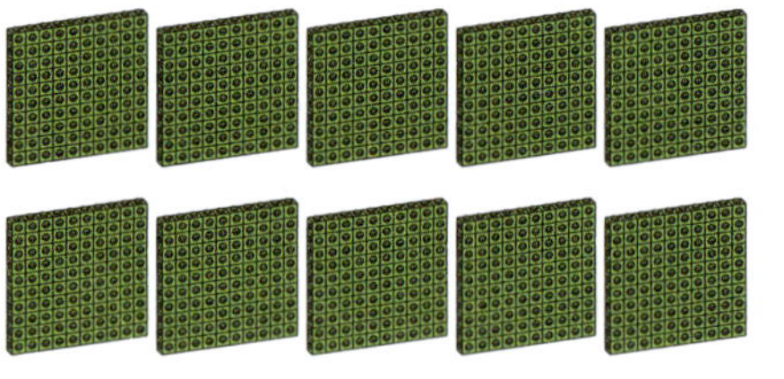

☐

2 **Dessine** les bonbons qui manquent pour en obtenir **1 000**.

3 **Colorie** les cases dont le résultat est **1 000**.

1 000 + 0	872 + 987	200 + 600	10 + 10	222 + 222	10 + 980	500 + 100	100 + 100
950 + 50	234 + 444	100 + 100	200 + 500	999 + 1	778 + 222	667 + 333	792 +208
200 + 800	2 + 76	208 + 986	100 + 800	328 + 672	1 + 998	20 + 100	10 + 990
400 + 600	90 + 10	123 + 456	200 + 700	100 + 900	200 + 500	500 + 500	132 + 868

Je travaille seul(e)

4 **Complète** les écritures du nombre **1 000**.

1 000
- …….. centaines
- …….. dizaines
- 900 + ……..
- 999 + ……..
- …….. millier
- …….. unités

5 **Trouve** et **calcule** les compléments à 1 000.

600 + …….. = 1 000	20 + …….. = 1 000	50 + …….. = 1 000
100 + …….. = 1 000	900 + …….. = 1 000	70 + …….. = 1 000
963 + …….. = 1 000	…….. + 640 = 1 000	834 + …….. = 1 000
257 + …….. = 1 000	…….. + 972 = 1 000	98 + …….. = 1 000

6 André doit marquer **1 000** points pour gagner une peluche au stand de tir à l'arc. Il a déjà marqué **217** points à la 1re manche, **139** points à la 2e manche et **203** points à la 3e manche. Combien de points André doit-il encore marquer pour gagner le nounours à **1 000** points ?
Calcule et **complète**.

………………………………………………………………

André a marqué ……….. *points après 3 manches.*

………………………………………………………………

André doit encore marquer ……….. *points.*

Je révise

Colorie d'une même couleur les cases dont le résultat est identique.

3 × 5	6 + 6	15	10 × 4
4 × 10	5 + 5 + 5 + 5	5 × 4	12
2 × 6	5 × 3	6 × 2	4 × 5
20	10 + 10 + 10 + 10	40	5 + 5 + 5

14 Repérer un rang ou une position : le nombre ordinal

.... | .... | .... | .... | ....

CALCUL MENTAL
Calculer le complément à 1 000 à partir d'un multiple de 50 (250 + ? = 1 000).

APPRENTISSAGE
- **Sous-compétence 1 :** Distinguer valeur ordinale et valeur cardinale.
- **Sous-compétence 2 :** Faire le lien entre le rang dans une liste et le nombre d'éléments qui le précèdent.

RÉVISION
Connaître les doubles et les moitiés.

Apprenons ensemble

Observons et **complétons**.

- .... jouera en 1er(e).
- .... jouera en 8e.
- .... enfants participent au stand de lancers.
- Cindy est la [..........] dans la file. Elle a [..........] enfants devant elle.
- Lilia est la [..........] dans la file.

Entraînons-nous

1 **Complète** et **réponds** aux questions.

A	516	517	518	519	520	521	522	523	524	525	526	527	528
B	101	111	121	131	141	151	161	171	181	191	201	211	221

- Le 6e nombre de la ligne A est [..........].
- 211 est situé en [..........] position sur la ligne B.
- Le dernier nombre de la ligne A est [..........].
- L'avant-dernier nombre de la ligne A est [..........].
- Le nombre [..........] se situe à la onzième place de la ligne B.
- Le nombre [..........] se situe à la 8e place de la ligne B.

2 **Colorie** de la même couleur les phrases qui vont ensemble.

le nombre ordinal	Il indique le rang d'un élément dans une collection ordonnée.	Ce nombre est indépendant de l'ordre des éléments comptés.
le nombre cardinal	Il indique la quantité.	Ce nombre est exprimé par rapport à un ordre donné.

Je travaille seul(e)

3 **Écris en lettres ou en chiffres** la position dans la file correspondant au nombre donné.

....	troisième
....	premier
10	....
19	....

....	vingt-deuxième
100	....
....	neuf centième
1 000	....

4 Voici le classement et le nombre de points marqués par chaque enfant au jeu de fléchettes aujourd'hui.
Observe et **réponds** aux questions.

952	921	853	852	743	642	608	555	532	509	502	485	332	310	195
Mila	James	Cid	Lia	Ken	Mous	Rita	Léo	Nina	May	Nino	Lou	Sia	Ben	Farid

- Quel est le score du 4ᵉ enfant ? ....
- Quel est le rang du dernier enfant ? ....
- Quel enfant est arrivé sixième ? ....
- .... est arrivé dernier. Il a .... enfants devant lui.
- Quel est le rang de Ken (en chiffres et en lettres) ? .... ou ....
- Ben est .... ou ....
- Quel est le rang de Lia (en chiffres et en lettres) ? .... ou ....
- Lia a .... enfants devant elle.

Colorie le nom et le score :
– du dixième enfant en jaune ; – du cinquième enfant en vert ; – du onzième enfant en bleu ;
– du premier enfant en rose ; – de l'avant-dernier enfant en orange.

Je révise

Complète.

Le double de 2 est	Le double de 6 est	La moitié de 2 est ....
Le double de 3 est	Le double de 7 est	La moitié de 4 est ....
Le double de 4 est	Le double de 8 est	La moitié de 6 est ....
Le double de 5 est	Le double de 9 est	La moitié de 8 est ....
La moitié de 18 est	La moitié de 10 est	La moitié de 14 est ....

15 Connaître les tables de multiplication

....

CALCUL MENTAL
Calculer le complément à 1 000 d'une dizaine entière.

APPRENTISSAGE
- **Sous-compétence 1 :** Construire les tables de multiplication de 6 à 9.
- **Sous-compétence 2 :** Mémoriser les tables de multiplication de 2 à 9.

RÉVISION
Résoudre des problèmes du champ additif à plusieurs étapes.

Apprenons ensemble

Combien y a-t-il de fléchettes en tout ? **Complétons.**

....						
7	....	....	....	....	....	....

.... + ... + ... + ... + ... + ... + ... = ... × ....

Il y a .... fléchettes en tout.

Entraînons-nous

1 **Colorie** sur le quadrillage la représentation de chaque multiplication, de la couleur correspondante. **Complète** ensuite le calcul : le résultat de la multiplication doit correspondre au nombre de cases coloriées de la couleur correspondante.

6 × 4 = ...

....					
....	....	....	....	....	....

7 × 3 = ...

....						
....	....	....	....	....	....	....

8 × 5 = ...

....							
....	....	....	....	....	....	....	....

9 × 2 = ...

....								
....	....	....	....	....	....	....	....	....

2 **Complète** les cases manquantes.

×	1	2	3	4	5	6	7	8	9
6	6	12	....	24	....	36	42	48	....
7	7	....	21	28	35	....	49	56	....
8	....	16	24	32	40	....	56	....	....
9	9	....	27	36	45	54	....	72	....

Je travaille seul(e)

3 **Compte** le nombre de ballons par ligne et par colonne, **complète** les boîtes à compter, puis **calcule** le nombre de ballons.

....

....

....

...... | ...... | ...... | ...... | ...... | ......

....

...... | ...... | ...... | ...... | ......

.... × .... = ... × .... = ...

....

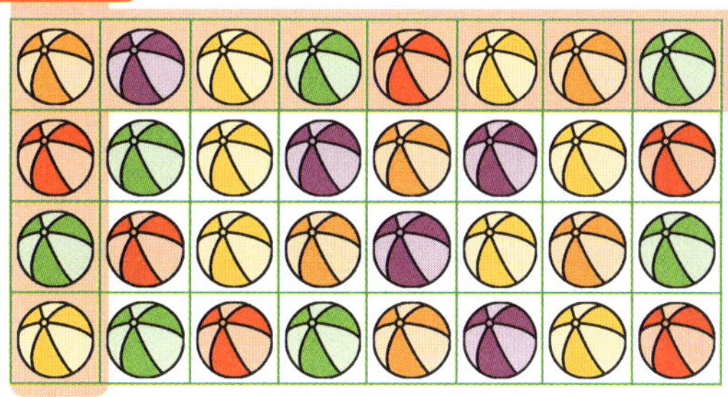

....

....

...... | ...... | ...... | ...... | ...... | ...... | ...... | ......

....

...... | ...... | ...... | ......

.... × .... = ... × .... = ...

4 **Calcule** et **complète** les tables de multiplication de 7 à 9.

1 × 7 = ...	6 × 7 = ...	1 × 8 = ...	6 × 8 = ...	1 × 9 = ...	6 × 9 = ...
2 × 7 = ...	7 × 7 = ...	2 × 8 = ...	7 × 8 = ...	2 × 9 = ...	7 × 9 = ...
3 × 7 = ...	8 × 7 = ...	3 × 8 = ...	8 × 8 = ...	3 × 9 = ...	8 × 9 = ...
4 × 7 = ...	9 × 7 = ...	4 × 8 = ...	9 × 8 = ...	4 × 9 = ...	9 × 9 = ...
5 × 7 = ...	10 × 7 = ...	5 × 8 = ...	10 × 8 = ...	5 × 9 = ...	10 × 9 = ...

5 **Complète** les multiplications à trou(s).

72 = 9 ×	54 = 6 ×	27 = 9 ×	14 = 7 ×	28 = 4 × ....
40 = 8 ×	63 = 7 ×	56 = 8 ×	81 = 9 ×	30 = 5 × ....
80 = 8 ×	36 = ... ×	20 = ... ×	30 = ... ×	12 = ... × ....

Je révise

Pour son anniversaire, Clotilde a reçu **42 €** de sa tante, **30 €** de sa mamie et **15 €** de sa marraine. Elle s'achète un casque audio à **100 €**. Combien lui reste-t-il d'argent une fois le casque acheté ? **Calcule** et **complète**.

- .... *Clotilde a reçu* .... *€ en tout.*
- .... *Il lui reste* .... *€ après avoir acheté le casque.*

16 Multiplier un nombre par 10 et par 100

CALCUL MENTAL
Trouver le complément à 1 000 d'un nombre quelconque à 3 chiffres.

APPRENTISSAGE
- **Sous-compétence 1 :** Multiplier un nombre par 10.
- **Sous-compétence 2 :** Multiplier un nombre par 100.

RÉVISION
Le nombre 1 000 et ses compléments.

....

Apprenons ensemble

Au stand de confiseries, Mathieu vend les churros par **cornets de 10** et les cacahuètes par **paquets de 100**. Combien y a-t-il de churros et de cacahuètes sur son stand ? **Complétons.**

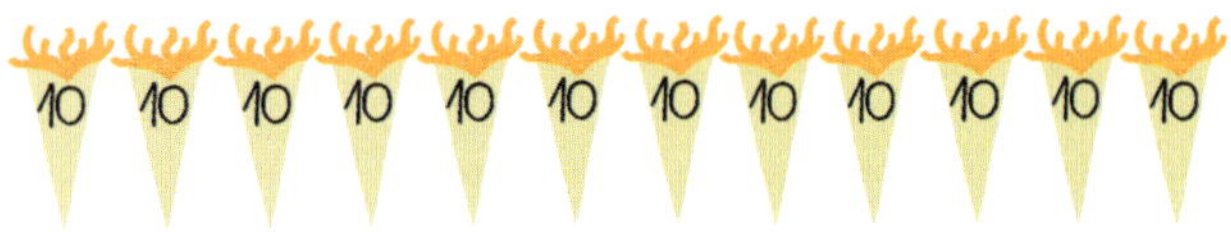

Quand je multiplie par 10, j'écris un zéro à droite du nombre.

Quand je multiplie par 100, j'écris deux zéros à droite du nombre.

10 + ... + ... + ... + ... + ...
+ .... + ... + ... + ... + ... + ...
= ....

.... × 10 = ...

12 fois 10, c'est ....

100 + ... + ... + ... + ... + ...
+ .... + ... + ... + ... + ... +
.... + ... + ... + ... + ... = ...

.... × 100 = ...

.... fois 100, c'est ....

Entraînons-nous

1 **Complète** la table de **10** et la table de **100**.

1 × 10 = ...	6 × 10 = ...
2 × 10 = ...	7 × 10 = ...
3 × 10 = ...	8 × 10 = ...
4 × 10 = ...	9 × 10 = ...
5 × 10 = ...	10 × 10 = ...

1 × 100 = ...	6 × 100 = ...
2 × 100 = ...	7 × 100 = ...
3 × 100 = ...	8 × 100 = ...
4 × 100 = ...	9 × 100 = ...
5 × 100 = ...	10 × 100 = ...

2 **Calcule.**

9 × 10 = ...	2 × 100 = ...	.... × 10 = 80	.... × 100 = 800
26 × 10 = ...	7 × 100 = ...	.... × 10 = 90	.... × 100 = 900
70 × 10 = ...	8 × 100 = ...	.... × 10 = 120	.... × 100 = 700
28 × 10 = ...	5 × 100 = ...	.... × 10 = 240	.... × 100 = 400
92 × 10 = ...	4 × 100 = ...	.... × 10 = 320	.... × 100 = 600

Je travaille seul(e)

3 **Colorie** d'une même couleur les étiquettes qui vont ensemble.

3 × 100	78 × 10	700	5 × 100	150	35 × 10
15 × 10	500	300	780	7 × 100	350

4 **Complète**.

8 × .... = 800	.... × 100 = 400	10 × .... = 990	.... × 10 = 80
10 × .... = 500	.... × 100 = 900	100 × .... = 300	20 × .... = 200
10 × .... = 760	.... × 14 = 140	88 × .... = 880	100 × .... = 200

5 Vendredi, **48 visiteurs** sont entrés dans la maison hantée.
Samedi, il y a eu **10 fois plus** de visiteurs. Dimanche, il y a eu **100 fois plus** de visiteurs que vendredi.
- Combien y a-t-il eu de visiteurs dans la maison hantée samedi ?
- Combien y a-t-il eu de visiteurs dans la maison hantée dimanche ?

Calcule et **complète**.

Il y a eu .... visiteurs samedi.

Il y a eu .... visiteurs dimanche.

6 Leïla et Claire font les comptes de la fête foraine des deux derniers mois. **900** personnes se sont rendues à l'inauguration de la fête foraine à Paris. Il y a eu **10 fois** moins de monde à l'inauguration à Nantes. Combien y a-t-il eu de personnes à l'inauguration à Nantes ?
Calcule et **écris** la phrase-réponse.

Je révise

Complète pour obtenir **1 000** à chaque fois.

450 + ... = 1 000	950 + ... = 1 000	120 + ... = 1 000	600 + ... = 1 000
150 + ... = 1 000	910 + ... = 1 000	260 + ... = 1 000	210 + ... = 1 000
300 + ... = 1 000	890 + ... = 1 000	470 + ... = 1 000	730 + ... = 1 000

17 Multiplier par un nombre à un chiffre

....	....	....	....	....

CALCUL MENTAL
Mémoriser les tables de multiplication de 2 et de 3.

APPRENTISSAGE
• **Sous-compétence 1 :** Connaître et utiliser les tables de multiplication pour calculer.
• **Sous-compétence 2 :** Poser et calculer une multiplication par un nombre à 1 chiffre.

RÉVISION
Le nombre ordinal.

Apprenons ensemble

Complétons les différentes étapes pour **calculer** la multiplication posée.

47 × 5 = ...

	c	d	u
		4	7 ③
×			5
	2	3	5

• Je commence par multiplier les unités : 5 × 7 = ...

• J'écris .... dans la colonne des unités et je mets .... dizaines en retenue.

• Je calcule ensuite les dizaines : 5 × 4 = ...

• Je n'oublie pas d'ajouter la retenue : .... + 3 = ...

• J'écris .... dans la colonne des dizaines et .... dans la colonne des centaines.

Entraînons-nous

1 Pour chaque multiplication posée, **calcule** d'abord dans le tableau les résultats intermédiaires. **Intègre** ensuite ces résultats à la multiplication posée et **additionne**-les pour trouver le résultat final de la multiplication.

258 × 4 = ...

×	8	5	2
4	....	....	....

	c	d	u
	2	5	8
×			4
4 × 8 →		.	.
4 × 50 →	.	.	0
4 × 200 → +	.	0	0
258 × 4 →	.	.	.

519 × 5 = ...

×	9	1	5
5	....	....	....

		c	d	u
		5	1	9
×				5
5 × 9 →			.	.
5 × 10 →			.	0
5 × 500 → +	.	.	0	0
519 × 5 →	.	.	.	.

234 × 2 = ...

×	4	3	2
2	....	....	....

	c	d	u
	2	3	4
×			2
2 × 4 →			.
2 × 30 →		.	0
2 × 200 → +	.	0	0
234 × 2 →	.	.	.

2 **Calcule**.

29 × 6 = ...

	c	d	u
		2	9
×			

56 × 3 = ...

	c	d	u
		5	6
×			

37 × 4 = ...

	c	d	u
×			

148 × 5 = ...

	c	d	u
×			

Je travaille seul(e)

3 **Complète** les multiplications à trou.

28 = 4 ×	9 × .... = 27	81 = 9 ×	5 × .... = 45
72 = ... × 9	28 = 7 ×	63 = 7 ×	12 = 4 × ....
5 × .... = 30	35 = 5 ×	8 × .... = 64	24 = 6 × ....
28 = 7 ×	6 × .... = 42	7 × .... = 49	.... × 2 = 18

4 **Pose** et **calcule**.

83 × 8 = ... 142 × 2 = ... 91 × 3 = ... 79 × 9 = ...

5 **Complète** les multiplications à trou(s).

	d	u
	1	8
×		.
	5	4

	d	u
	.	.
×		2
	7	2

	d	u
	.	.
×		5
	7	0

Je révise

Les enfants sont en file indienne devant un stand. **Observe** et **complète**.

- .... est 2e.
- .... est 6e.
- Il y a .... enfants en tout dans la file.
- Mous est .... dans la file.
- Bruce est .... dans la file.

Entoure l'enfant qui arrivera au stand en dernier.

18

Diviser : groupements et partages

.... | .... | .... | .... | ....

CALCUL MENTAL
Utiliser la commutativité pour calculer les produits avec des tables non encore apprises.

APPRENTISSAGE
- **Sous-compétence 1 :** Trouver la valeur d'une part dans un partage équitable.
- **Sous-compétence 2 :** Trouver le nombre de parts dans un partage équitable.
- **Sous-compétence 3 :** Connaître le vocabulaire de la division et utiliser le signe : pour calculer.

RÉVISION
Connaître les tables de multiplication.

Apprenons ensemble

Pour la pêche aux canards, chaque enfant doit pouvoir pêcher **8 canards**. **Entourons** des groupes de **8 canards** pour déterminer combien d'enfants pourront participer à ce jeu. **Complétons**.

Il y a .... canards par enfant.
Il y a .... fois .... canards.
8 × .... = ... 32 : 8 = ...

.... enfants participent.
Il y a .... canards divisés en ....
Le quotient de 32 divisé par 8 est ....

Entraînons-nous

1 Au stand de tir, il y a **30 ballons** à répartir équitablement entre **6 enfants**. Combien de ballons aura chaque enfant ? **Relie**, **calcule** et **complète**.

.... = ... × .... 30 : 6 = ...

Il y a .... ballons par enfant.
Le quotient de 30 divisé par 6 est ....

....					
....	....	....	....	....	....

2 Michèle s'occupe du stand de fléchettes. Elle dispose de **72 fléchettes**. Elle les regroupe par **8**. **Entoure** et **complète**.

.... = ... × .... 72 : .... = ...

Il y a .... groupes de .... fléchettes.
Le quotient de 72 divisé par .... est ....

....							
....	....	....	....	....	....	....	....

Je travaille seul(e)

3 **Entoure** les résultats qu'on peut trouver dans chaque table de multiplication.

Table de multiplication de 4	Table de multiplication de 5	Table de multiplication de 6
4 6 8 9 10 12 14 16 18 20 24 26 28 30 34 35 40	4 5 7 10 11 15 13 17 18 20 22 25 26 27 30 32 35 47 50	6 8 9 12 13 18 19 20 24 25 26 30 34 36 40 42 47 49 53 58 60
Table de multiplication de 7	**Table de multiplication de 8**	**Table de multiplication de 9**
7 9 13 14 16 20 21 23 28 29 30 34 35 40 42 48 49 56 63 64 70	8 10 14 16 18 20 22 24 30 32 35 36 40 42 48 52 54 56 65 70 72 74 80	9 12 18 19 27 30 34 36 38 45 48 54 63 66 72 78 81 89 90

4 **56 personnes** attendent pour monter sur la grande roue. Tous les passagers sont répartis équitablement dans **7 nacelles**. Combien y aura-t-il de passagers dans chaque nacelle ?
Écris la multiplication à trou et la division correspondantes, **calcule** et **complète**.

....

....

Il y aura [..........] *passagers dans chaque nacelle.*

5 **Calcule** les quotients de ces divisions, comme dans l'exemple.

18 = 9 × 2 18 : 9 = 2	54 = 9 × 6 54 : 6 = ...	49 = 7 × .... 49 : 7 = ...	40 = 8 × .... 40 : 8 = ...	72 = 9 × .... 72 : 9 = ...
24 = 4 × .... 24 : 4 = ...	30 = 5 × .... 30 : 5 = ...	12 = 4 × .... 12 : 4 = ...	28 = 4 × .... 28 : 4 = ...	30 = 6 × .... 30 : 6 = ...

Je révise

Colorie en fonction de la légende.

12
18
20
28
30
40
42
81

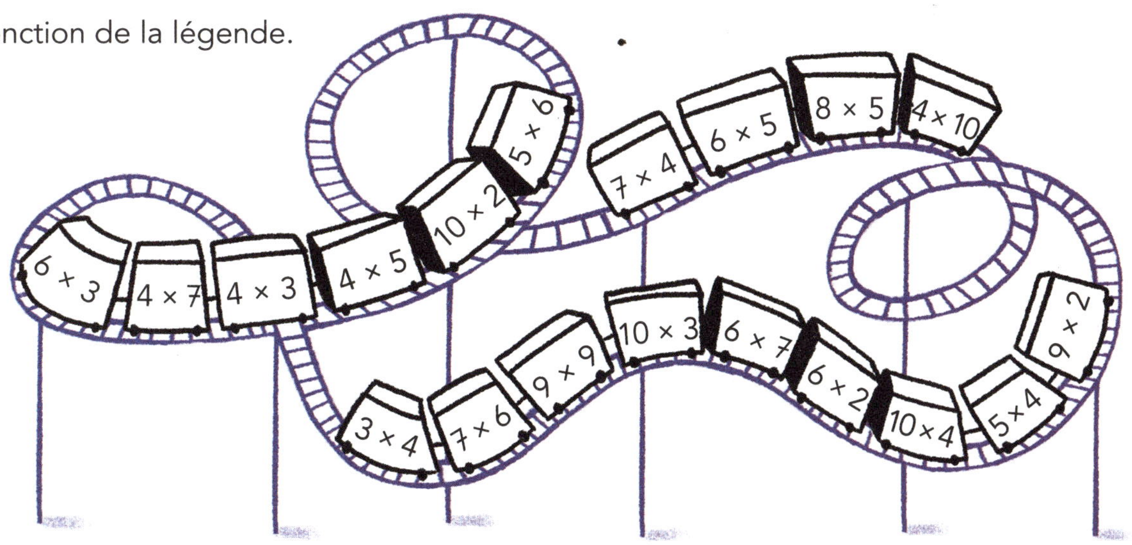

Résoudre des problèmes par la modélisation

CALCUL MENTAL
Mémoriser les tables de multiplication de 4 et 5.

APPRENTISSAGE
- **Sous-compétence 1 :** Analyser et schématiser un problème grâce à la modélisation.
- **Sous-compétence 2 :** Trouver la question qui correspond à un énoncé et à un modèle en barres.
- **Sous-compétence 3 :** Résoudre des problèmes par la modélisation.

RÉVISION
Multiplier un nombre par 10 et par 100.

Apprenons ensemble

Julien et Héléna font une partie de billard japonais. Héléna marque **35 points**. Julien marque **12 points**. Combien ont-ils de points à eux deux ? **Complétons** et **calculons**.

Julien et Héléna : .... points	
Héléna : 35 points	Julien : 12 points

....	
35	....

35 + ... = ...

Julien et Héléna ont marqué .... *points à eux deux.*

Entraînons-nous

1 **Complète** chaque modèle en barres avec les données de l'énoncé, puis **relie** chaque énoncé au modèle en barres et à la boîte à compter correspondants.

Énoncés :
- À la fête foraine, il y a 143 enfants. 42 sont des filles. Combien y a-t-il de garçons ?
- À la pêche aux canards, il y a 26 poissons verts et 12 poissons rouges. Combien y a-t-il de poissons en tout ?
- Sylvain doit marquer 250 points au stand de tir pour gagner le gros nounours. Il a déjà marqué 125 points. Combien doit-il marquer de points pour gagner le nounours ?

Modèles en barres :

Total de poissons :	
Poissons verts :	Poissons rouges : ....

Points pour gagner :	
Points marqués :	Points manquants : ....

Total des enfants :	
Filles :	Garçons : ....

Boîtes à compter :

....	
26	12

143	
42	....

250	
125	....

2 Pour chaque problème, **lis** l'énoncé et **écris** la question qui correspond.

Pour aller à la fête foraine, Nina doit parcourir 264 m depuis chez elle. Elle doit passer devant l'école, qui est à 102 m de la maison.

Distance totale : 264	
Distance maison/école : 102	?

....

118 personnes montent sur la montagne russe au 1er tour. Au 2nd tour, ce sont 242 personnes qui montent.

?	
1er tour : 118	2nd tour : 242

....

Je travaille seul(e)

3 **Complète** les modèles en barres et **résous** les problèmes suivants.

Younès a 32 billes. Lilia a 56 billes.
Combien ont-ils de billes à eux deux ?

Total :........	
Younès :	Lilia : ....

Marcel et Fatou pique niquent ensemble.
Au début, Marcel a 64 bonbons au total.
Fatou en mange 21.
Combien de bonbons reste-t-il à Marcel ?

Bonbons de Marcel au début :	
Bonbons restants :	Bonbons mangés par Fatou ....

Milan part à la fête foraine. Sa maman lui donne 25 €. Il dépense 12 € sur les manèges. Avec le reste, il va s'acheter des friandises. Combien reste-t-il d'argent à Milan pour acheter des friandises ?

Argent de Milan au début :	
Argent dépensé sur les manèges :	Argent pour les friandises : ....

4 **Relie** le problème, le modèle en barres, la question et la réponse associés.

Problèmes :
- Aux autos tamponneuses, il y a 28 voitures rouges et 28 voitures bleues.
- Aux autos tamponneuses, il y avait 60 voitures. 13 voitures sont en panne.
- 46 enfants veulent faire de l'auto tamponneuse. Il y a 37 voitures en bon état.

Modèles en barres :

Total de voitures : 60	
Voitures en panne : 13	?

?	
Voitures rouges : 28	Voitures bleues : 28

Enfants : 46	
?	Voitures en bon état : 37

Questions :
- Combien manque-t-il de voitures ?
- Combien de voitures sont en état de fonctionnement ?
- Combien y a-t-il de voitures en tout ?

Réponses :
- 9
- 56
- 47

5 **Complète** le modèle en barres et la boîte à compter, puis **calcule** et **écris** la phrase-réponse.

Boubakar mesure 86 cm. Pour faire du manège, il faut mesurer 1 m. De combien de cm doit-il grandir avant de pouvoir faire du manège ?

1 m	....
	86 cm

....	
....	....

....

....

Je révise

Calcule.

5 × 100 = ...
3 × 100 = ...

12 × 10 = ...
100 × 80 = ...

8 × 100 = ...
113 × 10 = ...

10 × 32 = ...
10 × 55 = ...

PROBLÈMES POUR APPRENDRE À CHERCHER

1 À la loterie de la fête de l'école, les numéros des billets gagnants contiennent tous les chiffres **3** et **9**. Les numéros sont tous compris **entre 1 et 300**.
Écris tous les numéros gagnants.

....

2 Deux enfants, Jules et Karim, comptent leurs images de la même façon.
Si chacun compte ses images **2 par 2**, il lui en reste **1**.
Si chacun compte ses images **3 par 3**, il lui en reste **2**.
Si chacun compte ses images **5 par 5**, il lui en reste **0**.
Chaque garçon a **plus de 20** et **moins de 80 images** et Karim a **plus d'images** que Jules. Combien d'images ont-ils chacun ? **Calcule** et **complète**.

....

Jules a .... *images et Karim a* .... *images.*

3 **Utilise** les étiquettes-nombres pour obtenir chaque nombre ci-dessous : tu peux **additionner**, **soustraire** et **multiplier**. Tu n'es pas obligé(e) d'utiliser tous les nombres et tu ne peux les utiliser qu'une fois pour chaque nombre.
Écris tes calculs.

10	100	6	1	4	2

612 = ...

145 = ...

940 = ...

859 = ...

362 = ...

4 Quatre chevaux font la course. Le cheval blanc n'est **ni premier ni dernier**.
Le cheval roux est le plus rapide de tous. Le cheval gris est **juste après** le cheval roux.
Écris le rang d'arrivée de chaque cheval.

....

• MODULE 4 •
Nombres et calcul jusqu'à 9 999

Au concert

– Y a-t-il eu plus de spectateurs au concert des Licornes le 27 ou le 28 août ? – Combien de spectateurs les gradins A, B, C et D peuvent-ils accueillir en tout ? – Combien y a-t-il de bouchons d'oreilles dans un carton ? Combien faut-il de cartons pour que tous les spectateurs du gradin A puissent avoir des bouchons d'oreilles ?
– Combien coûtent les T-shirts hommes taille XL au stand de produits dérivés ?

19 Lire, écrire et représenter les nombres jusqu'à 9 999

.... | .... | .... | .... | ....

CALCUL MENTAL
Additionner un nombre à 1 chiffre à 1 nombre à 3 chiffres avec retenue.

APPRENTISSAGE
- **Sous-compétence 1 :** Représenter et lire les nombres jusqu'à 9 999.
- **Sous-compétence 2 :** Associer les différentes représentations des nombres de 1 000 à 9 999.

RÉVISION
Multiplier par un nombre à 1 chiffre.

Apprenons ensemble

Combien y a-t-il de cubes en tout ? **Complétons.**

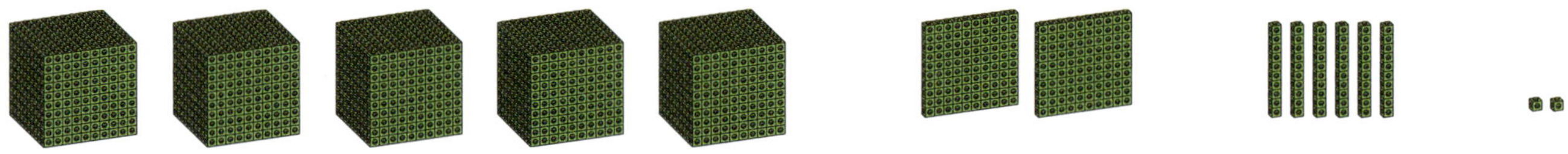

.... *milliers* .... *centaines* .... *dizaines* .... *unités non groupées*

.... + 200 + ... + 2 = ... *Il y a* .... *cubes en tout.*

m	c	d	u
......	......	......	......

Entraînons-nous

1 **Colorie** d'une même couleur les représentations des mêmes nombres.

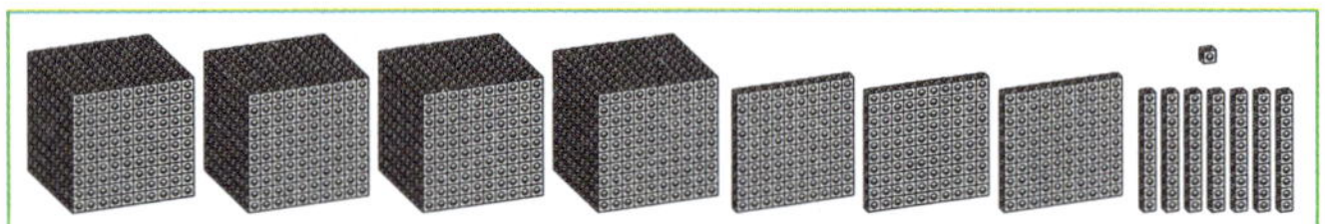

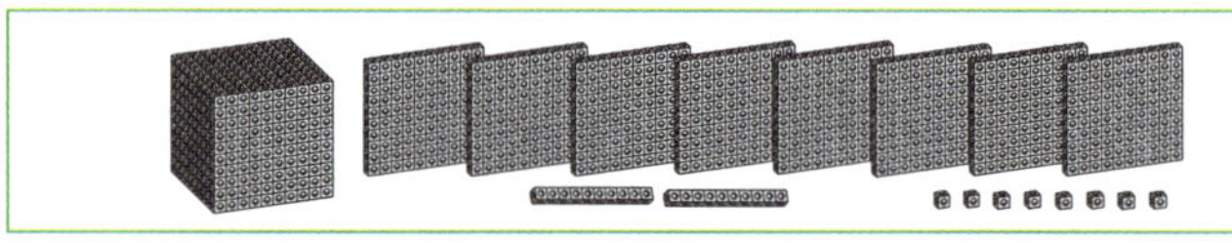

1 828

1m 8c 2d 8u

4 000 + 300 + 70 + 1

(4 × 1 000) + (3 × 100) + (7 × 10) + 1

quatre mille trois cent soixante et onze

mille huit cent vingt-huit

4 371

1 000 + 800 + 20 + 8

4m 3c 7d 1u

(1 × 1 000) + (8 × 100) + (2 × 10) + 8

2 **Calcule**, puis **écris** chaque nombre **en lettres**.

1 000 + 1 000 + 1 000 + 100 + 100 + 100 + 100 + 10 + 10 + 10 + 2

= .... + ... + ... + ... = ...

1 000 + 1 000 + 1 000 +1 000 + 1 000 + 1 000 + 100 + 100 + 10 + 10 + 10 + 10 + 10 + 9

= .... + ... + ... + ... = ...

1 000 + 1 000 + 1 000 + 1 000 + 1 000 + 1 000 + 1 000 + 1 000 + 100 + 10 + 10 + 8

= .... + ... + ... + ... = ...

1 000 + 100 + 100 + 100 + 100 + 100 + 100 + 100 + 10 + 10 + 10 + 10 + 10 + 10 + 4

= .... + ... + ... + ... = ...

Je travaille seul(e)

3 Combien y a-t-il d'argent dans chaque tirelire ? **Complète.**

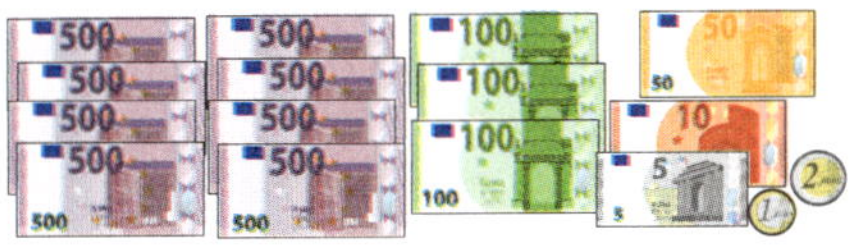

.... €

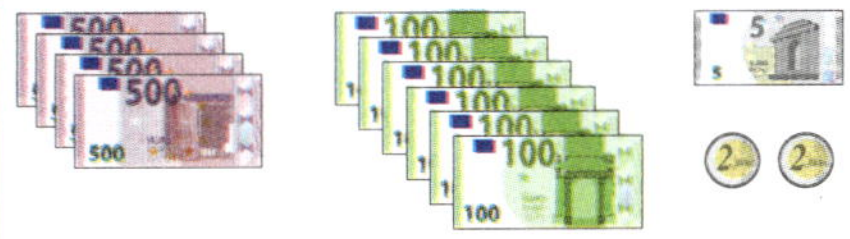

.... €

.... €

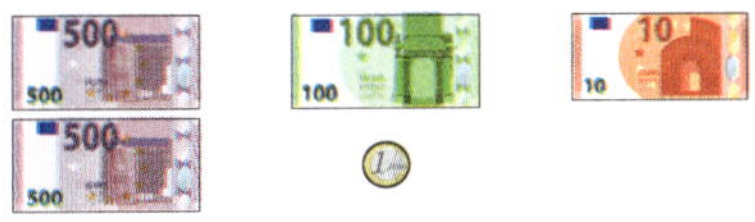

.... €

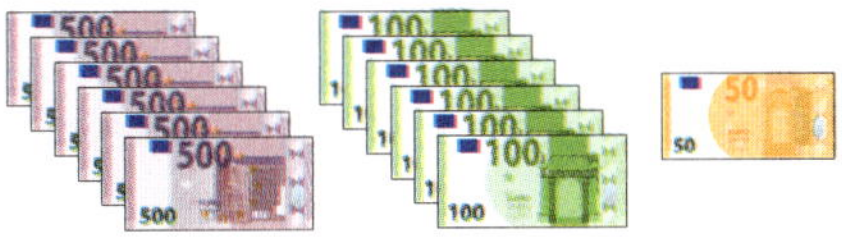

.... €

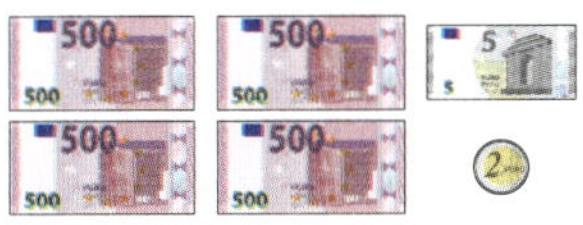

.... €

4 **Lis** les nombres et **entoure** en violet le chiffre des milliers, en vert le chiffre des centaines, en rouge le chiffre des dizaines et en bleu le chiffre des unités.

4 593	3 614	2 748	8 920	6 805	5 003
1 980	2 679	3 843	6 027	9 792	2 918

5 **Complète** comme dans l'exemple.

6 793	6 000 + 700 + 90 + 3
2 061	.... + ... + ... + ...
7 485	.... + ... + ... + ...
3 952	.... + ... + ... + ...

5m 7c 4d 3u	.... + ... + ... + ...
4m 5c 7d 4u	.... + ... + ... + ...
9m 8c 0d 7u	.... + ... + ... + ...
8m 6c 3d 2u	.... + ... + ... + ...

6 **Écris** les nombres **en chiffres ou en lettres.**

3 762	
9 081	
7 145	

....	quatre mille cinq cent quatre-vingt-treize
....	six mille six cent soixante-treize
....	deux mille huit cent quatre-vingt-cinq

Je révise

Pose et **calcule**.

32 × 8 = ...

123 × 4 = ...

61 × 3 = ...

20 Multiplier un nombre par des dizaines et centaines entières

....	....	....	....	....

CALCUL MENTAL
Dictée de nombres.

APPRENTISSAGE
• **Sous-compétence 1 :** Identifier des stratégies de calcul : × 20 = (× 2) + (× 10) ;
× 200 = (× 2) + (× 100).
• **Sous-compétence 2 :** Utiliser des stratégies de calcul pour multiplier.

RÉVISION
Diviser : groupements et partages.

Apprenons ensemble

La salle de spectacle Jacques-Prévert propose un spectacle de magie. La place coûte **7 €**. Le premier jour, la salle vend **20 places**. Combien a-t-elle gagné d'argent le premier jour ?
Calculons et **complétons**.

Il y a [..........] places.
Il y a [..........] fois 10 places.

2 × 7 = ...   20 × 7 = ...

20 = 2 × 10. Multiplier par 20, c'est multiplier par 2 fois 10. Quand je multiplie par 10, j'écris 1 zéro à droite du nombre.

La salle a gagné [..........] € le premier jour.

Après une semaine de spectacle, la salle a vendu 200 places.
Combien d'argent la salle a-t-elle gagné en une semaine ?
Calcule et **complète**.

2 × 7 = ...   200 × 7 = ...

200 = 2 × 100. Multiplier par 200, c'est multiplier par 2 fois 100. Quand je multiplie par 100, j'écris 2 zéros à droite du nombre.

La salle a gagné [..........] € en une semaine.

Entraînons-nous

1 **Décompose** pour calculer les multiplications en rouge, comme dans l'exemple.

26 × 20 = 520 26 × 2 = 52 52 × 10 = 520	18 × 30 = ... 18 × 3 = ... × 10 = ...	41 × 400 = ... × .... = ... × 10 = ...
32 × 300 = ... × .... = ... × .... = ...	62 × 50 = ... × .... = ... × .... = ...	63 × 200 = ... × .... = ... × .... = ...

2 **Calcule**.

20 × 30 = ...	30 × 300 = ...	1 000 × 20 = ...	400 × 20 = ...
300 × 30 = ...	200 × 30 = ...	30 × 50 = ...	50 × 500 = ...
20 × 40 = ...	200 × 40 = ...	40 × 50 = ...	300 × 50 = ...

Je travaille seul(e)

3 **Colorie** de la même couleur les étiquettes qui vont ensemble.

25 × 20	9 × 30	4 × 200	5 × 500	8 × 40	300 × 20
2 500	320	500	6 000	270	800

4 **Complète**.

5 × .... = 100	6 × .... = 2 400	20 × .... = 1 000
8 × .... = 3 200	9 × .... = 2 700	11 × .... = 220
9 × .... = 450	8 × .... = 400	30 × .... = 900
6 × .... = 180	3 × .... = 1 200	15 × .... = 300
7 × .... = 280	5 × .... = 250	40 × .... = 2 000

5 **Calcule** et **résous** les problèmes suivants. N'oublie pas la **phrase-réponse**.

M. a donné **42 concerts**. Il y avait **600 spectateurs** à chaque concert. Combien y a-t-il eu de spectateurs en tout aux concerts de M ?

....

....

....

Il y a eu .... *spectateurs au total.*

En 2018, il y a eu **80 concerts** au Conservatoire. En 2020, **20 fois plus** de concerts ont eu lieu. Combien y a-t-il eu de concerts au Conservatoire en 2020 ?

....

....

....

Je révise

Complète les multiplications à trous et les divisions.

18 = 9 × .... 18 : 9 = ...	9 = 3 × .... 9 : 3 = ...	8 = 2 × .... 8 : 2 = ...	50 = 5 × .... 50 : 5 = ...	81 = 9 × .... 81 : 9 = ...
24 = 6 × .... 24 : 6 = ...	40 = 5 × .... 40 : 5 = ...	12 = 6 × .... 12 : 6 = ...	28 = 7 × .... 28 : 7 = ...	30 = 5 × .... 30 : 5 = ...

21 Décomposer et recomposer les nombres jusqu'à 9 999

....	....	....	....	....

CALCUL MENTAL
Décomposer et recomposer un nombre < 10 000 en additions.

APPRENTISSAGE
- **Sous-compétence 1 :** Décomposer un nombre jusqu'à 9 999.
- **Sous-compétence 2 :** Recomposer un nombre jusqu'à 9 999.

RÉVISION
Résoudre des problèmes par la modélisation.

Apprenons ensemble

Ce soir, il y a **4 328** spectateurs au concert de Kendji. **Représentons** ce nombre en dessinant des groupes de 1 000, 100 et 10 cubes et des cubes non groupés dans le tableau, puis **complétons** sa décomposition.

4 328			
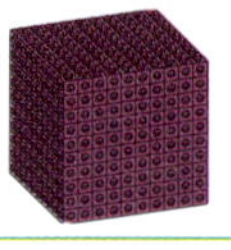	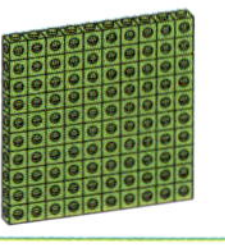		

m	c	d	u
......	......	......	......

.... + ... + ... + ... = ...

Entraînons-nous

1 **Complète** les calculs.

.... + 200 + ... + ... = 5 207

1 000 + ... + ... + ... = 1 045

.... + ... + ... + 3 = 8 153

.... + ... + 90 + ... = 3 792

.... + 400 + ... + ... = 7 410

6 000 + ... + ... + ... = 6 543

2 **Complète** pour **recomposer** les nombres.

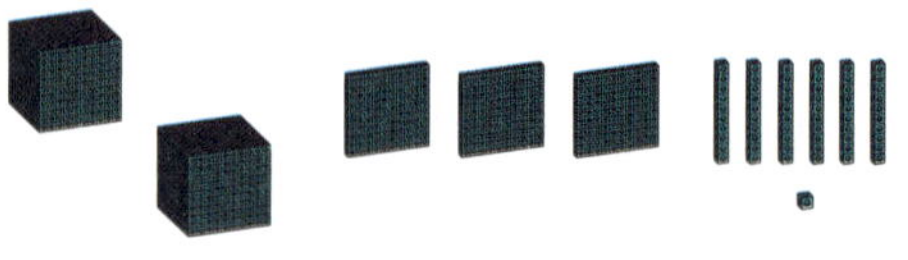

.... + ... + ... + ... = ...

m	c	d	u
......	......	......	......

.... + ... + ... + ... = ...

m	c	d	u
......	......	......	......

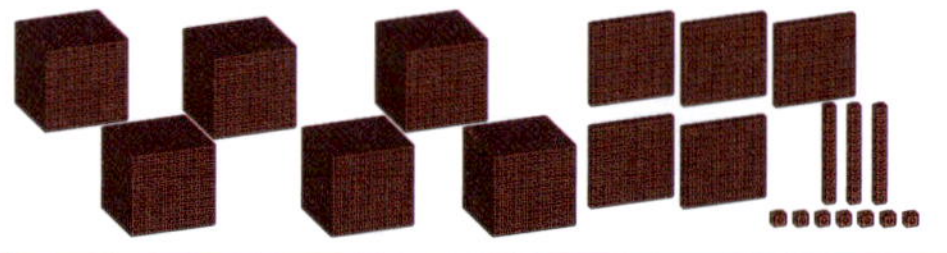

.... + ... + ... + ... = ...

m	c	d	u
......	......	......	......

.... + ... + ... + ... = ...

m	c	d	u
......	......	......	......

Je travaille seul(e)

3 **Décompose** ces nombres.

8 324 = ... + ... + ... + ...

6 721 = ... + ... + ... + ...

4 239 = ... + ... + ... + ...

3 875 = ... + ... + ... + ...

7 206 = ... + ... + ... + ...

4 444 = ... + ... + ... + ...

5 273 = ... + ... + ... + ...

2 148 = ... + ... + ... + ...

4 **Recompose** le nombre correspondant à chaque calcul.

2 000 + 300 + 40 + 9 = ...

3000 + 800 + 70 + 1 = ...

8 000 + 600 + 40 + 2 = ...

9 000 + 200 + 50 + 7 = ...

1 000 + 300 + 50 + 7 = ...

6 000 + 500 + 60 + 3 = ...

4 000 + 100 + 10 + 8 = ...

7 000 + 500 + 30 + 5 = ...

5 **Complète** les différentes décompositions des nombres.

2 147

m	c	d	u
......	......	......	......

.... + ... + ... + ... = ...

4 976

m	c	d	u
......	......	......	......

.... + ... + ... + ... = ...

6 321

m	c	d	u
......	......	......	......

.... + ... + ... + ... = ...

3 457

m	c	d	u
......	......	......	......

.... + ... + ... + ... = ...

Je révise

Complète les modèles en barres et **résous** les problèmes suivants. **Écris** les phrases-réponses.

Au concert d'Angèle, il y a eu **2 500** spectateurs samedi et **4 800** spectateurs dimanche.
Combien y a-t-il eu de spectateurs en tout ?

Spectateurs samedi :	Spectateurs dimanche : ....
Total de spectateurs :	

....

....

À ce concert, la vente de T-shirts a rapporté **750 €** et la vente des sweats **3 600 €**. Combien la vente des vêtements a-t-elle rapporté en tout ?

Vente T-shirts :	Vente sweats : ....
Recette totale :	

....

....

22 Découvrir les stratégies de calcul : la multiplication en ligne

....

CALCUL MENTAL
Multiplier un nombre par 2 et 3 (sans retenue).

APPRENTISSAGE
- **Sous-compétence 1 :** Décomposer un nombre pour calculer.
- **Sous-compétence 2 :** Utiliser la distributivité de la multiplication pour calculer plus facilement.

RÉVISION
Lire, écrire et représenter les nombres jusqu'à 9 999.

Apprenons ensemble

Décomposons pour calculer.

Pour multiplier un nombre par 40,
je multiplie ce nombre par 4, puis par 10.
Pour multiplier un nombre par 400,
je multiplie ce nombre par 4, puis par 100.

3 × 432

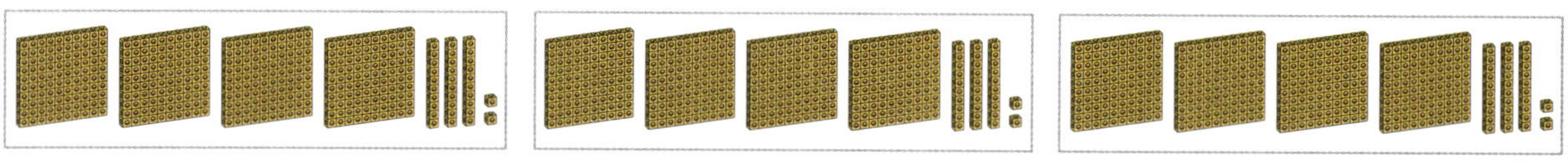

432 + 432 + 432

3 × 432 = (400 + 30 + 2) × 3

= (400 × 3) + (....... × 3) + (....... × 3)

= .... + ... + ...

= ....

c	d	u
......	......	......

Entraînons-nous

1 **Décompose** les nombres suivants.

259 = ... + ... + ...

673 = ... + ... + ...

984 = ... + ... + ...

806 = ... + ... + ...

418 = ... + ... + ...

1 984 = ... + ... + ... + ...

2 981 = ... + ... + ... + ...

3 786 = ... + ... + ... + ...

1 342 = ... + ... + ... + ...

1 564 = ... + ... + ... + ...

2 **Calcule**.

Pense à décomposer pour calculer !

4 × 289 = 4 × ...... + 4 × ...... + 4 × ......

= .... + ... + ...

= ....

6 × 357 = (..... × .....) + (..... × .....) + (..... × .....)

= .... + ... + ...

= ....

3 × 678 = (..... × .....) + (..... × .....) + (..... × .....)

= .... + ... + ...

= ....

8 × 196 = (..... × .....) + (..... × .....) + (..... × .....)

= .... + ... + ...

= ....

Je travaille seul(e)

3 **Relie** les étiquettes qui correspondent au même nombre.

5 × 56	5 × 50 + 5 × 6	210 + 27	94
4 × 34	3 × 70 + 3 × 9	250 + 30	280
3 × 79	4 × 30 + 4 × 4	120 + 16	237
2 × 47	2 × 40 + 2 × 7	80 + 14	136

4 **Calcule** en décomposant.

6 × 258 = ...

4 × 325 = ...

9 × 416 = ...

3 × 742 = ...

5 × 134 = ...

8 × 297 = ...

5 Pendant la tournée des Licornes à paillettes, **325 cartons** de **8 T-shirts** ont été vendus.
Combien de T-shirts ont été vendus en tout ? **Calcule** et **écris** une phrase-réponse.

Je révise

Colorie le bon nombre de milliers, centaines, dizaines et unités pour avoir **6 357** cubes.

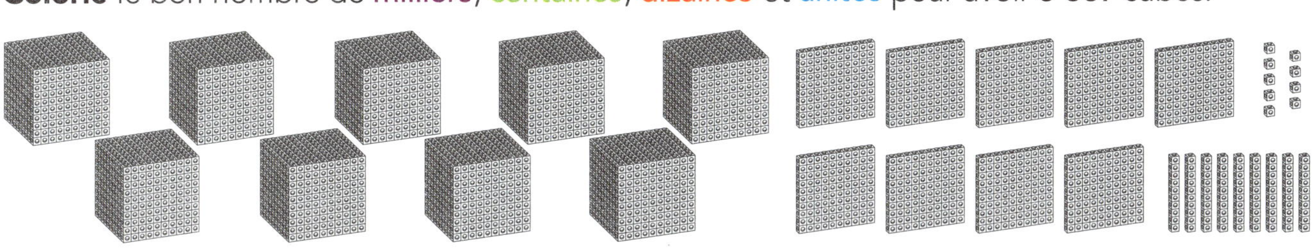

23 Calculer à l'aide d'un tableau

| .... | .... | .... | .... | .... |

CALCUL MENTAL
Produire une suite croissante ou décroissante de nombres (de 5 en 5, 50 en 50, 500 en 500).

APPRENTISSAGE
- **Sous-compétence 1 :** Lire un tableau pour en dégager des informations.
- **Sous-compétence 2 :** Calculer à l'aide d'un tableau.

RÉVISION
Multiplier par des dizaines et des centaines entières.

Apprenons ensemble

Calculons le nombre de spectateurs au festival du Bout du monde et **complétons**.

	Concert 1	Concert 2	Concert 3	TOTAL
Scène A	2 134	1 048	....	5 979
Scène B	1 028	....	3 649	6 800
TOTAL	....	3 171	6 446	....

- .... + ... = ... Il y a eu [..........] spectateurs en tout aux 1ers concerts.
- .... – .... = ... Il y a eu [..........] spectateurs au 2e concert sur la scène B.
- .... – .... = ... Il y a eu [..........] spectateurs au 3e concert sur la scène A.

Entraînons-nous

1 **Observe** le tableau et **complète**.

Tarifs	Adulte	6 – 12 ans	2 – 6 ans	2 adultes + 2 enfants
Pass 1 jour	5 €	2 €	2 €	14 €
Pass 2 jours	8 €	4 €	3 €	22 €

- Le pass 2 jours pour un adulte coûte [..........] €.
- Le pass 1 jour pour Aminata, qui a 8 ans, coûte [..........] €.
- Combien va dépenser Caroline pour une journée au festival avec ses enfants de 2 et 5 ans ? [..........] €

2 **Complète** le tableau de la boutique du concert à l'aide des étiquettes ci-dessous.

Article	....	....	....	**Sweat adulte**	....
Taille	....	....	50 cm	....	....
Couleur	bleu	....	....	....	gris
Prix	....	10 €	....	....	....

Sweat adulte – orange S 25 €	Mug – rose 15 cm 10 €	Poster – rouge 50 cm 6 €	Sweat enfant – gris 8 ans 20 €	T-shirt femme – bleu M 12 €

Je travaille seul(e)

3 **Observe** le tableau et **complète**.

Ville	Metz	Strasbourg	Pau	Nantes	Paris
Concert 1	1 200	1 390	1 500	1 050	1 800
Concert 2	2 800	3 000	1 500	950	2 900
Total	4 000	4 390	3 000	2 000	4 700

Nombre de spectateurs à la tournée de l'orchestre de la Bastille

- Il y a eu .... spectateurs en tout à Pau.
- Il y a eu .... spectateurs au 1er concert de Nantes.
- C'est à .... qu'il y a eu le moins de spectateurs en tout.
- Il y a eu 2 fois plus de spectateurs à .... qu'à Nantes.
- C'est à .... qu'il y a eu le plus de spectateurs au 2e concert.
- La 2e ville où il y a eu le plus de spectateurs en tout est ....

4 **Complète** le tableau avec les éléments suivants, puis **écris** tes calculs pour compléter les cases vides.

Lille : buvette 236 € ; boutique 428 € ; billets 2 039 €
Nancy : buvette 139 € ; boutique 514 € ; billets 1 632 €
Marseille : buvette 459 € ; boutique 225 € ; billets 1 031 €
Paris : buvette 453 € ; boutique 724 € ; billets 3 250 €

	....	Nancy	....	TOTAL
....	....	....	....	....
Boutique	....	....	....	....
....	....	....	....	....
TOTAL	....	....	....	....

Recettes récoltées au concert de Svanilde et Baldür

....

....

Je révise

Colorie de la même couleur les étiquettes qui vont ensemble.

7 × 40	9 × 500	11 × 20	15 × 300	4 × 50	200 × 30
4 500	4 500	200	280	6 000	220

24 Calculer des ordres de grandeur

CALCUL MENTAL
Multiplier un nombre à 2 ou 3 chiffres par 5.

APPRENTISSAGE
- **Sous-compétence 1 :** Arrondir un nombre à la dizaine, à la centaine ou au millier le plus proche.
- **Sous-compétence 2 :** Calculer des ordres de grandeur.

RÉVISION
Décomposer et recomposer les nombres jusqu'à 9 999.

…………… …………… …………… …………… ……………

Apprenons ensemble

Cherchons un ordre de grandeur pour le calcul suivant, puis **colorions** le bon résultat et **complétons**.

28 + 219 + 1 244

28 est proche de ………… .

219 est proche de ………… .

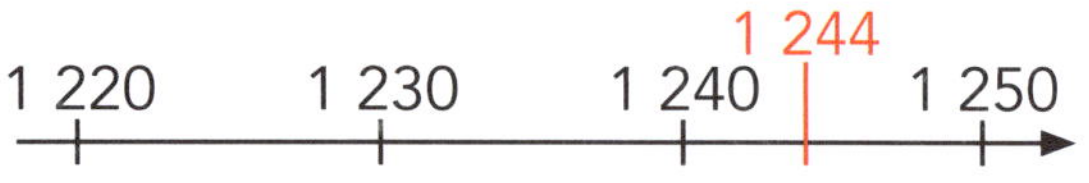

1 244 est proche de ………… .

……… + ……… + ……… + ……… = ………

28 + 219 + 1 244 =

1 286	845	1 491

Donc le résultat de 28 + 219 + 1 244 sera proche de ………… .

Entraînons-nous

1 **Encadre** chaque nombre avec les nombres à la dizaine, à la centaine ou au millier **inférieur** et **supérieur**.

………00	285	………00
………0	79	………0
………000	1 840	………000
………00	590	………00

………000	4 108	………000
………00	759	………00
………000	8 218	………000
………000	4 109	………000

2 Pour chaque calcul, **colorie** l'ordre de grandeur du résultat parmi les propositions.

Calculs	Propositions		
998 + 103	5 300	1 100	2 500
1 208 + 595	1 200	1 500	1 800
2 118 + 1 900	4 000	5 000	6 000
275 + 5 803	7 000	6 300	6 800
3 106 + 3 943	6 000	7 000	8 000
6 827 + 1 298	7 000	8 000	9 000

Je travaille seul(e)

3 ★ **Arrondis** les nombres suivants, puis **place**-les sur la file numérique correspondante.

- à la dizaine la plus proche :

39 → ....

422 → ....

1 277 → ....

9 798 → ....

10 — 20 — 30 — 40 — 50 — 60 — 70 — 80 — 90 — 100

- à la centaine la plus proche :

296 → ....

5 710 → ....

6 108 → ....

927 → ....

100 — 200 — 300 — 400 — 500 — 600 — 700 — 800 — 900 — 1 000

- au millier le plus proche :

1 295 → ....

4 974 → ....

5 194 → ....

1 094 → ....

8 729 → ....

7 328 → ....

1 000 — 2 000 — 3 000 — 4 000 — 5 000 — 6 000 — 7 000 — 8 000 — 9 000 — 10 000

4 ★ **Propose** un ordre de grandeur du résultat des calculs suivants.

1 295 + 219 → ....

4 974 + 1 209 → ....

1 094 + 321 → ....

8 729 + 942 → ....

5 194 + 3 290 → ....

7 328 + 2 872 → ....

5 ★★ Sandra a parcouru **214 km** entre son 1er et son 2e concert, **308 km** entre son 2e et son 3e concert, **1 490 km** entre son 3e et son 4e concert et **297 km** entre son 4e et son dernier concert.
Calcule un ordre de grandeur du nombre total de km parcourus. **Complète**.

....

....

Sandra a parcouru environ .... *km en tout.*

Je révise

Complète les différentes **décompositions** des nombres.

5 139

m	c	d	u
......	......	......	......

.... + ... + ... + ... = ...

.... m .... c .... d .... u

2 853

m	c	d	u
......	......	......	......

.... + ... + ... + ... = ...

.... m .... c .... d .... u

Résoudre des problèmes de partage

CALCUL MENTAL
Produire une suite croissante ou décroissante de nombres (de 10 en 10, 100 en 100, 1 000 en 1 000).

APPRENTISSAGE
- **Sous compétence 1 :** Résoudre des problèmes de groupement.
- **Sous compétence 2 :** Résoudre des problèmes de partage.

RÉVISION
Découvrir des stratégies de calcul : la multiplication en ligne.

Apprenons ensemble

Après le concert, Ibrahim organise une fête. Il y a **80 invités**, répartis sur **10 tables**. Combien y a-t-il d'invités à chaque table ? **Complétons**, en nous aidant du dessin des tables, pour **dessiner** les invités et **vérifier** le résultat.

Aide-toi de la table de multiplication de 10 !

.... : 10 = ...

10 × .... = 80

Il y a [..........] *fois 10 personnes.*

Il y a [..........] *tables de* [..........] *invités.*

Entraînons-nous

1 Mindy distribue des invitations pour son prochain concert. Elle a **45 invitations** à partager entre ses **9 amis**. Combien d'invitations aura chaque ami de Mindy ? **Entoure** d'une même couleur chaque invité et les invitations qu'il aura, puis **calcule** et **complète**.

.... × .... = 45

45 : 9 = ...

Chaque ami de Mindy aura [..........] *invitations.*

....								
......	......	......	......	......	......	......	......	......

2 Inès a pris des places pour le concert de BLT. Il reste **35 jours** avant le concert. Combien de semaines reste-t-il avant le concert ?
Calcule et **complète**.

Il y a [..........] *jours dans une semaine.*

.... × .... = 35

35 : .... = ...

Il reste [..........] *semaines avant le concert.*

Je travaille seul(e)

3 Les élèves du Conservatoire préparent un concert pour la fin d'année. Il y a **72** élèves au Conservatoire. Ils doivent être répartis équitablement pour monter **8 numéros**. Combien y aura-t-il d'élèves par numéro ? **Calcule** et **complète**.

....							
......	......	......	......	......	......	......	......

.... × .... = ... : .... = ...

Il y aura .... *élèves par numéro.*

4 **Résous** les problèmes suivants : **calcule** et **complète**.

Michèle a dépensé **100 €** pour **5 places** de concert.
Combien coûte une place de concert ?

....
....
....

Une place de concert coûte .... €.

La Philharmonie est un bâtiment de **27 mètres** de hauteur. Il y a **9 étages** en tout.
Quelle est la hauteur de chaque étage ?

....
....
....

Chaque étage mesure .... *mètres.*

5 **Résous** les problèmes : **écris** tes calculs et les phrases-réponses pour les 2 questions.

Les billets du concert ont rapporté **300 €** en tout. Chaque billet était vendu **3 €**.
- Combien de billets ont été vendus ?
- Combien aurait-il fallu vendre de billets supplémentaires pour atteindre 600 € ?

....
....
....
....

Laurence prépare les disques qui seront vendus après le spectacle. Elle range **45 disques** sur des étagères. Elle peut ranger **7 disques** par étagère.
- Combien d'étagères seront complètes ?
- Combien y aura-t-il de disques sur la dernière étagère ?

....
....
....
....

Je révise

Calcule en **décomposant**.

8 × 128 = ...
....
....

9 × 295 = ...
....
....

3 × 892 = ...
....
....

6 × 953 = ...
....
....

PROBLÈMES POUR APPRENDRE À CHERCHER

1 **Écris** en chiffres tous les nombres à **4 chiffres** que l'on peut écrire avec ces **4 étiquettes**. Tu n'es pas obligé(e) d'utiliser toutes les étiquettes et tu ne peux les utiliser qu'une fois pour chaque nombre.

mille	cent	vingt	sept

....

2 Tu cherches un nombre qui s'écrit avec **4 chiffres**. Si on additionne les chiffres, on trouve **4**. **Écris** toutes les solutions possibles.

....

....

3 Certains chiffres de ces multiplications sont tombés. **Réécris** chaque chiffre à sa place.

		☐	☐
×			4
	3	☐	8

2 – 6 – 9

	☐	☐	9
×			☐
	☐	5	☐

0 – 1 – 4 – 6 – 6

4 Alya a compté les roues des vélos et des voitures qui sont garés sur le parking de son immeuble. Il y a **56 roues** et **19 véhicules**. Combien y a-t-il de voitures et de vélos sur le parking ? **Complète**.

....

....

Il y a .... *voitures et* .... *vélos sur le parking.*

5 4 amis ont chacun un animal différent à la maison : un chat, un chien, un poisson rouge et un perroquet. Myriam a un animal à **4 pattes**, Louis a un animal qui n'a **ni plumes ni poils**. Inès et Aaron n'aiment pas les **chiens**. Inès a un animal **à poils**. **Relie** chaque animal à son propriétaire.

Myriam • Louis • Inès • Aaron

• MODULE 5 •
Nombres et calculs jusqu'à 10 000

L'Europe

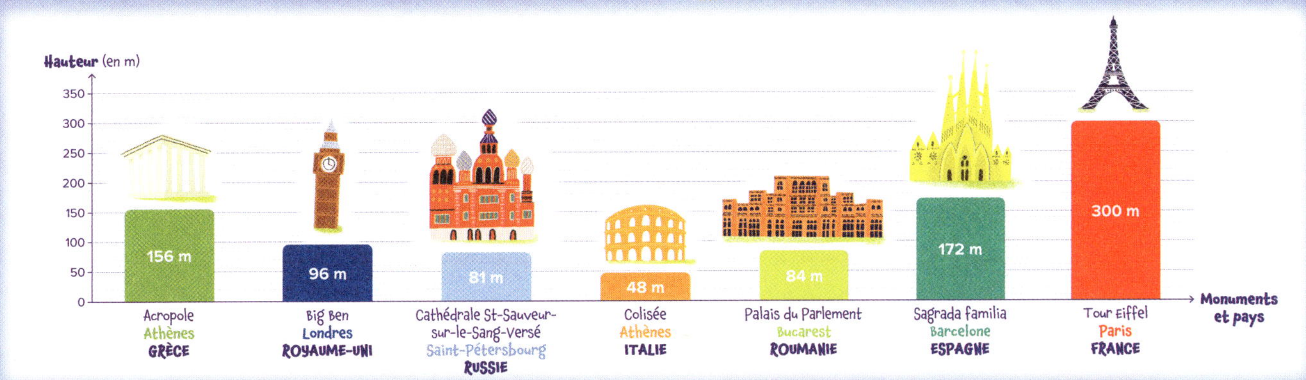

– Combien y a-t-il de kilomètres entre Paris et Berlin ? et entre Paris et Rome ? Compare ces 2 distances.
– Il y a 1 862 km entre Paris et Rome. Quelle opération ferais-tu pour calculer la distance Rome/Varsovie ?
– Quelle serait la hauteur totale de 12 Colisées superposés ? – Parmi les monuments représentés, lequel est le plus haut ?
– Partage en 2 trajets équitables la distance Paris/Berlin.

25 Comparer, ranger, intercaler et encadrer les nombres jusqu'à 10 000

....	....	....	....	....

CALCUL MENTAL
Trouver le terme manquant dans une multiplication.

APPRENTISSAGE
- **Sous-compétence 1 :** Intercaler et encadrer des nombres jusqu'à 10 000.
- **Sous-compétence 2 :** Comparer et ranger des nombres jusqu'à 10 000.

RÉVISION
Calculer à l'aide d'un tableau.

Apprenons ensemble

Aujourd'hui, **9 978** personnes ont visité la tour Eiffel. **Intercalons** ce nombre à sa place dans ces suites numériques, puis **complétons** les encadrements correspondants.

6 000	....	7 000	....	8 000	....	9 000	....	10 000
9 600	....	9 700	....	9 800	....	9 900	....	10 000
9 960	....	9 970	....	9 980	....	9 990	....	10 000

.......000 < **9 978** < ....000 ....00 < **9 978** < ....00 ....0 < **9 978** < 0

Entraînons-nous

1 **Intercale** chaque nombre à sa place dans la suite numérique : 7 324 9 558 8 897 6 058

6 000	....	7 000	....	8 000	....	9 000	....	10 000

2 **Complète** les tableaux comme dans les exemples.

5 000	**5** 321	**6** 000
....	1 609	....
....	9 863	....

5 300	**5 3**21	**5 4**00
....	1 609	....
....	9 863	....

3 Pour chaque paire de nombres, **entoure** le chiffre qui te permet de comparer les deux nombres. **Complète** avec le symbole **>** ou **<**.

7 820 ☐ 4 925 6 436 ☐ 6 461 3 750 ☐ 6 056 1 887 ☐ 1 597

2 009 ☐ 6 008 9 087 ☐ 9 088 5 629 ☐ 5 624 4 735 ☐ 4 767

4 **Entoure** le nombre le plus grand dans chaque liste, puis **range** les nombres **dans l'ordre croissant**.

- 568 – 10 000 – 89 – 1 500 – 699

.... < .... < .... < .... < ....

- 3 658 – 3 728 – 3 499 – 3 768 – 3 782

.... < .... < .... < .... < ....

Je travaille seul(e)

5 **Compare** avec **>** ou **<**.

652 ☐ 6 213 — 6 752 ☐ 6 243 — 7 000 ☐ 999 — 2 625 ☐ 2 652

9 250 ☐ 10 000 — 7 821 ☐ 7 819 — 1 527 ☐ 1 528 — 8 080 ☐ 8 008

6 **Range** ces nombres **dans l'ordre croissant**.

8 763 — 7 237 — 1 895 — 785 — 8 967 — 3 082 — 10 000 — 3 802

....

7 **Intercale** un nombre qui convient.

5 541 > .... > 5 000 — 1 547 < .... < 1 700 — 10 000 > .... > 9 837

6 745 > .... > 6 700 — 9 327 < .... < 9 330 — 7 879 < .... < 7 881

8 **Encadre** chaque nombre entre le nombre qui précède le plus proche et le nombre qui suit le plus proche se terminant par la quantité de 0 indiquée.

........000 < 7 851 < 000	........000 > 9 568 > 000	........000 < 1 245 < 000
........00 < 7 851 < 00	........00 > 9 568 > 00	........00 < 1 245 < 00
........0 < 7 851 < 0	........0 > 9 568 > 0	........0 < 1 245 < 0

9 **Écris** en chiffres :

- 5 nombres **plus grands** que **5 600** : ....
- 5 nombres **plus petits** que **5 000** : ....
- 5 nombres **entre 5 450 et 5 460** : ....

10 **Intercale** un nombre qui convient entre les deux calculs de chaque ligne.

7 × 1 000 + 4 × 100 + 2 × 10 < .... < 7 × 1 000 + 5 × 100

(.......... ; ....)

9 × 1 000 + 2 × 100 + 6 × 10 + 8 × 1 > .... > 9 × 1 000 + 2 × 100 + 6 × 10 + 5 × 1

(.......... ; ....)

Je révise

Calcule pour compléter ce tableau.

	CP	CE1	CE2	CM1	CM2
Nombre de filles	14	9	15	....	12
Nombre de garçons	11	17	....	13	14
Nombre total d'élèves	....	....	27	28	....

26 Poser des additions et des soustractions sur des grands nombres

CALCUL MENTAL
Arrondir un nombre à 4 chiffres entre 2 centaines.

APPRENTISSAGE
• **Sous-compétence 1 :** Poser et calculer une opération sur des nombres à 4 chiffres (sans retenue).
• **Sous-compétence 2 :** Trouver l'ordre de grandeur d'une opération posée.
• **Sous-compétence 3 :** Poser et calculer une opération avec retenue sur des nombres à 4 chiffres.

RÉVISION
Calculer des ordres de grandeur.

Apprenons ensemble

Laura a posé et calculé cette soustraction. **Estimons** l'ordre de grandeur pour vérifier si son résultat est possible. **Entourons** la bonne réponse.

	m	c	d	u
	8	①0	7	2
–	2 (+1)	9	1	9
	3	1	6	7

- J'arrondis les deux nombres : 8 072 est proche de ....000 et 2 919 est proche de ....000.
- La différence entre les 2 nombres doit être proche de ....000 – ....000 = ...000.
- Le résultat trouvé par Laura est : possible – impossible.

Entraînons-nous

1 **Barre** les opérations mal posées.

```
   7 2 3 9          6 3 8        8 0 7 3          7 8
+  3 9 1      + 3 2 4 0      – 4 2 5 1      – 2 9 5 6
```

2 **Pose** et **effectue** les opérations.

2 536 + 4 143 — 1 307 + 681 — 9 674 – 5 273 — 8 693 – 583

	m	c	d	u
	.	.	.	.
+ / –	.	.	.	.
	.	.	.	.

3 **Estime** l'ordre de grandeur du résultat et **colorie** l'étiquette la plus proche.

2 138 + 5 032	700	3 000	7 000
4 860 + 2 924	3 000	8 000	6 000
6 987 – 1 183	4 000	6 000	7 000
3 274 – 487	1 000	2 000	3 000

4 **Complète** les opérations.

	m	c	d	u
	3	5	(+1) 2	7
+	4	3	6	7
	.	.	. ①	.

	m	c	d	u
	(+1) 4	(+1) 8	9	2
+	1	4	1	6
	. ①	. ①	.	.

	m	c	d	u
	7	5	① 2	9
–	4	2 (+1)	8	3
	.	.	.	.

	m	c	d	u
	4	①5	8	①0
–	(+1)	7	3 (+1)	5
	.	.	.	.

Je travaille seul(e)

5 **Écris** le chiffre qui doit être sous le chiffre **7** quand tu poses ces opérations.

4 573 + 1 384 → .... 2 734 + 623 → .... 7 091 – 4 236 → ....

6 **Colorie** de la même couleur chaque opération et son résultat, sans la poser.

2 809 + 2 785	2 809 – 2 785	2 809 + 230	2 809 – 230	2 809 + 7 085
2 579	3 039	5 594	9 894	24

7 **Pose** et **effectue** ces opérations. **Vérifie** que tes résultats sont possibles en calculant leur **ordre de grandeur**.

2 137 + 6 753
2 000 + 7 000 = ...

983 + 6 039
1 000 + 6 000 = ...

5 374 – 838
5 000 – 1 000 = ...

4 073 – 1 194
4 000 – 1 000 = ...

Vérifie que tes résultats sont parmi : 2 879 ; 3 214 ; 4 536 ; 5 894 ; 7 022 ; 8 890.

8 **Complète** ces opérations.

	m	c	d	u
	3	.	8	7
+	5	3	.	2
	.	6	8	.

	m	c	d	u
	.	5	2	9
+	2	.	0	.
	6	4	.	3

	m	c	d	u
	1	8	.	5
–	.	4	8	2
	0	.	1	.

	m	c	d	u
	7	.	.	4
+	.	8	5	.
	2	8	7	0

9 **Pose** et **calcule** les **3 soustractions** et **l'addition** à trois nombres que l'on peut effectuer avec ces trois nombres : 5 082 3 874 571

Je révise

Arrondis les nombres à la centaine ou au millier le plus proche, et **calcule l'ordre de grandeur** de ces opérations.

521 + 95 → ....00 + ...00 = ...00

2 864 + 394 → ....000 + ...00 = ...00

706 – 478 → ....00 – ....00 = ...00

5 144 – 486 → ....00 – ....00 = ...00

27 Multiplier par un nombre à 2 chiffres

....	....	....	....	....

CALCUL MENTAL
Trouver l'ordre de grandeur d'une addition ou soustraction de nombres à 4 chiffres.

APPRENTISSAGE
- **Sous-compétence 1 :** Comprendre la distributivité de la multiplication.
- **Sous-compétence 2 :** Poser une multiplication de deux nombres à 2 chiffres.
- **Sous-compétence 3 :** Calculer une multiplication posée de deux nombres à 2 chiffres.

RÉVISION
Résoudre des problèmes multiplicatifs.

Apprenons ensemble

Liam fait **12 fois** par semaine le trajet de **92 km** entre Paris et Chartres. Quelle distance parcourt-il en une semaine ? **Complétons** et **calculons**.

Tout ?			
92	92	92	… … … 12 fois 92

Je cherche un .... et les parties sont égales.

Je fais une .... : 12 × 92.

12 × 92, c'est ...... × 92 + ... × 92.

Je commence par multiplier les unités : 2 × 92.

		m	c	d	u
				9	2
	×			1	2
2 × 92 →			.	.	.
10 × 92 →	+		.	.	0
12 × 92 →		.	.	.	.

Ensuite, je multiplie 92 par 10. C'est 1 dizaine, donc j'écris un 0 à droite.

Enfin j'additionne les 2 résultats, sans oublier la retenue.

Liam parcourt .... *km en une semaine.*

Entraînons-nous

1 **Calcule** les différentes étapes de chaque multiplication indiquée. **Complète.**

43 × 24 = 3 × 24 + 40 × 24

	d	u
	2	4
×		3
	.	.

	c	d	u
		2	4
×	.	4	0
	.	.	0

	c	d	u
		.	.
+	.	.	.
	.	.	.

17 × 52 = 7 × 52 + 10 × 52

	c	d	u
		5	2
×			7
	.	.	.

	c	d	u
		5	2
×		1	0
	.	.	.

	c	d	u
	.	.	.
+	.	.	.
	.	.	.

2 **Calcule l'ordre de grandeur** qui convient, puis **calcule** les différentes étapes de la multiplication.

59 × 47 → 60 × 50 = ...

①

	c	d	u	
		5	9	
×		4	7	
	.	.	.	◯

②

	m	c	d	u	
			5	9	
×			4	7	
		4	1	3	~~6~~
+	.	.	.	0	◯

③

	m	c	d	u
			5	9
×			4	7
		4	1	3
+	2	3	6	0
	.	.	.	.

Je travaille seul(e)

3 **Colorie** d'une même couleur les multiplications qui ont le même résultat. Attention aux intrus !

53 × 94	93 × 54	54 × 93	72 × 472
17 × 65	20 × 472 + 7 × 472	10 × 17 + 10 × 65	65 × 17
20 + 7 × 472	50 × 94 + 3 × 94	27 × 472	50 + 3 × 94

4 **Trouve** l'**ordre de grandeur**, puis **effectue** ces multiplications.

46 × 82 → ....0 × ....0 = ...

	m	c	d	u
			8	2
×			4	6
.... × 82 →				
.... × 82 → +				0
.... × 82 →				

39 × 384 → ....0 × ....00 = ...

	m	c	d	u
		3	8	4
×			3	9
.... × .... →				
.... × .... → +				
.... × .... →				

5 **Trouve** l'**ordre de grandeur**, **pose** et **effectue** ces multiplications.

61 × 78 → .... × .... = ...

37 × 47 → .... × .... = ...

27 × 185 → ...... × ...... = ...

6 Pour ranger ses photos de vacances en Italie, Juliane utilise un album de **39 pages**. Elle peut ranger **12 photos** par page. Combien de photos Juliane pourra-t-elle ranger dans son album ?
Calcule et **complète**.

.... = ...

Juliane pourra ranger .... *photos dans son album.*

Je révise

Lucas a fait 8 longueurs dans une piscine de 25 m.
Combien de mètres a-t-il parcourus ?
Calcule et **complète**.

Lucas a parcouru .... *m.*

28 Utiliser les données d'un graphique

| .... | .... | .... | .... | .... |

CALCUL MENTAL
Ajouter ou soustraire 10, 100, 1 000 à un nombre.

APPRENTISSAGE
- **Sous-compétence 1 :** Lire et interpréter un graphique en barres.
- **Sous-compétence 2 :** Lire et interpréter une courbe.

RÉVISION
Comparer, ranger, intercaler et encadrer les nombres jusqu'à 10 000.

Apprenons ensemble

Observons le graphique et **complétons** pour déterminer quel est **le plus long fleuve français**.

Longueur des fleuves français

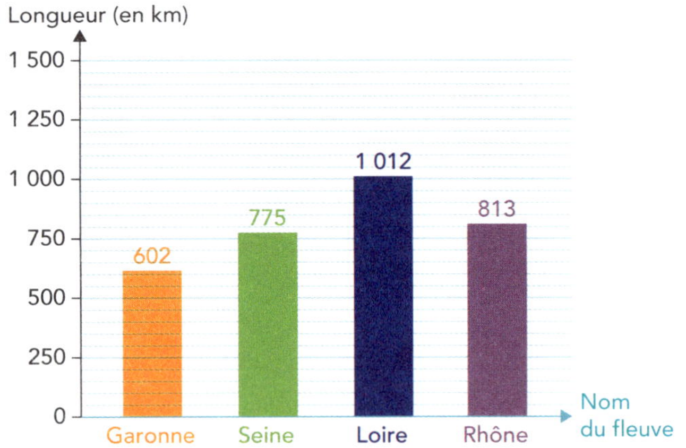

- L'axe vertical noir indique la ....
- L'axe horizontal bleu indique le ....
- Plus la barre est haute, plus le fleuve est ....
- J'observe le nom indiqué sous la barre la plus ....

Le plus long fleuve français est ....

Entraînons-nous

1 **Observe** le graphique ci-dessus et **complète**.

- Le plus long fleuve français a une longueur de ....
- Les fleuves dont la longueur est comprise entre 750 et 1 000 km sont : ....
....
- **Range** les fleuves français **du plus long au moins long** :

.... > .... > .... > ....

2 **Observe** le graphique et **complète** les phrases.

Courbe de poids de Karine

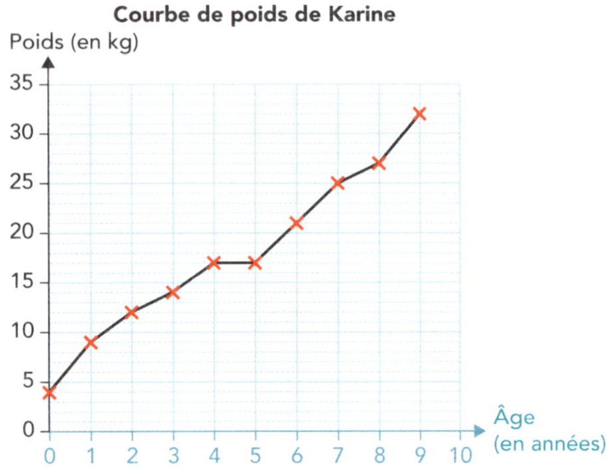

- À 7 ans, Karine pesait [..........] kg.
- À 8 ans, elle pesait [..........] kg.
- À 9 ans, elle pèse [..........] kg.
- Entre [..........] ans et [..........] ans, elle n'a pas pris de poids.
- Entre 5 ans et 9 ans, elle a pris [..........] kg.

Je travaille seul(e)

3 **Observe** le graphique, puis **complète**-le et **réponds** aux questions.

Longueur de fleuves européens

- **Complète** chaque étiquette rouge avec l'intitulé qui convient :

Nom des fleuves | Longueur en km

- **Complète** les barres avec le nom des fleuves à l'aide de ces informations :

Pô : 652 km ; Rhin : 1 230 km ;
Èbre : 930 km ; Danube : 2 850 km ;
Vistule : 1 047 km.

4 Mila et Samuel jouent aux billes à la récréation. Ils ont noté leurs résultats sur un graphique. **Observe** le graphique et **complète** les phrases.

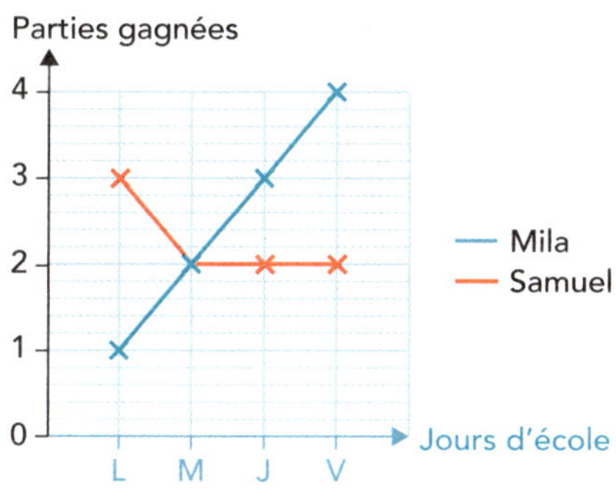

- Le lundi, Mila a gagné .... partie(s) et Samuel a gagné .... partie(s).
- Le ...., Mila et Samuel ont gagné le même nombre de parties.
- Le jeudi, ils ont joué .... partie(s) en tout.
- Dans la semaine, Mila a gagné .... partie(s) et Samuel a gagné .... partie(s).

5 **Complète** le graphique et le tableau à l'aide des informations données par chacun. **Respecte** les couleurs des prénoms dans le tableau pour compléter le graphique.

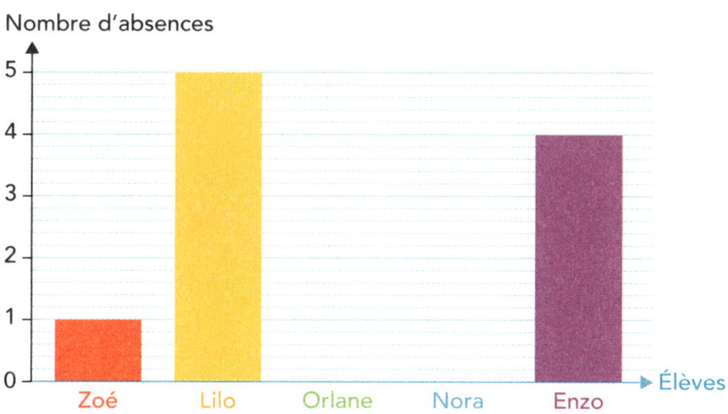

Absences dans la classe de CE2 en janvier

Prénom	Jour(s) d'absence
Zoé	....
Lilo	....
Orlane	3
Nora	1
Enzo	....

Je révise

Range ces nombres **dans l'ordre décroissant**.

5 273   1 798   897   7 058   5 237

.... > .... > .... > .... > ....

29 Calculer une division en ligne avec ou sans reste

....	....	....	....	....

CALCUL MENTAL
Différencier « chiffre des… » et « nombre de… ».

APPRENTISSAGE
- **Sous-compétence 1 :** Calculer un quotient exact.
- **Sous-compétence 2 :** Calculer un quotient avec reste.

RÉVISION
Poser des additions et des soustractions sur des grands nombres.

Apprenons ensemble

Véridiene peut coller **3 images** de drapeaux sur **1 page** de son album. Combien de pages utilisera-t-elle pour coller les **27 drapeaux** de pays de l'Union européenne ?
Calculons et **complétons**.

Dans 27, combien de fois ...... ?

3 × 1	3
3 × 2	6
3 × 3	9
3 × 4	12
3 × 5	15
3 × 6	18
3 × 7	21
3 × 8	24
3 × 9	27
3 × 10	30

Pour répondre, je fais une ....

27 : ....

Je cherche 27 dans la table de ....

3 × .... = 27 Donc 27 : 3 = ...

Véridiene utilisera .... pages pour coller les 27 drapeaux.

Entraînons-nous

1 **Complète** les divisions en t'aidant de la multiplication en couleur.

45 = 5 × 9	**28 = 4 × 7**	**56 = 8 × 7**	**40 = 5 × 8**
45 : 5 = ...	28 : 4 = ...	56 : 8 = ...	40 : 5 = ...
45 : 9 = ...	28 : 7 = ...	56 : 7 = ...	40 : 8 = ...

2 **Partage** les 12 pions de différentes façons, puis **complète** les divisions.

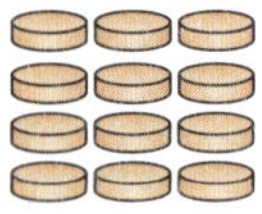

12 : 2 = ..., reste .... 12 : 3 = ..., reste ....

12 : 4 = ..., reste .... 12 : 5 = ..., reste ....

12 : 6 = ..., reste .... 12 : 7 = ..., reste ....

12 : 8 = ..., reste .... | 12 : 9 = ..., reste .... | 12 : 10 = ..., reste ....

Tu peux entourer les groupes pour t'aider !

3 **Utilise** la ligne graduée de la table de multiplication de **4** pour **calculer** ces divisions.

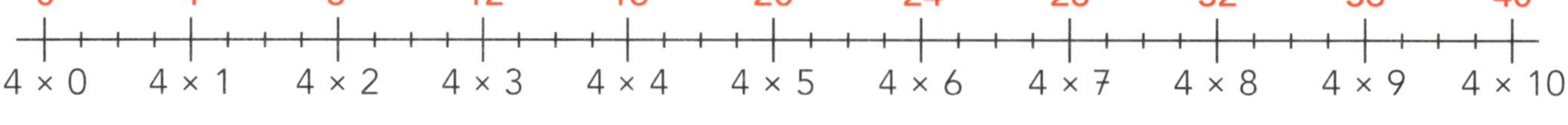

- 25 est entre 4 × .... et 4 × .... → 25 = 4 × .... + ... → 25 : 4 = ..., reste ....
- 35 est entre 4 × .... et 4 × .... → 35 = 4 × .... + ... → 35 : 4 = ..., reste ....
- 18 est entre 4 × .... et 4 × .... → 18 = 4 × .... + ... → 25 : 4 = ..., reste ....

Je travaille seul(e)

4 **Aide**-toi du calcul en couleur pour **calculer** le **quotient** et le **reste** des divisions.

48 = 5 × 9 + 3	35 = 8 × 4 + 3	29 = 7 × 4 + 1	56 = 6 × 9 + 2
48 : 5 = ……, reste ……	35 : 8 = ……, reste ……	29 : 7 = ……, reste ……	56 : 6 = ……, reste ……
48 : 9 = ……, reste ……	35 : 4 = ……, reste ……	29 : 4 = ……, reste ……	56 : 9 = ……, reste ……

5 **Complète** les égalités.

2 × …… = 18 → 18 : 2 = ……	5 × …… = 20 → 20 : 5 = ……	6 × …… = 24 → 24 : 4 = ……
7 × …… = 28 → 28 : 7 = ……	3 × …… = 30 → 30 : 3 = ……	9 × …… = 45 → 45 : 9 = ……

6 **Utilise** la table de multiplication de **7** pour **compléter** les encadrements et les divisions.

7 × …… < 23 < 7 × …… → 23 = 7 × …… + …… → 23 : 7 = ……, reste ……

7 × …… < 50 < 7 × …… → 50 = 7 × …… + …… → 50 : 7 = ……, reste ……

7 × …… < 69 < 7 × …… → 69 = 7 × …… + …… → 69 : 7 = ……, reste ……

7 × …… < 38 < 7 × …… → 38 = 7 × …… + …… → 38 : 7 = ……, reste ……

7 × 1	7
7 × 2	14
7 × 3	21
7 × 4	28
7 × 5	35
7 × 6	42
7 × 7	49
7 × 8	56
7 × 9	63
7 × 10	70

7 **Calcule** le **quotient** et le **reste** éventuel de ces divisions, puis **complète**.

30 : 4 = ……, reste …… car 30 = 4 × …… + ……

62 : 8 = ……, reste …… car 62 = 8 × …… + ……

19 : 9 = ……, reste …… car 19 = 9 × …… + ……

31 : 5 = ……, reste …… car 31 = 5 × …… + ……

8 **Complète** les égalités.

16 = 2 × …… + ……	81 : …… = 9	…… : 2 = 10	…… : 4 = 8
…… = 3 × 7 + 2	36 : …… = 7, reste 1	…… : 5 = 5, reste 3	…… : 100 = 6

Je révise

Pose et **calcule** ces opérations.

4 658 + 3 461 = ……

8 765 – 582 = ……

7 053 – 2 648 = ……

Résoudre des problèmes en choisissant la bonne opération

CALCUL MENTAL
Diviser par 2 un nombre impair < 100.

APPRENTISSAGE
- **Sous-compétence 1 :** Déterminer si l'on cherche un tout ou une partie.
- **Sous-compétence 2 :** Déterminer si les parties sont égales ou inégales.
- **Sous-compétence 3 :** Choisir la bonne opération pour résoudre un problème.

RÉVISION
Multiplier par un nombre à 2 chiffres.

Apprenons ensemble

En 2004, l'Union européenne comptait **15 pays**. En 2020, elle en compte **27**. Combien de pays sont entrés dans l'Union européenne depuis 2004 ? Quelle opération allons-nous choisir pour résoudre ce problème ? **Complétons.**

27 est le .... ; 15 est une partie.

Je cherche l'autre ....

L'autre partie est égale – inégale à 15.

27 ▢ 15 = ...

27	
15	....

.... pays sont entrés dans l'Union européenne depuis 2004.

Entraînons-nous

1 Pour chaque problème, **complète** la boîte à compter, puis **complète** la phrase avec *le tout* ou *une partie*.

Au départ du train, il y a 65 passagers à bord. Au 1er arrêt, 23 passagers montent dans le train. Combien y a-t-il de passagers dans le train à présent ?

....	
....	....

Je cherche ....

Au départ du train, il y a 65 passagers à bord. Au 1er arrêt, 23 passagers descendent. Combien y a-t-il de passagers dans le train à présent ?

....	
....	....

Je cherche ....

2 Dans ces problèmes, les parties sont-elles **égales** ou **inégales** ? **Colorie** d'une même couleur l'énoncé, la boîte à compter et l'opération correspondantes.

Anaïs a 20 €. Elle achète un livre à 5 €. Combien d'argent lui reste-t-il ?

Anaïs a 20 €. Elle achète 5 livres au même prix. Quel est le prix de chaque livre ?

Anaïs achète 3 livres à 5 € l'un. Combien paye-t-elle en tout ?

Anaïs achète un livre à 20 € et un livre à 5 €. Combien paye-t-elle en tout ?

20				
......	......	......	......	......

20	
5	....

....	
20	5

....		
5	5	5

20 + 5 3 × 5 20 : 5 20 – 5

Je travaille seul(e)

3 Un paquet de biscuits contient **24 biscuits.** Voici plusieurs suites à cet énoncé : **lis**-les, puis **entoure** les bonnes réponses.

Énoncé	Je cherche	Les parties sont	Opération
Lisa en mange 6. Combien en reste-t-il ?	le tout – une partie	égales – inégales	24 + 6 24 – 6 24 × 6 24 : 6
On les partage équitablement entre 6 enfants. Combien chacun a-t-il de biscuits ?	le tout – une partie	égales – inégales	24 + 6 24 – 6 24 × 6 24 : 6
Papa en achète 6 paquets. Combien de biscuits a-t-il achetés ?	le tout – une partie	égales – inégales	24 + 6 24 – 6 24 × 6 24 : 6

4 **Relie** chaque énoncé à la boîte à compter et à l'opération qui conviennent.

Moussa a fait 12 crêpes au froment et 4 crêpes au sarrasin. Combien de crêpes a-t-il préparées en tout ? •

Moussa avait préparé 16 crêpes. Ses enfants en ont mangé 4 au goûter. Combien de crêpes reste-t-il ? •

Moussa a versé 4 verres de 20 cL de lait dans le saladier pour faire des crêpes. Combien de cL de lait Moussa a-t-il versés en tout dans le saladier ? •

....			
20	20	20	20

....	
12	4

16	
4	....

• 16 – 4

• 12 + 4

• 4 × 20

5 Une famille utilise **417 litres d'eau par jour**. Combien de litres utilise-t-elle en **une semaine** ? **Entoure**, **calcule** et **complète**.

Je cherche : le tout – une partie.   Les parties sont : égales – inégales.

.... ⬜ .... = ...

Cette famille utilise .... *litres d'eau en une semaine.*

Je révise

Pose et **calcule** ces multiplications.

38 × 23 = ...   428 × 38 = ...   207 × 74 = ...

PROBLÈMES POUR APPRENDRE À CHERCHER

1 Le père de Lucas a oublié le code de son téléphone. Il sait qu'il s'agit d'un **nombre à 4 chiffres**. La somme de ces 4 chiffres est égale à **16**.
La somme du chiffre des centaines et du chiffre des dizaines est égale à **6**.
Le chiffre des dizaines est **le double** du chiffre des centaines.
Si on soustrait le chiffre des unités à celui des milliers, on obtient le **chiffre des dizaines**.

....

Le code est [..........].

2 Dans cette opération, les **colonnes** des nombres à additionner ont été mélangées. **Remets** les colonnes dans le bon ordre pour obtenir la somme de **9 037**.

	2	4	9	7
+	1	8	1	9
+	4	6	7	6
	9	0	3	7

	....	....	....	....
+	....	....	....	....
+	....	....	....	....
	9	0	3	7

3 Cette tablette de chocolat pèse **200 grammes**. Alice veut en manger **80 grammes**. **Colorie** la part qu'elle doit manger.

....

4 Dans son jardin, Grand-Père a des poireaux, des carottes, des pommes de terre et des choux. Combien de recettes de soupe peut-il faire en utilisant **3 légumes différents** à chaque fois ? **Complète**.

....

....

Grand-Père peut faire [..........] *recettes de soupe.*

• MODULE 6 •
Manipuler la monnaie

Le magasin de vêtements

– Quelle monnaie utilisent les personnes dans ce magasin ? Quels billets et pièces voit-on ici ?
– Combien coûte le bonnet orange ? Combien de pièces de 50 c devrais-tu donner pour le payer ?
– L'homme a acheté un pantalon à 49 € 20 c et un pull. Il doit payer 87 € 50 c. Quelle opération doit-on faire pour trouver le prix du pull ? Il donne 90 €. Que va faire la caissière ?

30 Connaître la relation entre l'euro et les centimes

| .... | .... | .... | .... | .... |

CALCUL MENTAL
Soustraire un nombre à 1 chiffre à un multiple de 10 (50 – 6, 200 – 5).

APPRENTISSAGE
- **Sous-compétence 1 :** Calculer des sommes représentées en euros et centimes.
- **Sous-compétence 2 :** Représenter des sommes en euros et centimes.
- **Sous-compétence 3 :** Convertir des euros et des centimes.

RÉVISION
Décomposer et recomposer les nombres jusqu'à 999.

Apprenons ensemble

Dans son porte-monnaie, Chen a **8 pièces** de **50 c** et **3 pièces** de **20 c**.
Quelles pièces donne-t-il pour payer cette ceinture ? **Convertissons**, puis **dessinons** les pièces.

1 € = ... c ; donc 3 € = ... c

50 c × .... = ... c = 3 €

3 €, c'est .... pièces de 50 c.

20 c, c'est .... pièces de .... c.

Entraînons-nous

1 **Calcule** les sommes d'argent représentées.

.... €

.... c

.... €

2 Fais des **groupes** de **100 c**, puis **indique** chaque somme.

.... c = ... € c

.... c = ... € c

.... c = ... € c

3 **Complète** pour **convertir**.

Pour faire **1 €**, combien faut-il de pièces de :

- 50 c ? .... • 20 c ? .... • 10 c ? ....
- 5 c ? .... • 2 c ? .... • 1 c ? ....

Pour faire **400 €**, combien faut-il de billets de :

- 200 € ? .... • 100 € ? .... • 50 € ? ....
- 20 € ? .... • 10 € ? .... • 5 € ? ....

4 **Convertis** chaque prix dans la ou les unités indiquées, comme dans l'exemple.

425 c = 400 c + 25 c = 4 € 25 c

864 c = ... c + ... c = ... € c

703 c = ... c + ... c = ... € c

5 € = ... c

3 € 38 c = ... c + ... c = ... c

6 € 90 c = ... c + ... c = ... c

Je travaille seul(e)

5 **Échange** ces billets et pièces pour en avoir le moins possible.

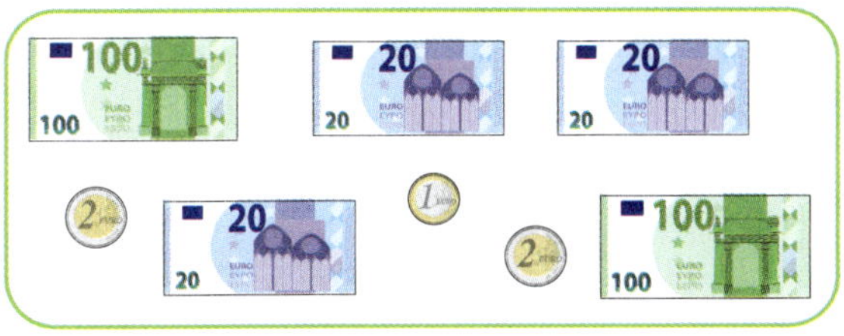

6 **Dessine** le moins de billets et pièces possible pour payer ces articles.

27 € 31 c

617 € 82 c

7 **Convertis** dans la ou les unités demandée(s).

7 € = ... c

600 c = ... €

856 c = ... € c

306 c = ... € c

5 € 6 c = ... c

1 € 23 c = ... c

8 **Range** ces sommes d'argent **dans l'ordre décroissant**.

52 € | 5 € 25 c | 25 € | 520 c | 205 € | 2 € 50 c

.... > .... > .... > .... > .... > ....

9 Johanna a **2** billets de **20 €**, **11** billets de **10 €**, **7** pièces de **20 c** et **24** pièces de **1 c**.
Quelle somme pourra-t-elle dépenser dans le magasin de vêtements ? **Calcule** et **complète**.

....

....

....

Johanna a .... € .... c *dans sa tirelire.*

Je révise

Recompose ces nombres.

800 + 40 + 9 = ...

100 + 100 + 100 + 10 +10 + 10 = ...

100 + 100 + 10 + 10 + 10 + 10 + 7 = ...

Décompose ces nombres.

637 = ... + ... + ...

147 = ... + ... + ... + ... + ... + ...

507 = ... + ... + ... + ... + ... + ...

31 Rendre la monnaie

....

CALCUL MENTAL
Soustraire un nombre à 2 chiffres à un multiple de 10 (50 – 14).

APPRENTISSAGE
• **Sous-compétence 1 :** Calculer un rendu de monnaie sur des sommes en centimes ou en euros.
• **Sous-compétence 2 :** Calculer un rendu de monnaie sur des sommes en centimes et en euros.

RÉVISION
Pratiquer des échanges en utilisant la monnaie.

Apprenons ensemble

June paye ce pull avec un billet de **20 €**. Combien le vendeur va-t-il lui rendre ?
Calculons et **complétons**, puis **dessinons** la monnaie qu'il peut lui rendre.

13 € 90 c [........ c] 14 € [........ c] 20 €
[........ € .... c]

90 c + ... c = 100 c = ... €

13 € 90 c + 10 c = ... €

14 € + ... € = 20 €

13 € 90 c + ... € .... c = 20 €

Il peut lui rendre :

Le vendeur rendra .... € .... c *à June.*

Entraînons-nous

1 **Complète** les additions à trou.

8 c + ... c = 10 c	38 c + ... c = 50 c	6 € + ... € = 10 €	88 € + ... € = 100 €
17 c + ... c = 20 c	79 c + ... c = 1 €	12 € + ... € = 20 €	165 € + ... € = 200 €

2 **Dessine** les pièces et/ou billets manquants pour avoir **50 €**.

3 Aya a un billet de **50 €**. **Calcule** ce que lui rendra le caissier si elle achète chaque vêtement.

43 € 90 c [........ c] 44 € [........ c] 50 €
[........ € .... c]

43 € 90 c

On lui rend .... € .... c.

28 € 50 c [........ c] 29 € [........ c] 50 €
[........ € .... c]

28 € 50 c

On lui rend .... € .... c.

Je travaille seul(e)

4 **Calcule.**

1 € 50 c + 50 c = ...
6 € 20 c + 80 c = ... €
13 € 75 c + 25 c = ... €

6 € 35 c + 3 € 25 c = ... €
47 € 60 c + 2 € 40 c = ... €
125 € 85 c + 4 € 15 c = ... €

5 **Complète.**

45 c + ... c = 100 c
67 c + ... c = 100 c

4 € 50 c + ... c = 5 €
8 € 75 c + ... c = 9 €

21 € 25 c + ... € .... c = 25 €
38 € 50 c + ... € .... c = 40 €

6 **Complète** les calculs et **dessine** les pièces et billets rendus.

Vêtement acheté	Monnaie donnée	Monnaie à rendre	Monnaie rendue
 8€80c		80 c + ... c = 1 € 9 € + ... € = 10 €	
 27€75c	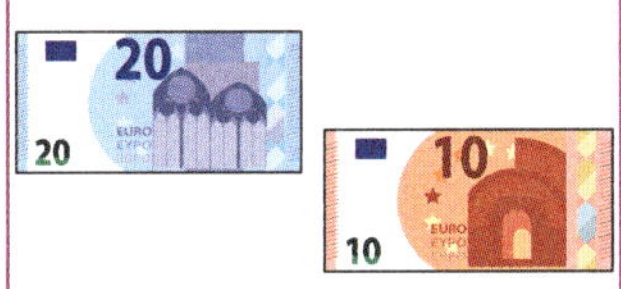	75 c + ... c = 1 € .... € + ... € = ... €	

7 **Calcule** la monnaie à rendre pour ces achats.

Vêtement acheté	 119€	 100€	 13€50c
Monnaie donnée	150 €	100 €	20 €
Monnaie à rendre	119 € + ... € = 150 €	64 € + ... € = 100 €	13 € 50 c + ... € .... c = 20 €

8 **Calcule** et **complète**. Combien le vendeur rendra-t-il à Lucas si :

– il donne **1** billet de **50 €** pour acheter une chemise à **25 €** ? .... = ...

– il donne **2** billets de **20 €** pour acheter un pull à **28 € 80 c** ? .... = ...

Je révise

Dessine le billet que l'on peut **échanger** contre ces pièces et billets.

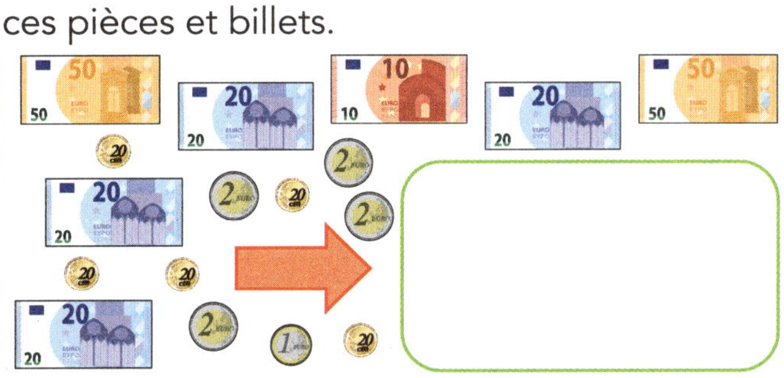

Résoudre des problèmes impliquant des prix

CALCUL MENTAL
Ajouter 9, 19, 29 à un nombre.

APPRENTISSAGE
- **Sous-compétence 1 :** Résoudre des problèmes à 1 étape impliquant des prix.
- **Sous-compétence 2 :** Résoudre des problèmes à 2 étapes impliquant des prix.

RÉVISION
Additionner en ligne.

Apprenons ensemble

Dans son porte-monnaie, Sylvia a **2** billets de **20 €**, **3** billets de **5 €** et **2** pièces de **2 €**. A-t-elle assez d'argent pour acheter ce pantalon et ce blouson ? **Calculons** et **complétons**.

20 € + 20 € + 5 € + 5 € + 5 € + 2 € + 2 €
= (20 + 20) + (5 + 5) + 5 + (2 + 2)
= 40 + 10 + 5 + 4 = (40 + 10) + (5 + 4)
= 50 + 9 = ...

Sylvia a [.......... €] *dans son porte-monnaie.*

....	
....	....

.... ☐ .... = ...

Le prix total des vêtements est [.......... €].

[..........] > [..........] Sylvia peut – ne peut pas acheter les deux vêtements.

Entraînons-nous

1 **Dessine** le moins possible de pièces et de billets pour payer ces chaussures.

2 M. et Mme Dumoulin ont acheté un sac de voyage à **485 €**. Ils ont déjà effectué un 1er versement de **260 €**. Combien leur reste-t-il à payer ?

....	
....	....

.... ☐ .... = ...

Les Dumoulin doivent encore payer [.......... €].

3 Dans son porte-monnaie, Karim a **2** billets de **10 €**, **1** billet de **5 €, 2** pièces de **2 €**, **3** pièces de **1 €**. A-t-il assez d'argent pour **3** paires de chaussettes à **9 €** l'une ? **Calcule** et **complète**.

....

....

....

Karim a [.......... €] *en tout.*

....		
....	....	....

.... ☐ .... = ...

Le prix total des chaussettes est [.......... €].

[..........] > [..........] Karim peut – ne peut pas acheter les 3 paires de chaussettes.

Je travaille seul(e)

4 Lilo compte l'argent qu'il a dans sa tirelire. Combien lui manque-t-il pour acheter un jean à **30 €** ?
Indique combien d'argent il a dans sa tirelire, puis **calcule** et **complète**.

.... = ...

Il manque .... € à Lilo pour acheter le jean.

---

5 Zoé a acheté un bonnet à **7 € 75 c**. Pour le même bonnet, dans un autre magasin, Enzo a payé **36 c** de moins qu'elle. Quel était le prix du bonnet d'Enzo ? **Calcule** et **complète**.

.... = ...

Le prix du bonnet d'Enzo était .... € .... c.

---

6 Hanaé a **10** billets de **20 €** dans son portefeuille. Elle achète un manteau à **126 €**.
- Combien de billets de **20 €** Hanaé donne-t-elle pour payer son achat ?
- Quelle somme d'argent va-t-on lui rendre ? **Calcule** et **complète**.

.... = ...

Hanaé donne .... billets de 20 €.

.... = ...

On lui rend .... €.

---

7 Louise achète **1** élastique à cheveux à **90 c**, **3** barrettes à **1 € 25 c** l'une et **2** bracelets à **2 € 50 c** l'un. Combien va-t-elle payer ? **Calcule** et **complète**.

....

....

Louise va payer .... € .... c.

---

8 Aaron achète une tenue de ski complète. Pour payer, il donne **1** billet de **200 €**, **1** billet de **100 €**, **4** billets de **20 €** et **3** billets de **10 €**. Le vendeur lui rend **1** billet de **5 €** et **1** pièce de **2 €**.
Quel est le prix de la tenue de ski ?
Trouve la question intermédiaire de ce problème, puis **calcule** et **écris** les réponses aux 2 questions.

....

....

....

.... = ...

....

Je révise

Indique le prix de chaque objet.

		.... €
		.... € c

PROBLÈMES POUR APPRENDRE À CHERCHER

1 **Dessine** 5 manières de faire **840 €** en utilisant au maximum **7 billets**.

2 Quatre amis comparent leur tirelire. Le plus jeune des amis a le plus d'argent, il ne s'appelle pas Mehdi. Sofia est la plus âgée ; elle n'a pas la plus petite somme. Ambre a la 2e plus grosse somme d'argent.
Coche le tableau pour indiquer la somme que chacun a dans sa tirelire.

	15 €	20 €	30 €	40 €
Ethan				X
Ambre			X	
Mehdi	X			
Sofia		X		

3 Enzo a un bon d'achat de **500 €** dans un magasin de sport. Avec cette somme, il veut acheter **3 articles** : un skate longboard, une trottinette électrique et une montre.
Trouve les différentes solutions d'achat pour dépenser **exactement 500 €**.

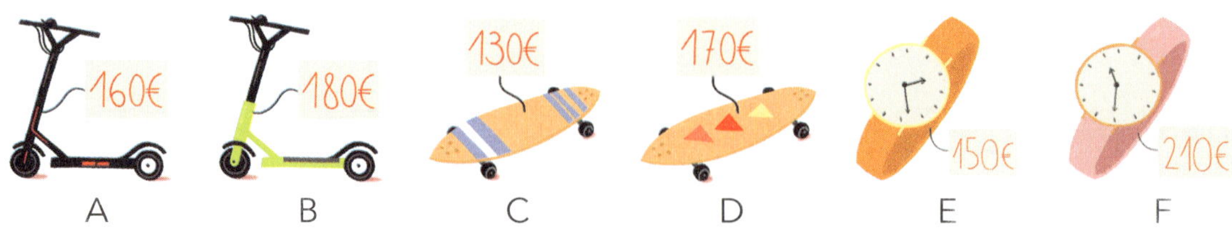

Enzo peut acheter les articles ...., ... *et* ....
ou ...., ... *et* ....

• MODULE 7 •
Se repérer dans le temps

Au cinéma

– À quelle heure et à quel moment de la journée la scène se déroule-t-elle ?
– Quelles unités de temps vois-tu ? – Quels films durent moins de 2 heures ? plus de 2 heures ?
– Les enfants vont voir le film « Kika le petit renne ». À quelle heure sortiront-ils de la salle ?
– L'année de sortie du film est indiquée sous les affiches. Quels films sont sortis au 2e millénaire ?

CALCUL MENTAL
Calculer le double des nombres d'usage courant < 100.

APPRENTISSAGE
• **Sous-compétence 1 :** Connaître les unités de mesure de temps court : secondes, minutes, heures.
• **Sous-compétence 2 :** Connaître les relations entre les unités de mesure de temps court.

RÉVISION
Connaître la relation entre les euros et les centimes.

32 Mesurer le temps court

....

Apprenons ensemble

Orlane va voir un film d'une durée de **130 minutes**. Ce film dure-t-il plus ou moins de **2 heures** ? **Convertissons** cette durée en heures et minutes, puis **complétons**.

1 h = ... min → 2 h = 2 fois .... min = ... min → 3 h = 3 fois .... min = ... min

Dans 130 minutes, il y a plus de [..........] fois 60, et moins de [..........] fois 60.

Donc 130 min = ... h + ... min

Le film dure [..........] *h* [..........] *min.* *Le film dure* .... *de 2 heures.*

Entraînons-nous

1 **Relie** chaque unité de temps à sa durée. **Barre** les durées **intrus**.

un jour • une minute • une semaine • une heure •

• 12 heures • 60 secondes • 24 heures • 60 minutes • 600 secondes • 7 jours

2 **Entoure** la durée possible pour chaque événement.

la sonnerie du réveil

5 h | 5 s

un film

2 h | 2 min

un séjour de vacances

15 min | 15 jours

une chanson

3 min | 3 s

3 **Convertis** en utilisant la table de **60**.

1 × 60	2 × 60	3 × 60	4 × 60	5 × 60	6 × 60	7 × 60	8 × 60	9 × 60	10 × 60
60	120	180	240	300	360	420	480	540	600

2 h = ... min 5 h = ... min 9 min = ... s 4 min = ... s

180 min = ... h 540 min = ... h 600 s= .... min 360 min = ... min

4 **Convertis** ces durées en **minutes**.

1 demi-heure = ... min 1 quart d'heure = ... min 2 h et quart = ... min

3 quarts d'heure = ... min 1 h et demie = ... min 2 h et demie = ... min

Je travaille seul(e)

5 ★ **Range** ces durées **de la plus courte à la plus longue**.

1 jour | 1 minute | 1 quart d'heure | 1 heure | 1 demi-heure | 3 quarts d'heure

.... < .... < .... < .... < .... < ....

6 ★ **Complète** avec l'unité qui convient : *heures, minutes* ou *secondes*.

- Un match de football dure 90 ....
- Je dois me brosser les dents pendant 3 ....
- La récréation dure 15 ....
- La sonnerie de la récréation dure 3 ....

7 ★ **Convertis**.

1 quart d'heure = ... min	120 min = ... h	600 s = ... min	3 min = ... s
1 demi-heure = ... min	240 min = ... h	120 s = ... min	48 h = ... jours

8 ★ **Complète** les calculs pour **convertir**.

81 min = 60 min + ... min = ... h + ... min	147 s = ... s + ... s = ... min + ... s
95 min = ... min + ... min = ... h + ... min	186 s = ... s + ... s = ... min + ... s

9 ★★ **Compare** ces durées avec **<**, **>** ou **=**.

4 min ☐ 68 s	123 s ☐ 12 min	1 quart d'heure ☐ 15 min	540 s ☐ 9 h
27 h ☐ 2 jours	3 jours ☐ 50 h	2 demi-heures ☐ 2 h	100 min ☐ 2 h

10 ★★ Lina a attendu **1 min 45 s** pour acheter son billet de cinéma et Nora a attendu **87 s**.
Qui a attendu le moins longtemps ? **Calcule** et **complète**.

....

....

.... *a attendu le moins longtemps.*

Je révise

Qui a le plus d'argent ? **Complète**.

Rémi

.... € c

Juliane

.... € c

Sami

.... € c

.... *a le plus d'argent.*

33 Lire l'heure

....

CALCUL MENTAL
Calculer le double ou la moitié des nombres inférieurs à 100 (50, 60 et 100…).

APPRENTISSAGE
- **Sous-compétence 1 :** Lire l'heure sur un cadran à aiguilles.
- **Sous-compétence 2 :** Lire l'heure en utilisant les expressions usuelles.
- **Sous-compétence 3 :** Distinguer heures du matin et heures de l'après-midi.

RÉVISION
Rendre la monnaie.

Apprenons ensemble

Ce soir, Mario et Nadia sont au cinéma tous les deux. Mario regarde sa montre quand le film commence et quand il finit. **Indiquons** quels nombres sont affichés aux mêmes moments sur la montre digitale de Nadia.

Mario

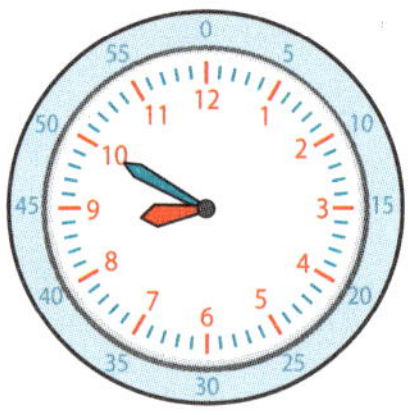

Nadia

Début du film

Mario

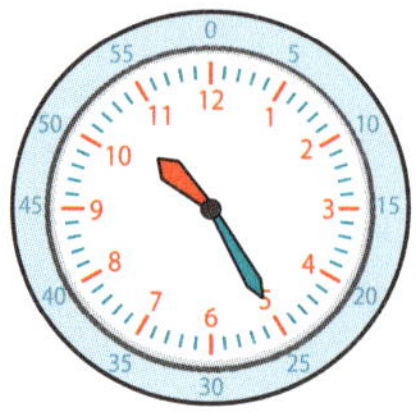

Nadia

Fin du film

Entraînons-nous

1 **Colorie** les étiquettes qui indiquent la même heure que l'horloge.

1 h et quart | 13 h | 1 h 15

10 h moins le quart | 10 h 15 | 9 h 45

7 h moins le quart | 7 h 30 | 7 h et demie

11 h 45 | 9 h 11 | midi moins le quart

2 **Place** les aiguilles sur chaque horloge en fonction de l'heure qu'il est.

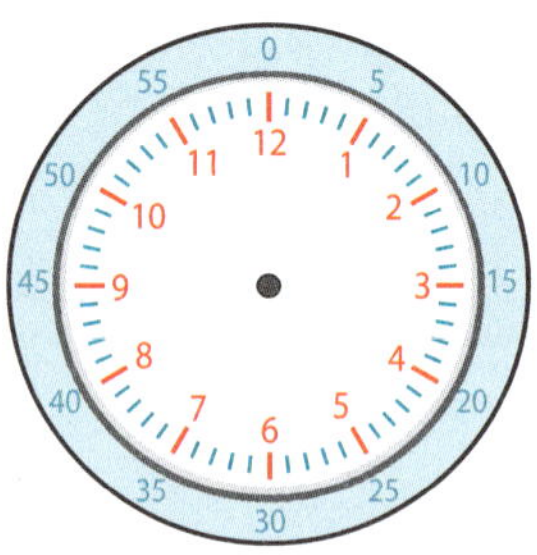

2 h 35

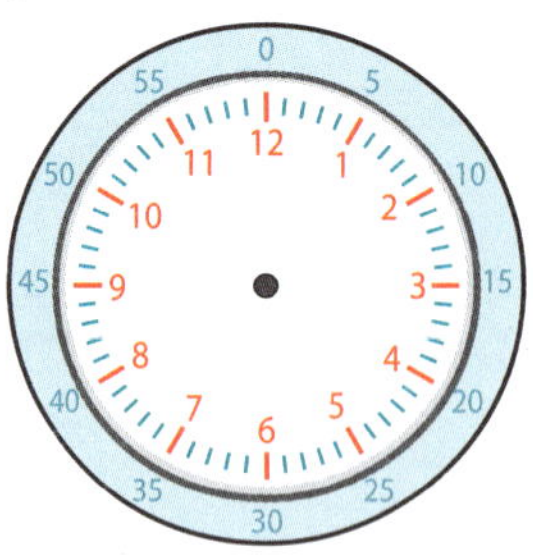

18 h 30

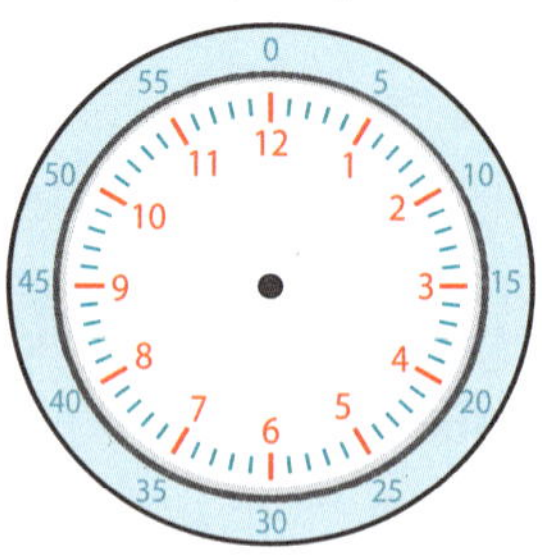

9 h et quart

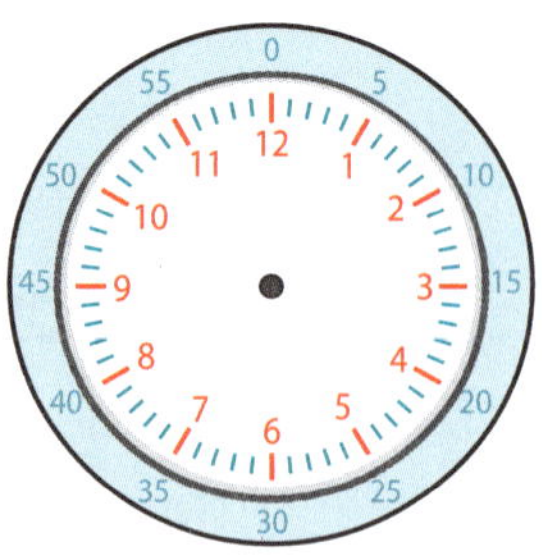

11 h moins le quart

3 **Complète** le tableau.

Heure du matin	9 : 00	6 : 45	....	....	7 : 20	....
Heure de l'après-midi	....	....	23 : 10	16 : 00	....	14 : 50

Je travaille seul(e)

4 ★ **Complète** le tableau selon l'heure indiquée.

	8 h 45	17 h 10	7 h 35	5 h 30	22 h 55	13 h 15
La grande aiguille est sur…	…………	…………	…………	…………	…………	…………
La petite aiguille est entre…	…………	…………	…………	…………	…………	…………

5 ★ **Colorie** de la même couleur les horaires identiques.

midi et quart	6 h et demie	20 min après 3 h	15 min avant 11 h	40 min après 18 h
18 : 30	10 : 45	12 : 15	18 : 40	15 : 20

6 ★★ **Écris** l'heure qu'il est de **3 manières** différentes.

Heure du matin	…………………	…………………	…………………	…………………
Heure de l'après-midi	…………………	…………………	…………………	…………………
Heure usuelle	…………………	…………………	…………………	…………………

7 ★★ Quelle heure est-il ? **Complète**.

- *Il y a 4 heures, il était 6 h 30 min. Maintenant, il est* ……… h ……… .
- *Il y a un quart d'heure, il était 4 h et quart. Maintenant, il est* ……… h ……… .
- *Il y a 20 minutes, il était 8 h 50. Maintenant, il est* ……… h ……… .

Je révise

Fanny achète les objets suivants. Que va lui rendre la vendeuse ? **Complète** le tableau et **dessine** la monnaie rendue par la vendeuse.

Objet acheté	Fanny donne…	La vendeuse rend…	Pièces et/ou billets rendus
 7 € 60 c		60 c + ……… c = 1 € 7 € + ……… € = 10 € …………………………………	
 58 € 75 c	 	75 c + ……… c = 1 € ……… € + ……… € = ……… € …………………………………	

34 Mesurer le temps long

....

Apprenons ensemble

Lisons cette affiche de cinéma et **complétons** les phrases.

Ce film raconte le début de la ....,
pendant l'année ....
Cet événement s'est passé il y a plus de [..........] *siècles.*

Complétons la frise avec les dates 1789 et 2020 et le numéro des millénaires et des siècles.

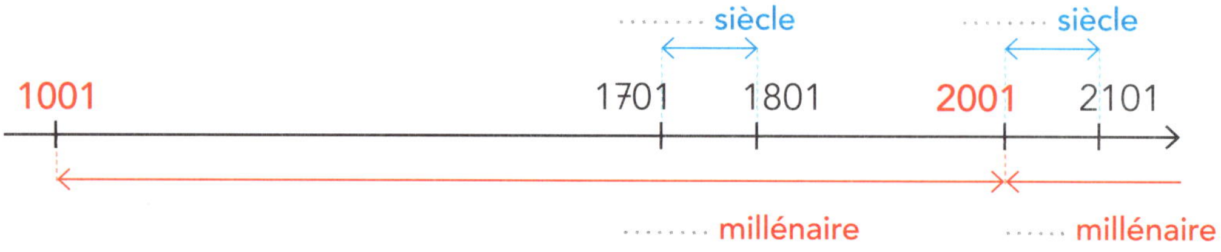

Entraînons-nous

1 **Relie** le nom de chaque unité de temps avec sa durée.

un mois	un millénaire	une année	un jour	un siècle	une semaine
•	•	•	•	•	•
•	•	•	•	•	•
1 000 ans	30 ou 31 jours	24 h	365 ou 366 jours	7 jours	100 ans

2 **Complète** avec l'unité de temps qui convient : *millénaire, siècles, ans, mois, semaines.*

- *L'hiver dure* 3 ....
- *Depuis* 2000, *nous vivons dans le* 3e...........................
- *Le Tour de France dure* 3 ....
- *Louis* XIV *est mort il y a plus de* 3 ....
- *Il y a* 3 ...., *un élève de* CE2 *était en grande section.*

3 **Place** les dates sur la frise chronologique et **complète** : 20 – 800 – 1800 – 1100 – 100 – 2020.

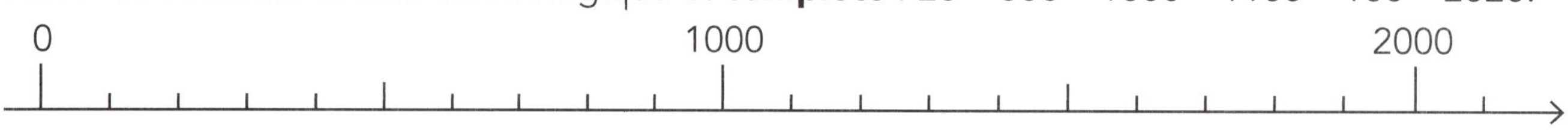

Combien de **siècles** se sont écoulés :
- de l'année 100 à 800 ? [..........] *siècles*
- de l'année 800 à 1100 ? [..........] *siècles*

Combien de **millénaires** se sont écoulés :
- de l'année 800 à 1800 ? [..........] *millénaire*
- de l'année 20 à 2020 ? [..........] *millénaires*

Je travaille seul(e)

4 **Range** ces unités de mesure du temps **de la plus courte à la plus longue**.

année | millénaire | semaine | mois | siècle | jour

.... < .... < .... < .... < .... < ....

5 **Relie** chaque événement à l'unité de temps qui convient.

Le temps des dinosaures	La visite de Paris	Le printemps	Les vacances de Noël	La vie d'un chien	Le Moyen Âge
•	•	•	•	•	•

• jours • mois • millénaires • semaines • siècles • années

6 **Observe** cette page de calendrier et **complète** les phrases.

FÉVRIER 2020

Lundi	Mardi	Mercredi	Jeudi	Vendredi	Samedi	Dimanche
					1	2
3	4	5	6	7	8	9
10	11	12	13	14	15	16
17	18	19	20	21	22	23
24	25	26	27	28	29	

- Cette page de calendrier représente le mois de .... de l'année ....
- C'est une année .... car il y a .... jours dans ce mois.
- Il y a .... semaines complètes.
- Ce mois commence et se termine un ....

7 **Complète** avec l'unité qui convient.

35 jours = 5 ....
8 000 ans = 8 ....
3 jours = 72 ....
6 000 ans = 60 ....
1 095 jours = 3 ....
240 heures = 10 ....

8 **Calcule**.

3 ans et 6 mois = ... mois
458 ans = ... siècles et .... ans
2 millénaires et 6 siècles = ... ans
400 jours = ... an et .... jours

Je révise

Dans son porte-monnaie, Damien a **120 €**. Il achète un ballon à **39 €** et une raquette de tennis à **65 €**. Combien lui reste-t-il d'argent ? **Calcule** et **complète**.

....	
....	....

....

Damien dépense .... € en tout.

....	
....	....

....

Il lui reste .... € dans son porte-monnaie.

Résoudre des problèmes impliquant des durées

CALCUL MENTAL
Convertir les unités de mesures de temps.

APPRENTISSAGE
- **Sous-compétence 1 :** Trouver l'instant final dans un problème impliquant des durées.
- **Sous-compétence 2 :** Trouver l'instant de départ dans un problème impliquant des durées.
- **Sous-compétence 3 :** Trouver la durée dans un problème impliquant des durées.

RÉVISION
Mesurer le temps court.

Apprenons ensemble

L'avant-première du film *La Grande Équipée* commence à **20 h 50** et se termine à **23 h**. Combien de temps dure-t-il ? **Complétons**.

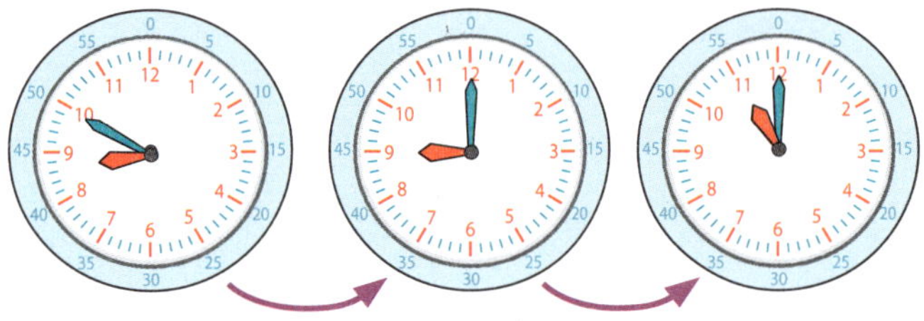

Le film dure .... *h* .... *min.*

Entraînons-nous

1 Amir part de chez lui à **8 h 30**. Il marche **20 minutes** avant d'arriver au cinéma. À quelle heure arrive-t-il au cinéma ? **Complète** la 2e horloge, le calcul et la phrase-réponse.

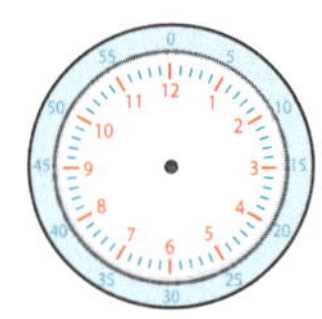

8 h 30 min + ... min → .... h ....

Amir arrive au cinéma à .... *h* ....

2 Enola fait la queue pour acheter ses billets de cinéma. Elle entre dans la salle à **12 h 45**. Elle est restée dans la file d'attente pendant **35 min**. À quelle heure a-t-elle commencé à faire la queue ? **Complète** l'horloge et le calcul.

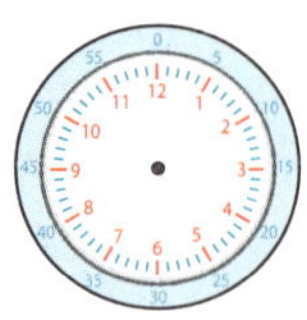

Enola a commencé à faire la queue à .... *h* ....

12 h 45 min − .... min → .... h ....

3 Gabriel est guichetier au cinéma. Il commence à travailler à **9 h 20** et fait une pause à **11 h 35**. Combien de temps a-t-il travaillé ce matin ? **Complète** le schéma et la phrase.

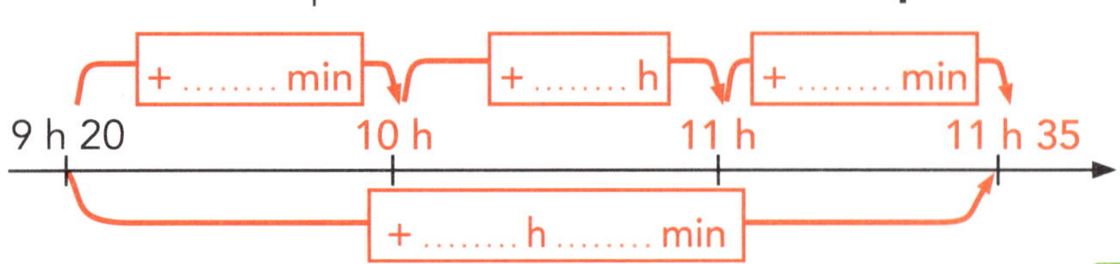

Gabriel a travaillé .... *h* .... *min ce matin.*

Je travaille seul(e)

4 ★ Camille va au cinéma à **11 h 30**. Elle reste **50 min** dans la salle, puis sort pour répondre au téléphone. À quelle heure quitte-t-elle la salle de cinéma ? **Calcule** et **complète**.

11 h 30 [........] .... [........] ....

[+ 50 min]

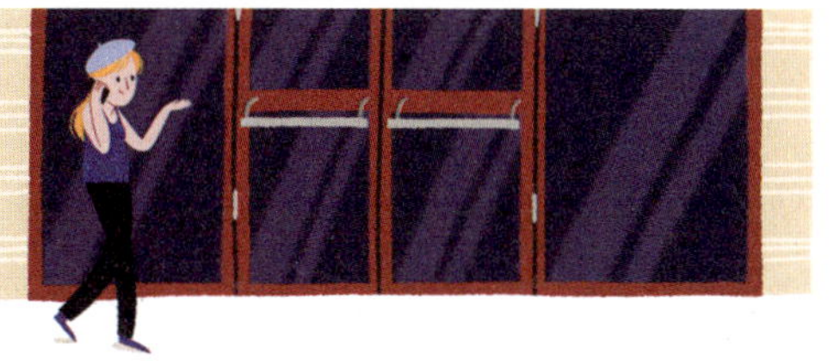

Camille sort de la salle de cinéma à [........ h ....].

5 ★ Un groupe d'amis se rend au cinéma pour la séance de **15 h**. À quelle heure chaque enfant doit-il partir de chez lui, compte tenu du temps qu'il met à venir au cinéma ?
Aide-toi de la ligne du temps pour **compléter**.

14 h — 5 — 10 — 15 — 20 — 25 — 30 — 35 — 40 — 45 — 50 — 55 — 15 h

- Karim met 10 minutes à venir. Il part à [........ h ....].
- Luke met 1 demi-heure à venir. Il part à [........ h ....].
- Laure met 35 minutes à venir. Elle part à [........ h ....].
- Neïma met 1 quart d'heure à venir. Elle part à [........ h ....].

6 ★ **Calcule** la durée de chaque film. **Complète**.

- Le film commence à **15 h 40** et se termine à **17 h**.

[........ min] [........ h]

15 h 40 — .... h — 17 h

[........ h .... min]

Le film dure [..........] h [..........] min.

- Le film commence à **19 h 30** et se termine à **21 h 05**.

[........ min] [........ h] [........ min]

19 h 30 — .... h — .... h — 21 h 05

[........ h .... min]

Le film dure [..........] h [..........] min.

7 ★★ **Louison** se prépare pour aller au cinéma. Elle passe **35 minutes** dans la salle de bains et **45 minutes** dans sa chambre. Elle part au cinéma à **18 h 10**. À quelle heure a-t-elle commencé à se préparer ? **Complète** la ligne du temps, puis **écris** tes calculs et la phrase-réponse.

....

....

....

Je révise

Convertis les durées dans les unités demandées.

1 jour = ... h	600 min = ... h	5 min = ... s	1 quart d'heure = ... min
48 h = ... jours	120 s = ... min	240 min = ... h	1 demi-heure = ... min

PROBLÈMES POUR APPRENDRE À CHERCHER

1 Luna est née le **25 janvier 1998**. À chaque anniversaire, elle souffle ses bougies. À la date d'aujourd'hui, combien a-t-elle soufflé de bougies depuis qu'elle est née ? **Calcule** et **complète**.

....

....

Luna a soufflé [.........] *bougies depuis qu'elle est née.*

2 À l'école, il y a 2 horloges. L'une **avance** de **4 minutes** toutes les heures et l'autre **retarde** d'**une minute** toutes les heures. Le directeur les a mises à l'heure hier à **16 h**. Quelle heure affichera chaque horloge demain à 16 h, heure exacte ? **Complète**.

....

....

....

....

Une horloge affichera [....... h .... min] *et l'autre affichera* [....... h .... min].

3 4 amis partent de Besançon à la même heure pour se rendre à Rouen. Chacun utilise un moyen de transport différent. Dans quel ordre vont-ils arriver à Rouen ? **Complète**.

	Moyen de transport	**Temps de trajet**	**Ajout au temps de trajet**
Théodore	train	4 h 30	changement de train : 15 min
Mila	bus	6 h	1 demi-heure de pause toutes les 2 h
Nafisatou	voiture	330 min	4 pauses de 15 min
Raphaël	avion	3 600 s	trajets vers et depuis l'aéroport : 1 h et demie + 45 min

....

....

Le (La) 1er(re) arrivé(e) à Rouen sera .... ; *le (la) 2e sera* .... ; *le (la) 3e sera* .... ; *le (la) 4e sera* ....

• MODULE 8 •
Manipuler les longueurs

L'atelier maquette

– Quelle est la longueur totale de la règle du maître en dm ? en cm ?
– Combien d'essieux peut-il découper dans sa baguette ? – Quelle est la longueur du châssis ?
– Combien de tours du circuit faut-il faire pour parcourir la distance du Grand Prix des bolides ?
– Les 7 élèves posent leurs 7 voitures en file indienne. Quelle est la longueur totale de la file ?

35 Connaître les unités de mesure de longueur et leurs relations : m, dm, cm et mm

CALCUL MENTAL
Soustraire 9, 19, 29 à un nombre.

APPRENTISSAGE
- **Sous-compétence 1 :** Connaître les unités de mesure de longueur : m, dm, cm et mm.
- **Sous-compétence 2 :** Connaître les relations entre m, dm, cm et mm.
- **Sous-compétence 3 :** Mesurer, reproduire et tracer des segments en dm, cm et mm entiers.

RÉVISION
Mesurer le temps court.

Apprenons ensemble

Cochons la bonne mesure de chaque objet.

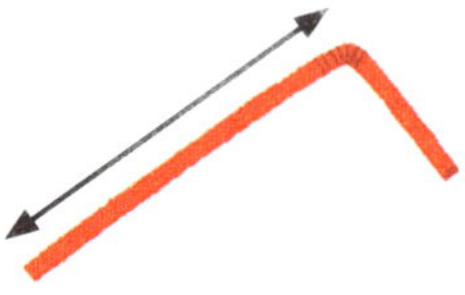

☐ 20 cm
☐ 15 m

☐ 8 mm
☐ 6 dm

☐ 25 mm
☐ 1 m 50 cm

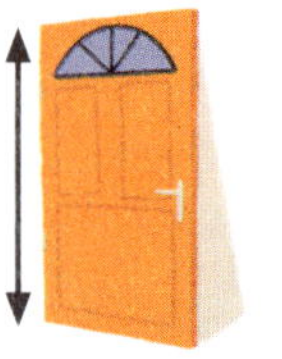

☐ 190 cm
☐ 2 dm 55 mm

Entraînons-nous

1 **Écris** la mesure de chaque objet dans le tableau pour la **convertir** dans les unités demandées.

12 mm

m	dm	cm	mm
....	....	....	....

.... m .... mm

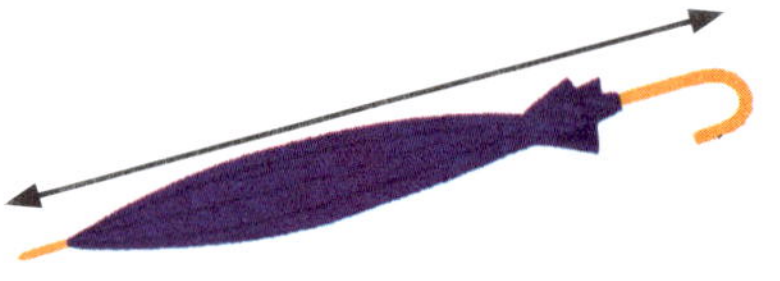

95 cm

m	dm	cm	mm
....	....	....	....

.... dm .... cm

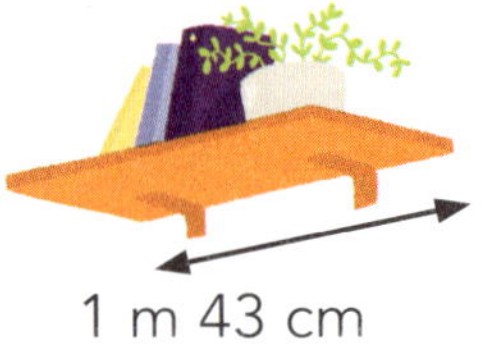

1 m 43 cm

m	dm	cm	mm
....	....	....	....

.... dm .... mm

2 **Relie** les mesures identiques.

1 dm 5 cm •	• 15 dm
1 cm 5 mm •	• 15 m
1 m 5 dm •	• 15 cm
150 dm •	• 15 mm

28 cm •	• 280 dm
28 mm •	• 2 m 80 cm
28 m •	• 2 cm 8 mm
28 dm •	• 280 mm

3 **Complète** les **mesures** des segments **A** et **B**, puis **trace** un segment **C** aussi long que les segments **A** et **B** mis bout à bout. **Complète** sa mesure.

Matériel A

A

.... cm .... mm

B

.... cm .... mm

C

.... cm .... mm

Je travaille seul(e)

4 **Complète** chaque mesure avec les unités qui conviennent : cm, dm ou mm.

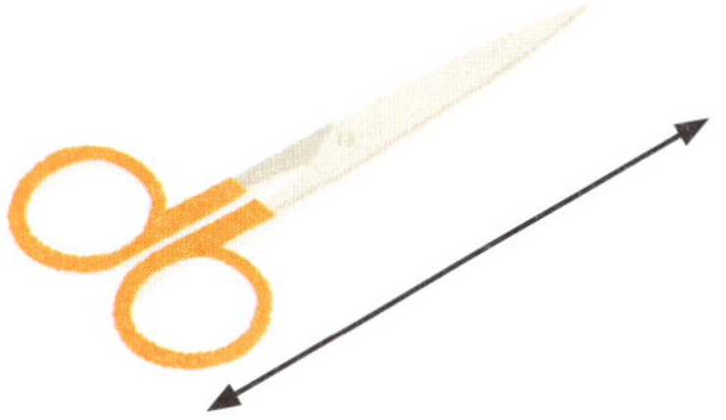

12 .... et 5 ....

1 .... et 25 ....

1 .... et 8 ....

5 **Mesure** les segments **A**, **B** et **C**, puis **reproduis** le plus long et le plus court.

A : .... cm .... mm

B : .... mm

C : .... cm .... mm

- Je reproduis le plus long : ....
- Je reproduis le plus court : ....

6 **Convertis** chaque mesure dans la ou les unité(s) demandée(s). Matériel A

25 mm = ... cm .... mm

35 m = ... cm

25 cm = ... dm .... cm

652 dm = ... m .... cm

32 cm = ... mm

3 dm et 28 mm = ... cm .... mm

1 m et 5 cm = ... dm .... cm

2 dm et 5 cm = ... mm

7 **Trace** ces deux segments aux mesures indiquées et **convertis** ces mesures dans des unités différentes de ton choix. Matériel A

1 dm 3 cm 6 mm = ...

11 cm 3 mm = ...

Je révise

Convertis ces différentes durées dans les unités demandées, puis **classe**-les **de la plus courte à la plus longue**.

1 quart d'heure = ... min

1 demi-heure = ... min

120 s = ... min

72 h = ... jours

180 min = ... h

600 s = ... min

.... < .... < .... < .... < .... < ....

36 Connaître les unités de mesure de distance et leurs relations : m et km

.... | .... | .... | .... | ....

CALCUL MENTAL
Ajouter 11, 21, 31…

APPRENTISSAGE
- **Sous-compétence 1 :** Connaître les unités de mesure de distance : m et km.
- **Sous-compétence 2 :** Connaître les relations entre m et km.
- **Sous-compétence 3 :** Calculer des distances en m et km.

RÉVISION
Mesurer le temps long.

Apprenons ensemble

Complétons avec *m* ou *km*.

8 ....

7 ....

18 ....

5 .... 800 ....

Entraînons-nous

1 **Écris** la distance indiquée sur chaque panneau dans la ou les unité(s) demandée(s).

1 km	1 560 m	1 km 263 m	832 m
.... *m*	.... *km* .... *m*	.... *m*	.... *km* .... *m*

2 **Range** ces distances **de la plus petite à la plus longue**.

1 km 207 m — 3 km 206 m — 1 521 m — 1 km 832 m — 965 m

.... < .... < .... < .... < ....

3 **Calcule** la distance entre **Moncontour** et **Apeville** en passant par **Frichoir**, puis la distance aller et retour entre **Frichoir** et **Apeville**.

MONCONTOUR ← 63 km 560 m → FRICHOIR ← 58 km 231 m → APEVILLE

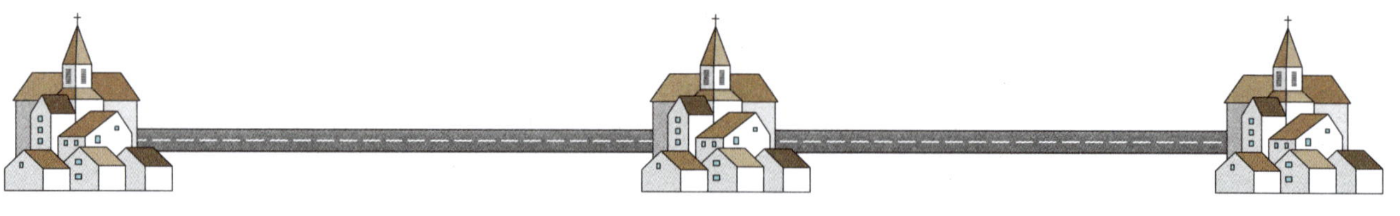

• ....

La distance entre Moncontour et Apeville en passant par Frichoir est de ....

• ....

La distance aller et retour entre Frichoir et Apeville est de ....

Je travaille seul(e)

4 **Complète** avec *m* ou *km*.

- *La distance de ta classe à la cantine se mesure en ……..*
- *La distance de la Terre à la Lune se mesure en ……..*
- *La distance parcourue par un escargot en 1 heure se mesure en ……..*
- *La distance qui sépare l'entrée et la sortie du tunnel sous la Manche se mesure en ……..*
- *La distance qui doit séparer deux voitures sur l'autoroute se mesure en ……..*

5 **Colorie** de la même couleur les distances identiques exprimées dans des unités différentes.

5 610 m — 1 km 823 m — 1 863 m — 5 km 610 m

6 km 632 m — 561 m — 6 632 m — 0 km 561 m

6 **Calcule** ces distances.

- 22 km 230 m + 35 km 130 m

= …….. km + …….. km + …….. m + …….. m = …….. km …….. m

- 88 km 250 m + 2 km 750 m

= …….. km + …….. km + …….. m + …….. m = …….. km

- 66 km 214 m × 2

= …….. km × 2 + …….. m × 2 = …….. km …….. m

- 21 km 125 m × 3

= …….. km × 3 + …….. m × 3 = …….. km …….. m

7 **Calcule** la distance parcourue par la voiture selon le nombre de tours qu'elle a effectués.
Complète le tableau.

2 tours	3 tours	4 tours	5 tours
…….. km	…….. km	…….. km	…….. km
…….. m	…….. m	…….. m	…….. m

……………………………………………………………………………………

……………………………………………………………………………………

Je révise

Complète avec l'unité de temps qui convient.

6 semaines = 42 ……………… 2 jours = 48 ……………… 5 ans = 1 825 ………………

3 millénaires = 3 000 ……………… 480 heures = 20 ………………

Résoudre des problèmes impliquant des longueurs ou des distances

CALCUL MENTAL
Réaliser des conversions d'unités de longueur en 2 unités (25 cm = ? dm ? cm = ? mm).

APPRENTISSAGE
• **Sous-compétence 1 :** Résoudre des problèmes du champ additif ou multiplicatif impliquant des longueurs ou des distances.
• **Sous-compétence 2 :** Calculer des distances en m et km.

RÉVISION
Résoudre des problèmes impliquant des durées.

Apprenons ensemble

En un an, Jérémy a grandi de **8 cm**. Il mesure à présent **1 m 32 cm**. **Calculons** et **complétons**.

• Quelle était la taille de Jérémy il y a un an ?

.... = ... m .... cm

• Si Jérémy grandit encore de 8 cm, quelle sera sa taille l'an prochain ?

.... = ... m .... cm

Entraînons-nous

1 **Observe** le dessin, **calcule** et **complète**.

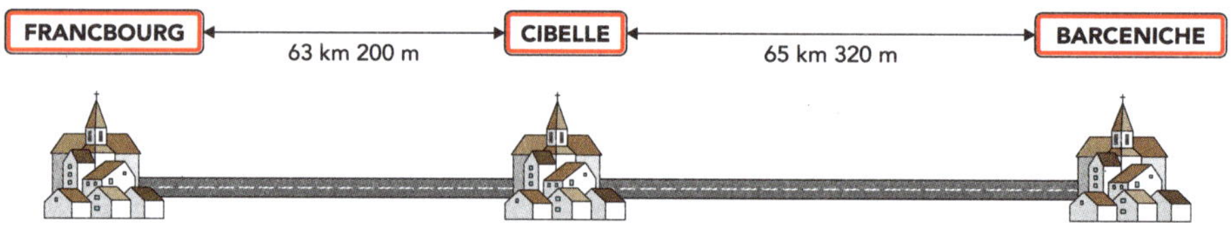

• Quelle est la distance entre Francbourg et Barceniche ?

.... = ... km .... m

• Quelle est la distance aller et retour entre Francbourg et Cibelle ?

.... = ... km .... m

2 Ce camion peut-il entrer dans le tunnel ? **Calcule** et **coche** la bonne réponse.

• La hauteur du camion avec sa cargaison est de :

.... cm + ... m .... cm

= .... cm + ... cm

= .... cm = ... m .... cm

• Le camion ☐ peut entrer dans le tunnel. ☐ ne peut pas entrer dans le tunnel.

3 Pour la fête d'anniversaire de Salima, ses parents ont aligné deux tables bout à bout dans le jardin. Quelle est la longueur totale des tables bout à bout ? **Calcule** et **complète**.

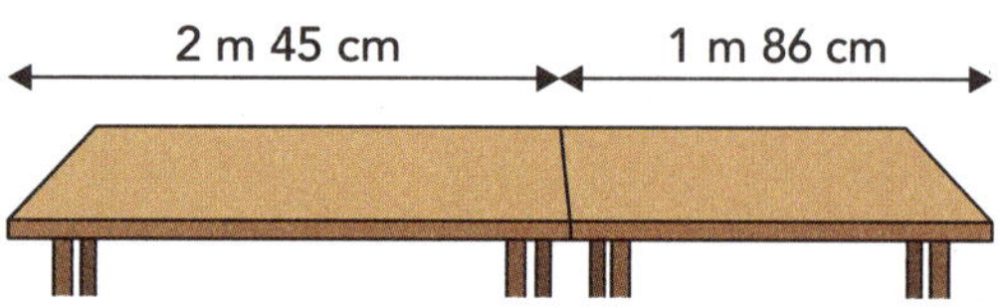

2 m 45 cm + 1 m 86 cm

= .... cm + ... cm

= .... cm = ... m .... cm

Convertis toutes les mesures en cm pour calculer !

La longueur totale des deux tables est .... *cm ou* .... *m* .... *cm.*

Je travaille seul(e)

4 **Observe** le dessin et **calcule** la longueur du triple saut de cet athlète.

.... m .... cm + ... m .... cm + ... m .... cm

= .... m + ... m + ... m + ... cm + ... cm + ... cm = ... m .... cm

L'athlète a sauté .... *m* .... *cm.*

5 Ahmed va rendre visite à ses grands-parents, près de Dijon. Il doit parcourir **250 km** en voiture avec ses parents. Ils font une pause après avoir parcouru **110 km**. **Calcule** et **complète**.

- Quelle distance Ahmed et ses parents doivent-ils encore parcourir ?

....

Ahmed et ses parents doivent encore parcourir .... *km.*

- Quelle distance doivent-ils encore parcourir pour avoir fait la moitié du chemin ?

....

La distance qui correspond à la moitié du chemin est de .... *km.*

....

Ils doivent encore parcourir .... *km pour avoir fait la moitié du chemin.*

6 Pour aller à l'école, Thomas parcourt **630 m** à pied le matin et autant le soir. **Calcule** et **complète**.

- Quelle distance Thomas parcourt-il dans une journée ?

....

Thomas parcourt .... *km* .... *m dans une journée.*

- Quelle distance Thomas parcourt-il en 4 jours ?

....

Thomas parcourt .... *km* .... *m en 4 jours.*

Je révise

Calcule la durée de chaque film.

Début : 10 h 30 – Fin : 12 h.

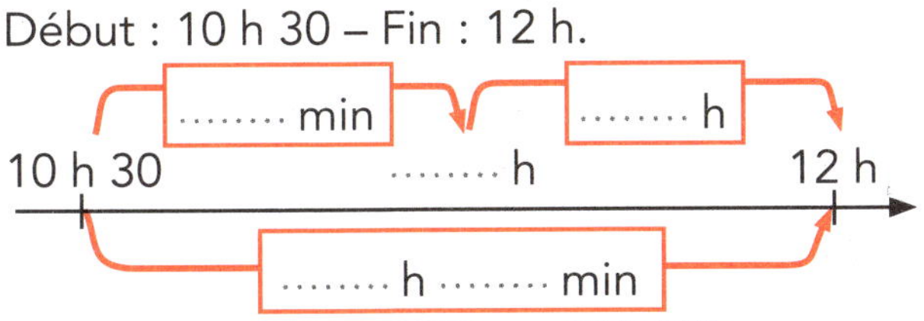

Le film dure .... *h* .... *min.*

Début : 17 h 10 – Fin : 19 h 40.

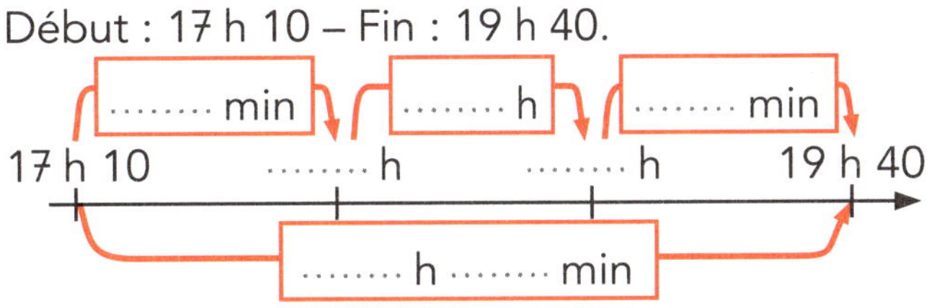

Le film dure .... *h* .... *min.*

PROBLÈMES POUR APPRENDRE À CHERCHER

1 Mia promène son chien Zoum sur le chemin **AB**, qui mesure **100 m**. Dès qu'elle a fait **20 m**, elle s'arrête et attend que Zoum aille en **B** et revienne vers elle. Elle avance alors encore de 20 m avec Zoum et s'arrête en attendant à nouveau que son chien aille en **B** et revienne vers elle, et ainsi de suite.
Quelle distance Zoum aura-t-il parcourue quand Mia sera en B ? **Calcule** et **complète**.

....

....

Zoum aura parcouru [..........] *mètres quand Mia arrivera en* B.

2 Pour parcourir **10 m**, le cerf fait **8 pas**. Le sanglier en fait **le double**.
Le hérisson fait des pas de **10 cm**, la fouine fait des pas **deux fois plus longs**.
Combien de pas fait chacun de ces 4 animaux pour faire 1 km ? **Calcule** et **complète**.

....

....

[..........] *pas*

[..........] *pas*

[..........] *pas*

[..........] *pas*

3 Quel sport va faire Aiman, sachant qu'il ne passe que par des cases **supérieures à 5 m** ? **Trace** son chemin et **entoure** le bon sport.

2 000 mm	5 km + 3 dm	75 cm	9 km	4 m 7 dm	150 dm	
85 dm	20 m – 8 m	650 cm	8 000 mm	3 900 mm	3 m + 4 dm	
→ 7 m	60 mm	100 dm – 80 dm	3 m + 250 cm	8 000 mm – 2 000 mm	140 cm	
5 dm + 7 dm	240 mm	8 m – 5 m	300 cm	80 dm	1 km	

• MODULE 9 •
Manipuler les masses et les contenances

– Quelle est la masse des pommes sur la balance ? – Combien de cagettes de fraises faut-il pour avoir 1 kg ?
– Que signifie l'inscription sur le camion ? Convertis cette masse en kg.
– Quelle masse de pommes faut-il pour faire 1 L de jus de pommes ? pour faire 2 L ? pour faire 10 L ?
– Combien de briquettes peut-on remplir avec le contenu d'une bouteille de 1 L de jus de pommes ?

37 Connaître les unités de mesure de masse et leurs relations : g et kg

....

CALCUL MENTAL
Multiplier un nombre à 2 ou 3 chiffres par un nombre à 1 chiffre, avec retenue.

APPRENTISSAGE
- **Sous-compétence 1 :** Connaître les unités de mesure de masse et leur relation (g et kg).
- **Sous-compétence 2 :** Mesurer des masses avec des masses marquées en g et kg.
- **Sous-compétence 3 :** Calculer et comparer des masses.

RÉVISION
Connaître les unités de mesure de longueur et leurs relations (m, cm, dm et mm).

Apprenons ensemble

Entourons en rouge les objets dont la masse est proche de 1 g et en bleu les objets dont la masse est proche de 1 kg.

Entraînons-nous

1 **Indique** la masse de chaque objet dans les unités demandées.

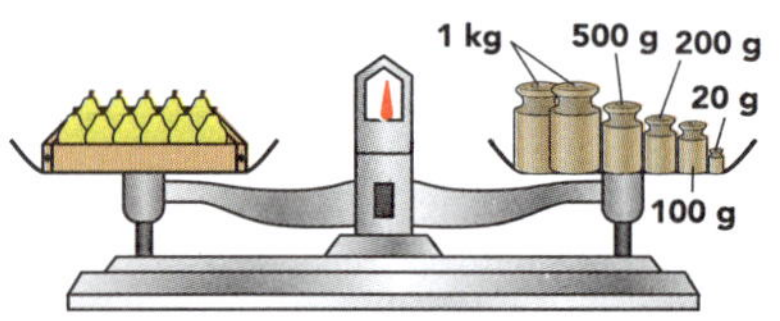

.... kg .... g = ... g

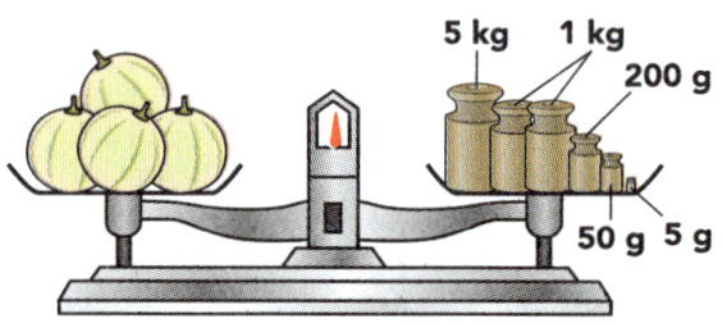

.... kg .... g = ... g

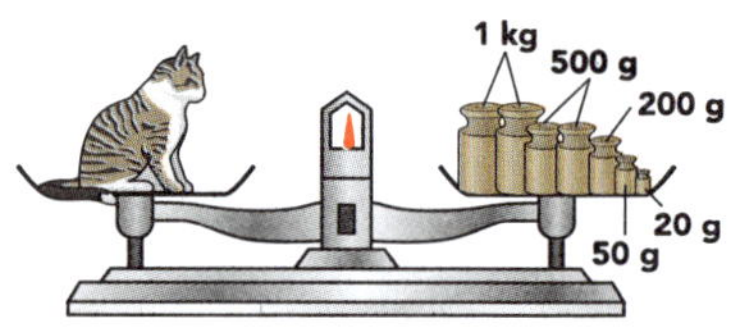

.... kg .... g = ... g

2 **Convertis** ces masses dans l'unité demandée, puis **entoure** la plus **légère**.

1 kg 150	1 200 g	3 kg 200 g	1 kg 750 g	3 020 g
.... g	.... kg .... g	.... g	.... g	.... kg .... g

3 **Calcule** la masse totale des deux cagettes de pommes, puis **dessine** les masses marquées sur la balance pour équilibrer les deux plateaux.

1 kg 550 g

2 kg 120 g

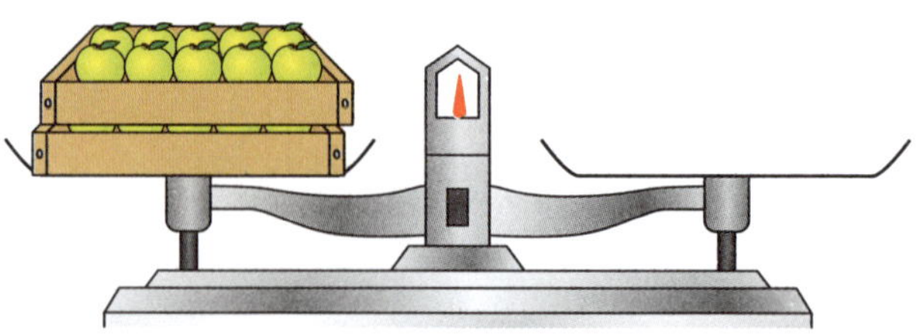

.... kg .... g + ... kg .... g

= .... kg + ... kg + ... g + ... g

= .... kg .... g

Regroupe les masses par unité pour mieux calculer.

La masse totale des deux cagettes est .... *kg* .... *g.*

Je travaille seul(e)

4 **Entoure** la masse de chaque élément.

2 g 10 g 1 kg

20 g 300 g 1 kg

3 kg 15 kg 35 g

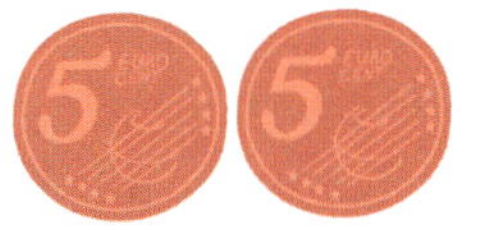
1 g 20 g 100 g

5 g 1 kg 5 000 g

5 **Convertis** ces masses dans la même unité, puis **range**-les **de la plus légère à la plus lourde**.

2 kg 520 g	3 210 g	1 kg 831 g	6 521 g	807 g
....	....	....	....	....

.... < .... < .... < .... < ....

6 **Calcule** la masse de ces fruits, puis **indique**-la en grammes.

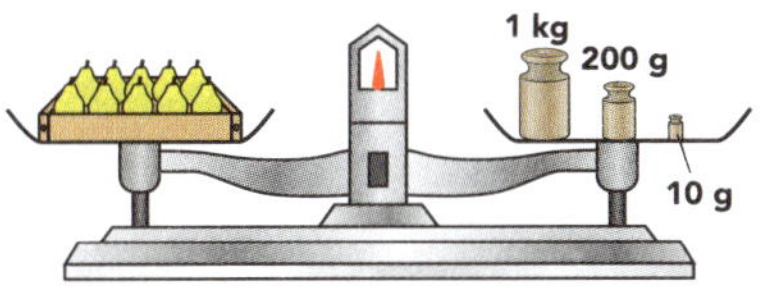

.... kg .... g

.... g

.... kg 200 g

= .... g + 200 g

.... g

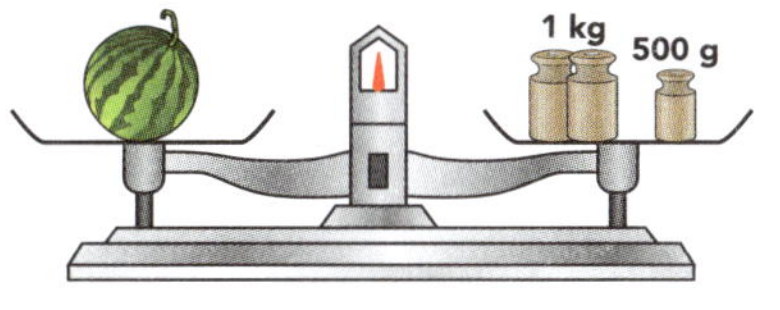

.... kg .... g

= .... g + ... g

.... g

7 Quelle est la masse des prunes placées dans la cagette ? **Calcule** et **complète**.

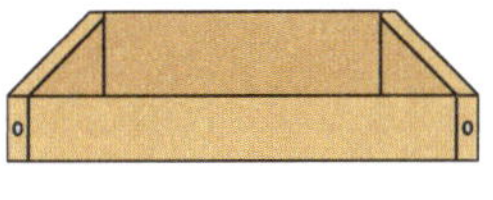 +  + 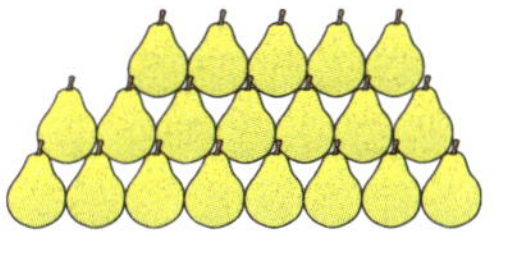 +  → 

350 g | 1 kg 210 g | 3 kg 650 g | .... | 6 kg 160 g

.... g + ... g + ... g = ... g

La masse de la cagette, des pommes et des poires est .... *kg* .... *g.*

La masse des prunes est .... *g.*

Je révise

Convertis chaque mesure dans l'unité demandée.

6 dm = ... cm	30 m = ... dm	80 cm = ... mm
70 cm = ... dm	15 dm = ... cm	110 dm = ... cm
550 m = ... cm	800 mm = ... dm	5 000 mm = ... m

38 Connaître les unités de mesure de masse et leurs relation : g, kg et t

....	....	....	....	....

CALCUL MENTAL
Produire une suite croissante ou décroissante de nombres (de 2 en 2, 20 en 20, 200 en 200).

APPRENTISSAGE
- **Sous-compétence 1 :** Connaître les unités de mesure de masse (g, kg et t).
- **Sous-compétence 2 :** Connaître les relations entre g, kg et t.
- **Sous-compétence 3 :** Calculer et comparer des masses en g, kg et t.

RÉVISION
Connaître les unités de mesure de distance et leurs relations (m et km).

Apprenons ensemble

Complétons l'unité de mesure de la masse de chaque élément.

32 .... 9 .... 200 .... 3 .... 130 ....

Entraînons-nous

1 **Entoure** les véhicules qui pèsent plus de 1 tonne.

8 650 kg 29 kg 1 521 kg 520 kg 2 350 kg

2 **Convertis** ces masses dans la ou les unité(s) demandée(s).

1 452 kg = ... t .... kg 3 t 530 kg = ... kg 4 kg 31 g = ... g

8 214 kg = ... t .... kg 5 kg 252 g = ... g 6 t = ... kg

3 **Convertis** ces 5 masses dans la même unité, puis **range**-les **de la plus légère à la plus lourde.**

5 t 251 kg	6 421 kg	3 000 g	957 kg	33 t
....	....	....	....	....

.... < .... < .... < .... < ....

4 **Calcule** la masse totale de ces 3 palettes de fruits.

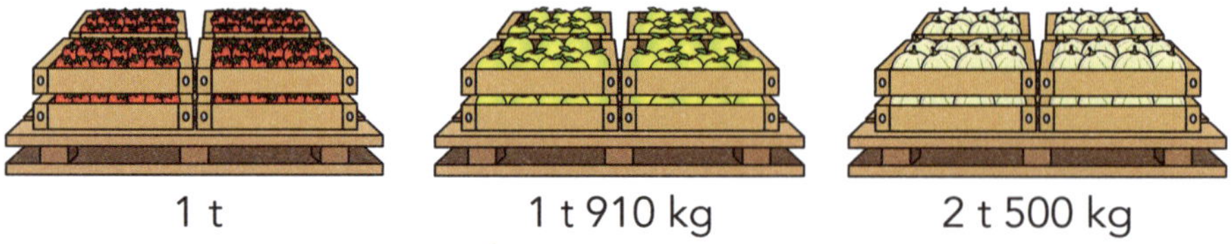

1 t 1 t 910 kg 2 t 500 kg

Convertis toutes les masses en kg pour calculer !

.... t + ... t .... kg + ... t .... kg

= .... kg + ... kg + ... kg = ... kg = ... t .... kg

La masse totale des 3 palettes est .... *t* .... *kg.*

Je travaille seul(e)

5 **Relie** chaque élément à sa masse.

35 kg	35 t	35 t	23 t	23 kg	23 g

6 **Colorie** d'une même couleur les paires d'étiquettes que tu peux additionner pour faire **1 tonne**.

13 kg	520 kg	377 kg	987 kg	480 kg	623 kg

7 Ces pyramides de fruits ont été rangées **de la plus légère à la plus lourde**.
Entoure celle qui n'est pas à sa place.

275 kg

1 t 600 kg

3 020 kg

431 kg

3 t 300 kg

8 **Calcule** la masse totale de ces 3 camions. Peuvent-ils passer ensemble sur le pont ?
Calcule et **entoure** la bonne réponse.

1 t 520 kg

2 t 807 kg

3 200 kg

.... t .... kg + ... t .... kg + ... kg

.... kg + ... kg + ... kg = ... kg = ... t .... kg

Les 3 camions ensemble pèsent .... *t* .... *kg.*

Ils peuvent – ne peuvent pas passer ensemble sur le pont.

Je révise

Colorie de la même couleur les distances identiques.

5 km 250 m — 2 003 m — 2 km 300 m — 2 km 3 m

525 m — 5 250 m — 0 km 525 m — 2 300 m

39 Connaître les unités de mesure de contenance et leurs relations : L, dL et cL

CALCUL MENTAL
Produire une suite croissante ou décroissante de nombres (de 5 en 5, 50 en 50, 500 en 500).

APPRENTISSAGE
- **Sous-compétence 1 :** Connaître les unités de mesure de contenance (L, dL et cL).
- **Sous-compétence 2 :** Connaître les relations entre L, dL et cL.
- **Sous-compétence 3 :** Mesurer des contenances en L, dL et cL.

RÉVISION
Résoudre des problèmes impliquant des longueurs ou des distances.

Apprenons ensemble

Entourons l'unité de mesure de contenance la plus adaptée pour chaque récipient.

dL L

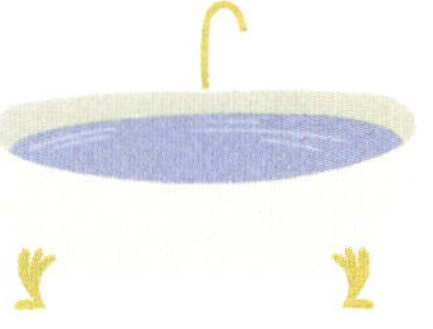
dL L

dL L

dL L

dL L

Entraînons-nous

1 **Entoure** en vert les récipients dont la contenance se mesure en L, en rouge ceux dont la contenance se mesure en dL, en bleu ceux dont la contenance se mesure en cL.

2 **Colorie** de la même couleur les étiquettes qui indiquent la même contenance.

2 L 25 cL	10 dL 9 cL	700 cL	12 L	6 L 50 cL
7 L	1 200 cL	225 cL	65 dL	1 L 9 cL

3 **Coche** la conversion correcte à chaque fois.

6 L = ☐ 600 cL ☐ 60 cL

18 dL = ☐ 180 cL ☐ 180 L

581 cL = ☐ 58 L 1 dL ☐ 5 L 81 cL

17 L 8 cL = ☐ 170 dL 8 cL ☐ 1 708 dL

4 **Colorie** en bleu dans chaque verre doseur la quantité de liquide indiquée sachant qu'une graduation correspond à **1 dL**.
Entoure en rouge le verre doseur qui contient la moitié de liquide de l'un des deux autres.

4 dL

3 dL

8 dL

Je travaille seul(e)

5 ★ **Relie** chaque récipient à sa contenance.

1 cL • 60 L • 4 dL • 60 dL • 114 L

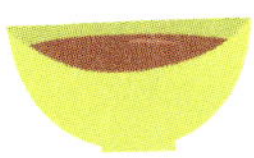

6 ★ **Convertis** ces mesures de contenance dans la ou les unité(s) demandée(s).

7 L = ... dL   1 L 27 cL = ... cL   256 cL = ... L cL

10 L = ... cL   32 dL = ... cL   83 L = ... dL

7 ★★ Quelle quantité de jus de pomme peut-on verser dans ces 3 récipients réunis ?
Convertis la contenance de chaque récipient en cL, puis **calcule**.

1 L 23 cL = ... cL

25 dL 6 cL = ... cL

4 dL = ... cL

.... cL + ... cL + ... cL = ... cL = ... L cL

On peut verser .... L .... cL *dans ces 3 récipients réunis.*

8 ★★ **Indique** la quantité de liquide versée dans le verre doseur et **entoure** le verre qu'on peut encore y verser sans qu'il déborde.

.... dL

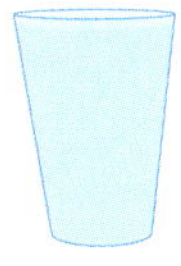
1 demi-litre

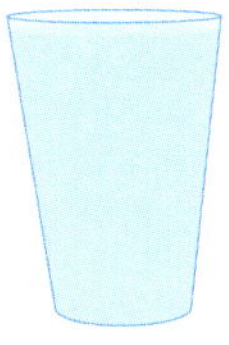
8 dL

22 cL

Je révise

Mesure chaque segment du trajet de la fourmi, puis **calcule** la longueur totale de son trajet.
Complète.

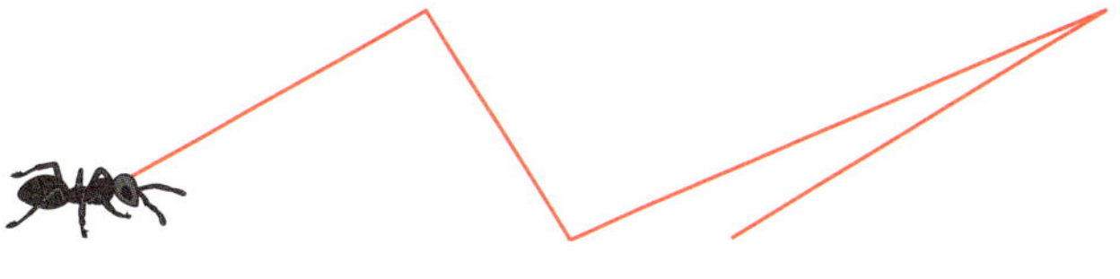

.... cm .... mm + ... cm + ... cm .... mm + ... cm .... mm

= .... mm + ... mm + ... mm + ... mm = ... mm = ... cm

La longueur totale du trajet de la fourmi est .... *cm.*

Résoudre des problèmes impliquant des masses

CALCUL MENTAL
Trouver le terme manquant dans une addition : (26 + ? = 50, 250 + ? = 280).

APPRENTISSAGE
- **Sous-compétence 1 :** Résoudre des problèmes de masse des champs additif et multiplicatif.
- **Sous-compétence 2 :** Résoudre des problèmes de masse impliquant des changements d'unité.

RÉVISION
Connaître les unités de mesure de masse et leurs relations.

Apprenons ensemble

Entourons le panier de fruits le plus **lourd** sur la balance du milieu, puis **entourons** les masses nécessaires pour peser **les 2 paniers ensemble** sur la balance de droite.

Entraînons-nous

1 Pour gagner ce panier garni du verger, les enfants doivent deviner sa masse. **Entoure** l'enfant qui gagne le panier.

210 g — 1 kg 150 g — 660 g — 1 kg 800 g

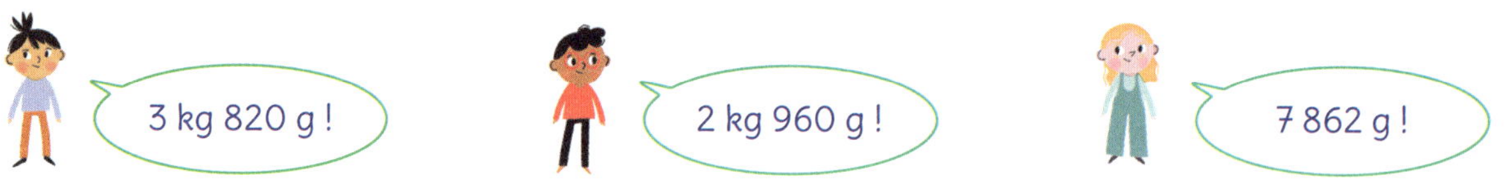

2 La remorque vide de l'arboriculteur pèse **3 t**. Ce soir, après la récolte de pommes, sa remorque remplie pèse **8 t**. **Calcule** et **réponds** aux questions.

- Quelle masse de pommes l'arboriculteur a-t-il récoltée aujourd'hui ?

.... t – .... t = ... t   *Aujourd'hui, il a récolté* [..........] *t de pommes.*

- Quelle masse de pommes l'arboriculteur aura-t-il récoltée après 5 jours de travail ?

.... t × .... = ... t   *Après 5 jours, il aura récolté* [..........] *t de pommes.*

3 Henry possède **6 pommiers**. Chacun de ses pommiers fournit **300 kg** de pommes en un an. **Calcule** et **complète**.

- Quelle masse de pommes les 6 pommiers fournissent-ils en un an ?

.... = ... kg   *Les pommiers fournissent* [..........] *t* [..........] *kg de pommes en un an.*

- Henry utilise la moitié de ces pommes pour faire du jus. Quelle masse de pommes cela représente-t-il ?

....   *Henry utilise* [..........] *kg de pommes pour faire du jus.*

Je travaille seul(e)

4 ★ **Observe** et **calcule** la masse des **3 L** de jus de poire versés dans les 3 bouteilles vides, puis la masse de **1 L** de jus de poire.

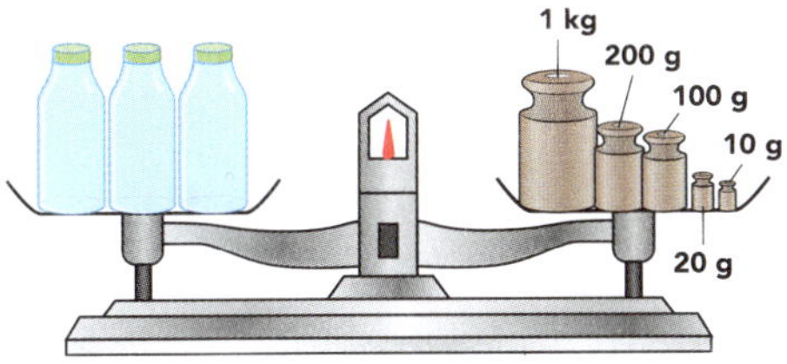

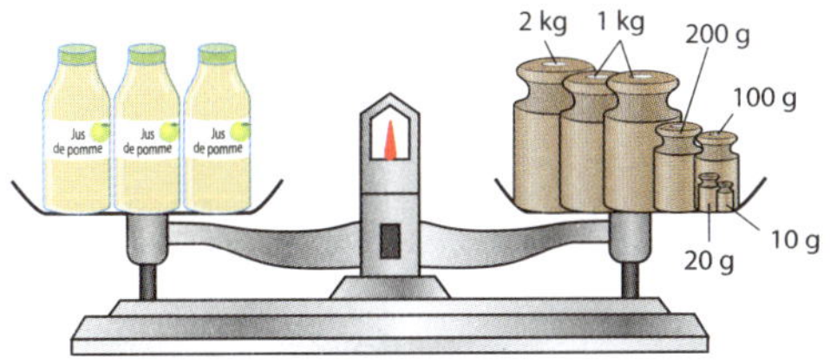

…… kg …… g = …… g

…… kg …… g = …… g

…… g – …… g = …… g

La masse des 3 litres de jus de poire est [……] *kg.*

…… kg × 3 = …… kg ou …… kg : 3 = …… kg

La masse de 1 litre de jus de poire est [……] *kg.*

5 ★ L'arboriculteur calcule la masse totale de fruits qu'il a récoltée. **Calcule** cette masse de fruits et **entoure** la bonne réponse.

…… kg + …… kg + …… kg + …… kg = …… kg ou …… t …… kg

La masse totale des fruits est [……] *t* [……] *kg.*

L'arboriculteur donne-t-il la bonne masse totale des fruits récoltés ? oui – non

6 ★★ Anton, Alma et Rachid se pèsent. Anton pèse **35 kg 200 g**. Alma pèse **1 kg 651 g de plus** qu'Anton. Rachid pèse **2 kg 100 g de moins** qu'Anton. Quelle est la masse totale des 3 enfants ? **Calcule** et **complète**.

…… kg …… g + …… kg …… g = …… kg …… g

• *Alma pèse* [……] *kg* [……] *g.*

…… kg …… g – …… kg …… g = …… kg …… g

• *Rachid pèse* [……] *kg* [……] *g.*

• *La masse totale des 3 enfants est* [……] *g ou* [……] *kg* [……] *g.*

Je révise

Convertis ces masses dans la même unité, puis **range**-les **de la plus lourde à la plus légère**.

2 kg 500 g	3 800 g	98 g	20 kg 5 g	8 050 g
[……]	[……]	[……]	[……]	[……]

[……] > [……] > [……] > [……] > [……]

PROBLÈMES POUR APPRENDRE À CHERCHER

1 Neïma a invité 8 amies à sa fête d'anniversaire. Avec une bouteille de **1 L**, elle peut remplir **4 verres**. Elle a acheté **2** grandes bouteilles de **2 L** d'eau, **5** bouteilles de **1 L** de jus d'orange et **9** canettes de **1 demi-litre** de soda. Combien de verres peut-elle remplir ? Combien de verres chaque enfant pourra-t-il boire ? **Calcule** et **complète**.

....

....

....

....

Neïma peut remplir [........] *verres. Chaque enfant pourra boire* [........] *verres.*

2 **20 élèves** ont participé à une chasse aux œufs en chocolat. Ils ont récolté **86 œufs** de tailles différentes. Pour les partager équitablement, les enfants pèsent les différents œufs. Ils s'aperçoivent qu'il y a **4 catégories d'œufs** et les classent dans un tableau.

Œufs en chocolat	Catégorie 1	Catégorie 2	Catégorie 3	Catégorie 4
Quantité	13	19	25	29
Masse à l'unité (en g)	30	25	20	15

Combien de grammes de chocolat chaque élève doit-il recevoir, de telle sorte le partage soit équitable ? **Calcule**.

- Masse totale œufs catégorie 1 : ....
- Masse totale œufs catégorie 2 : ....
- Masse totale œufs catégorie 3 : ....
- Masse totale œufs catégorie 4 : ....
- Masse totale de chocolat : ....
- Masse de chocolat reçue par chaque élève : ....

Chaque élève doit recevoir [..........] *g de chocolat.*

Combien d'œufs de chaque catégorie un élève pourrait-il recevoir pour avoir cette masse de chocolat ? Il y a plusieurs solutions : **complète** pour en donner une.

....

[........] *catégorie 1* [........] *catégorie 2* [........] *catégorie 3* [........] *catégorie 4*

• MODULE 10 •
S'orienter et se repérer dans l'espace

En ville

- Cite plusieurs noms de rues sur ce plan. Sur quoi sont écrits les noms des rues dans une ville ?
- Quels sont les noms des deux grandes avenues de ce plan ? Quelles cases traversent-elles ?
- Quel trajet est codé par la suite de flèches en dessous du plan ?
- Indique les coordonnées du stade sur le plan. – Code le trajet pour aller de la poste à la piscine.

40

Se repérer et se déplacer sur un quadrillage

CALCUL MENTAL
Trouver le terme manquant dans une division.

APPRENTISSAGE
- **Sous-compétence 1 :** Décoder les déplacements sur les cases et les nœuds d'un quadrillage.
- **Sous-compétence 2 :** Coder les déplacements sur les cases et les nœuds d'un quadrillage.

RÉVISION
Se repérer et s'orienter dans l'espace.

....	....	....	....	....

Apprenons ensemble

Complétons les coordonnées demandées, puis **colorions** les cases que traverse Kévin à vélo jusqu'à la sortie du square en suivant le code.

Kévin est en case (......, ...).

La sortie du square est en case (......, ...).

1 ⇨	1 ⇧	3 ⇨	3 ⇩	1 ⇨	1 ⇩

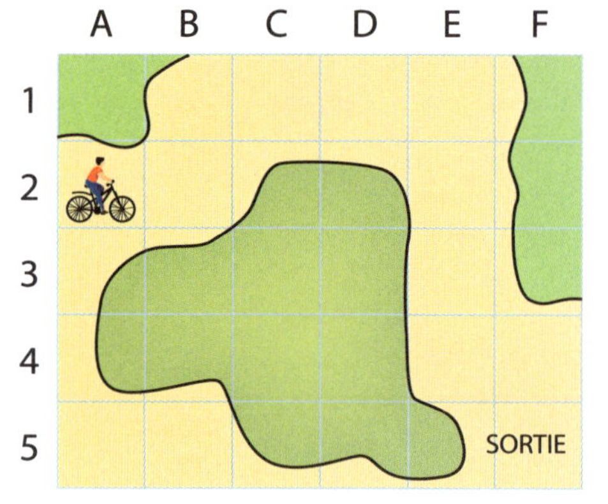

Entraînons-nous

1 En suivant les codes, **trace** le trajet de la voiture rouge jusqu'au panneau vert, puis le trajet de la voiture bleue jusqu'au panneau jaune. **Complète**.

	1 ⇨	1 ⇩	2 ⇨	2 ⇩	1 ⇨	Arrivée

	1 ⇩	2 ⇦	2 ⇩	3 ⇦	Arrivée

Les deux voitures se croisent sur le nœud (......, ...).

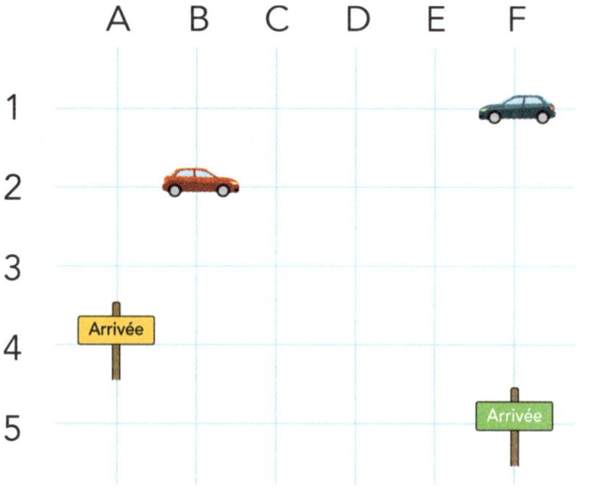

2 **Complète** les coordonnées demandées, puis **code** le trajet de la voiture jusqu'au parking avec des **flèches orientées**.

La voiture est en case (......, ...).

Le parking est en case (......, ...).

Code à nouveau ce trajet en indiquant dans l'ordre les **coordonnées des cases** traversées par la voiture.

(A, 1) – (......, ...) – (......, ...) – (......, ...) – (......, ...) –

(......, ...) – (......, ...) – (......, ...) – (......, ...) – (F, 5).

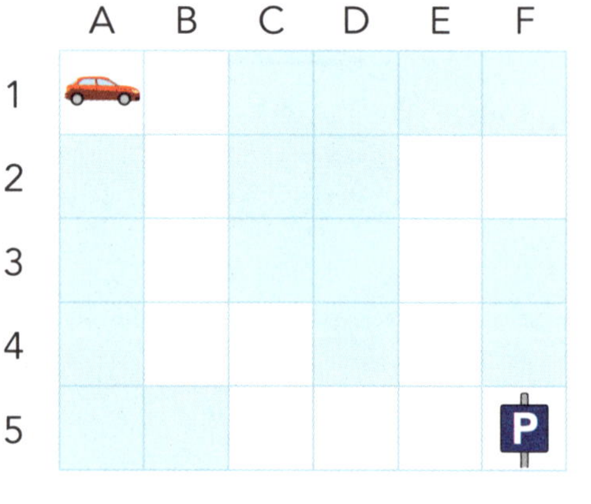

Je travaille seul(e)

3 **Colorie** sur le quadrillage le trajet codé de Yasmine, puis **complète**.

2 ⇨	1 ⇩	2 ⇨	1 ⇩	2 ⇨

- **Entoure** ce que Yasmine a oublié chez son ami Léo.
- **Dessine** l'objet situé en **(G, 3)**.

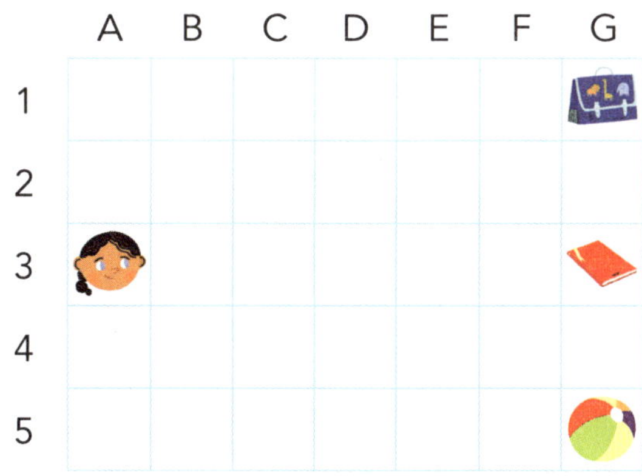

4 **Code** le trajet du pirate jusqu'à l'île au trésor, puis **complète**.

Les deux piranhas que le pirate a évités sont sur les nœuds (......, ...) et (......, ...).

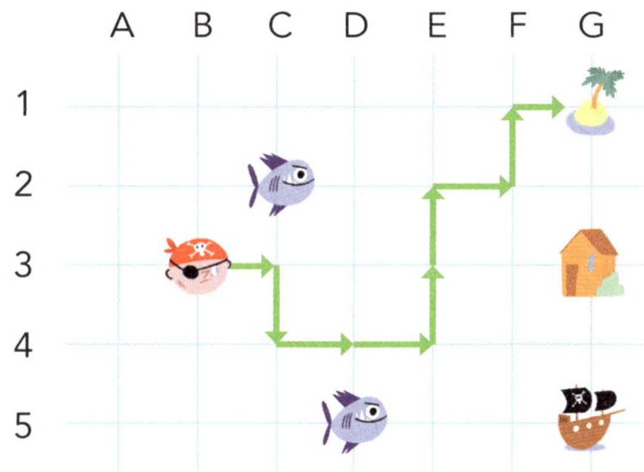

5 **Indique** les coordonnées des points jaune et orange. **Trace** ensuite le trajet du point rouge au point vert en suivant le code donné, puis **code** la suite du trajet jusqu'au point bleu.

Le point jaune est sur le nœud (......, ...).

Le point orange est sur le nœud (......, ...).

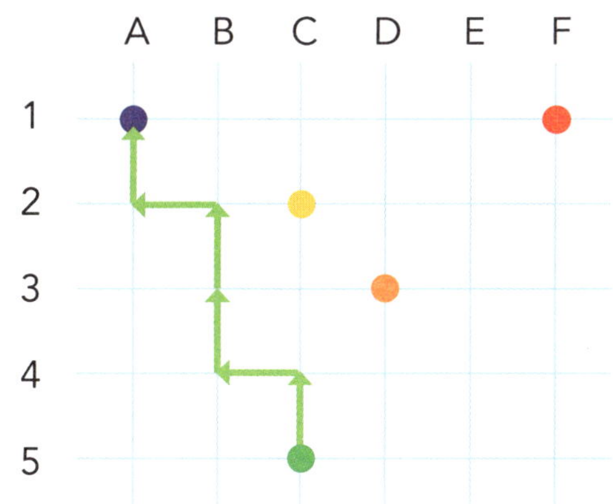

●	1 ⇩	1 ⇦	2 ⇩	1 ⇦	1 ⇩	1 ⇦	●						●

Je révise

Observe le dessin et **complète** les phrases.

- *Le bonhomme de neige est .... le renard et l'arbre.*
- *L'oiseau est .... du bonhomme de neige.*
- *Le chapeau est sur ....*
- *L'arbre est .... du bonhomme de neige.*
- *Le bonhomme de neige est .... du renard.*

41 Se repérer et se déplacer sur un plan

....	....	....	....	....

CALCUL MENTAL
Ajouter ou soustraire un nombre de dizaines entières à un nombre.

APPRENTISSAGE
• **Sous-compétence 1 :** Faire le lien entre un espace familier et le plan correspondant.
• **Sous-compétence 2 :** Comprendre et indiquer un déplacement sur un plan.

RÉVISION
Tracer un segment.

Apprenons ensemble

Observons le dessin du quartier et sa représentation sous forme de plan, puis **complétons**.

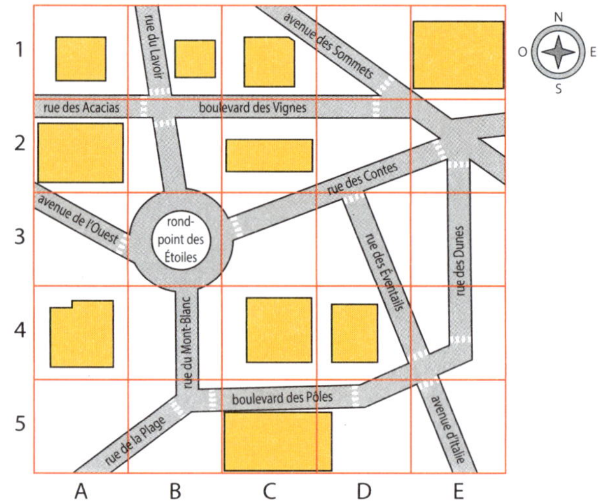

• **Indiquons** les cases de : **la mairie** (......, ...) ; **l'école** (......, ...) ; et **la bibliothèque** (......, ...).
• **Écrivons** sur le plan les noms des bâtiments situés en cases **(C, 5)** et **(E, 1)**.

Entraînons-nous

1 **Observe** le plan ci-dessus. **Complète** et **entoure** la bonne réponse.

• *Le boulevard .... est situé au sud du plan.*
• La voiture rouge roule : à l'ouest du plan – à l'est du plan.

2 **Complète**.

• *Si je remonte la rue du Mont-Blanc, la rue .... se trouve à ma droite.*
• *Si je descends la rue des Éventails, la rue .... se trouve à ma gauche.*

3 Sur ce plan, **trace** selon le code le trajet de la petite fille **(1)** jusqu'au point bleu.

1 ⇩	2 ⇨	2 ⇩	1 ⇨	1 ⇧

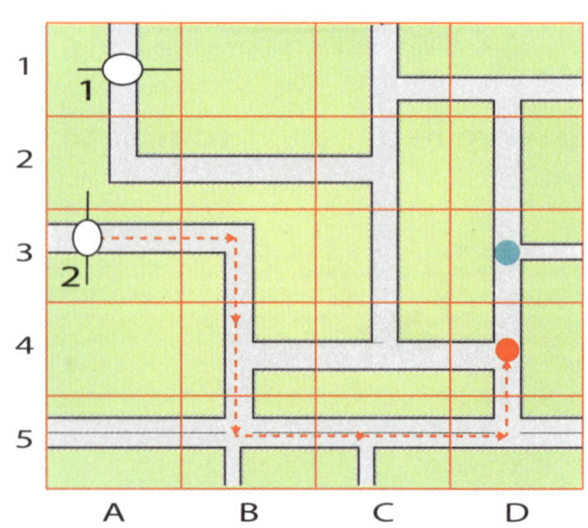

Code le trajet du petit garçon **(2)** jusqu'au point rouge.

Je travaille seul(e)

4 **Observe** ce plan du parc floral et **complète**.

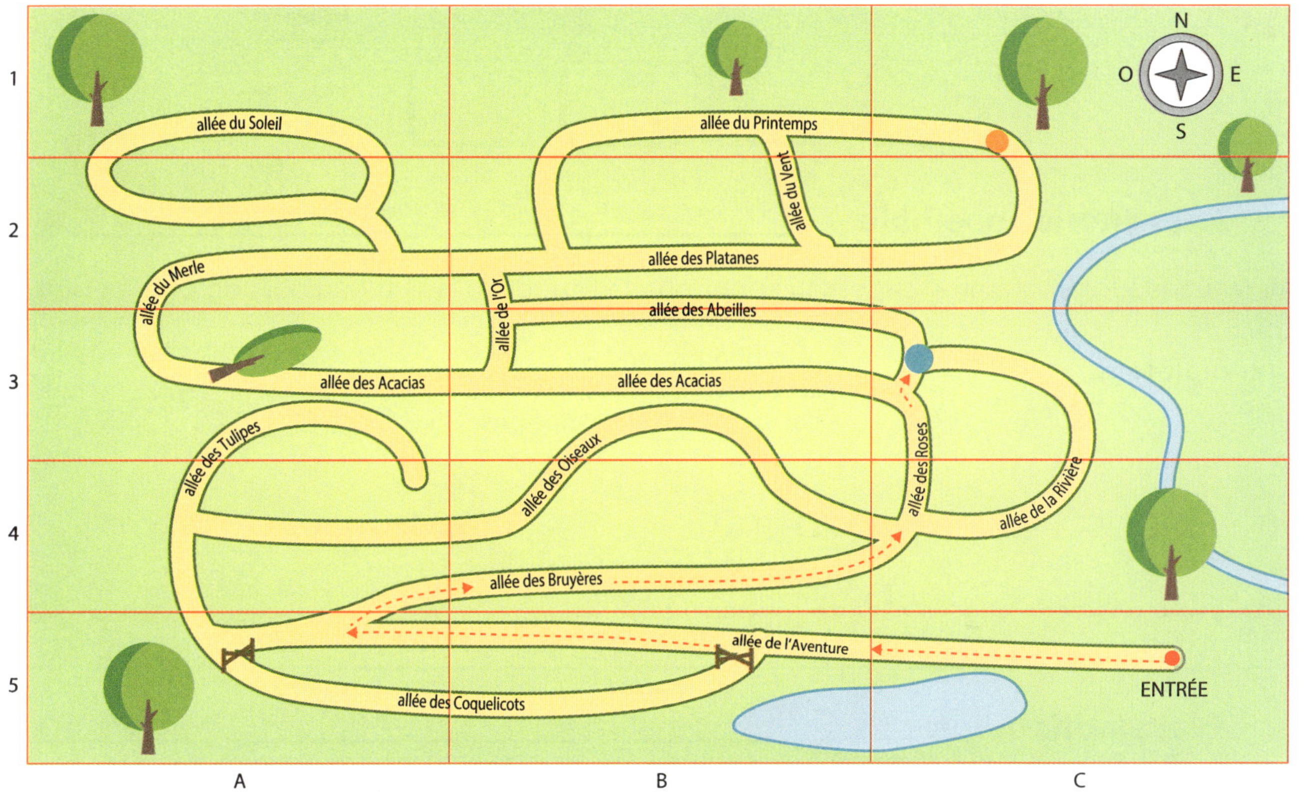

- L'entrée du parc est en case (......, ...).
- La rivière traverse les cases (......, ...), (......, ...), (......, ...).
- Au sud du plan, l'allée .... est fermée par des barrières.
- Un arbre est couché sur le sol dans l'allée ....
- L'allée des Tulipes est à l'est à l'ouest du plan.

5 **Code** le trajet tracé sur le plan, de l'entrée du parc au point bleu.

6 Quelles cases du plan traverses-tu en suivant les allées pour aller du point orange à l'arbre couché dans l'**allée des Acacias**, en passant par l'**allée de l'Or** ? **Complète**.

C, 1	......, ...	......, ...	......, ...	......, ...

Je révise

Trace un segment **AB** de **7 cm** et un segment **CD** de **13 cm**.

A |--------

C |--------

42 Découvrir la programmation

CALCUL MENTAL
Diviser un multiple de 5 par 5.

APPRENTISSAGE
- **Sous-compétence 1 :** Décoder des déplacements programmés.
- **Sous-compétence 2 :** Programmer un déplacement.

RÉVISION
Repérer des alignements.

Apprenons ensemble

Alma a codé le programme ci-dessous pour que la tortue réalise un parcours de plot en plot. **Traçons** le parcours de la tortue et **complétons**.

Attention, quand les cases du code sont bleues, la tortue s'oriente mais n'avance pas.

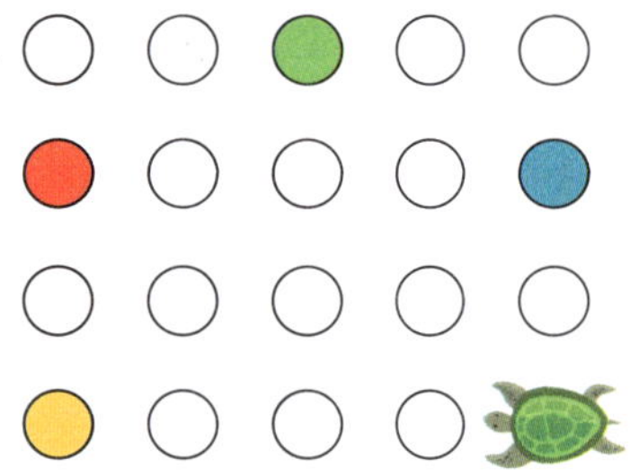

La tortue arrivera sur le plot de couleur ....

Entraînons-nous

1 Avant de partir en vacances, Andy a programmé son robot pour qu'il aille chaque soir arroser sa plante verte. **Vérifie** qu'il ne s'est pas trompé !
Trace le trajet codé par Andy, puis **complète**.

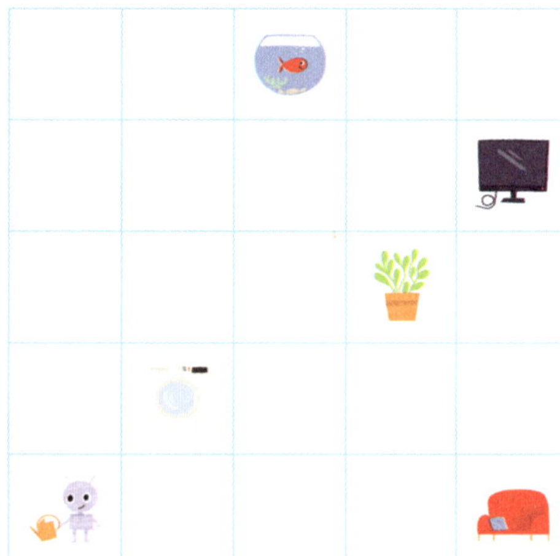

Chaque soir, le robot d'Andy arrose
....

2 **Code** le programme pour que le robot d'Andy aille nourrir chaque soir le poisson rouge.

3 Aujourd'hui, le robot est détraqué et répète sans arrêt ce programme. Que fait-il ?
Colorie le parcours du robot sur le quadrillage, puis **complète**.

Le robot fait sans arrêt ....

Je travaille seul(e)

4 Tu veux afficher tous les matins le mot en lettres rouges sur ce panneau lumineux. **Écris** un programme pour allumer dans l'ordre, les unes après les autres, les lettres rouges, en **citant leurs coordonnées** dans le quadrillage.

	A	B	C	D	E
1	B	O	J	T	I
2	H	O	A	N	V
3	Z	U	U	C	A
4	C	E	R	O	X
5	M	O	J	T	R

A, 1	....	....	....	....	....	....
B	....	....	....	....	....	....

Décode le programme ci-dessous et **indique** quel autre message s'allumera alors.

A, 5	B, 4	C, 4	D, 3	E, 1
....	....	....	....	....

5 Emma programme XR4, sa robote, en utilisant les **points cardinaux** pour qu'elle s'habille chaque jour d'une couleur différente. Les vêtements d'une même journée doivent tous être de la même couleur. XR4 s'habille toujours dans le même ordre : **T-shirt – pantalon – chaussures**. **Complète**.

Nord

Ouest

Est

Sud

- En quelle couleur XR4 s'habillera-t-elle si elle suit le programme ci-dessous ?

TO	AV	TS	AV	TE	AV	AV	AV	TN	AV

« TO » signifie « tourne vers l'ouest ».

Quand le marqueur est rouge, XR4 prend un vêtement.

XR4 s'habillera en ....

- **Code** un programme pour que XR4 s'habille en bleu.

TN								

- **Colorie** les vêtements que XR4 portera si elle suit le programme ci-dessous.

TN	AV	TO	AV	TN	AV

Je révise

Dessine une fleur bleue **alignée** avec les fleurs bleues et une fleur jaune **alignée** avec les fleurs jaunes.

Résoudre des problèmes impliquant des déplacements sur un plan

CALCUL MENTAL
Trouver l'ordre de grandeur d'une opération.

APPRENTISSAGE
- **Sous-compétence 1 :** S'orienter et se déplacer sur un plan en utilisant des repères.
- **Sous-compétence 2 :** Repérer le déplacement d'une personne ou d'un objet orienté sur un plan.

RÉVISION
Se repérer et se déplacer sur un quadrillage.

Apprenons ensemble

Observons le plan et **complétons**.

- La tour des Braves est en case (……, ……).
- La porte des Triomphes est à l'.............................. du plan.
- La route de la Foire descend vers le .... du plan.
- La rue .... est une rue sans issue.
- La route de .... est la plus longue à l'intérieur des remparts.
- L'itinéraire rouge va de la porte .... à la ....
- L'itinéraire vert permet de faire le tour de la ....

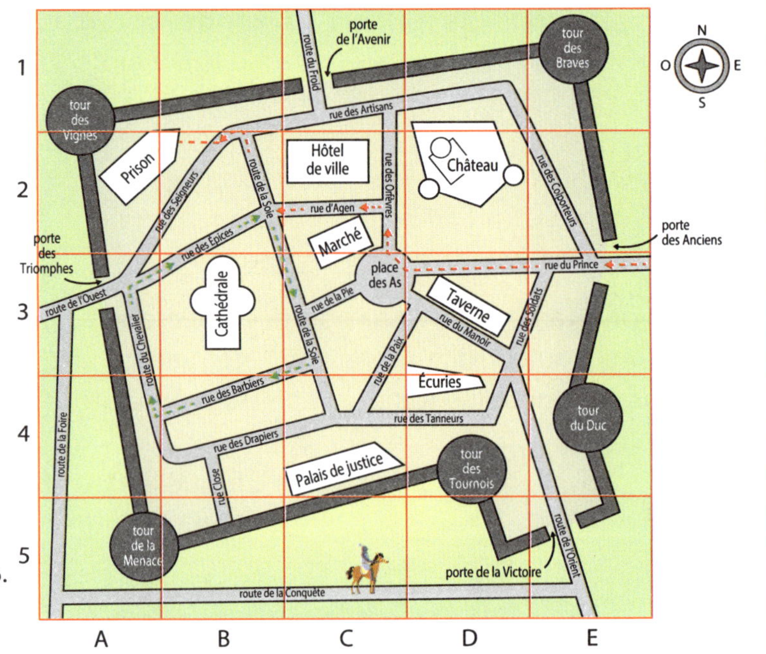

Traçons en bleu l'itinéraire de la porte de la Victoire à l'hôtel de ville, sans passer par la place des As.

Entraînons-nous

1 Un brigand s'est évadé du palais de justice et a quitté la ville par la porte de la Victoire, en échappant aux soldats qui l'attendaient rue des Tanneurs et rue du Prince.

Indique par quelles rues et route il a pu passer : ....

....

....

2 La ville est assiégée, l'ennemi bloque les portes de l'est, la porte en **(C, 1)** est en feu. Par où le prince peut-il encore sortir du village pour contourner les assaillants ? **Complète.**

....

....

3 En suivant le code donné, **indique** où se rend le cavalier en **(C, 5)** sur la route de la Conquête.

AV 2	TN	AV 2	TO	AV

Le cavalier se rend à la ....

Je travaille seul(e)

4 Crée toi-même tes repères sur le plan :
- **Trace** le quadrillage avec ta règle.
- **Nomme** les colonnes et les lignes.
- **Écris** les noms des rues et des bâtiments qui manquent en t'aidant du plan de la ville entière, p. 130.
- **Complète** la rose des vents.

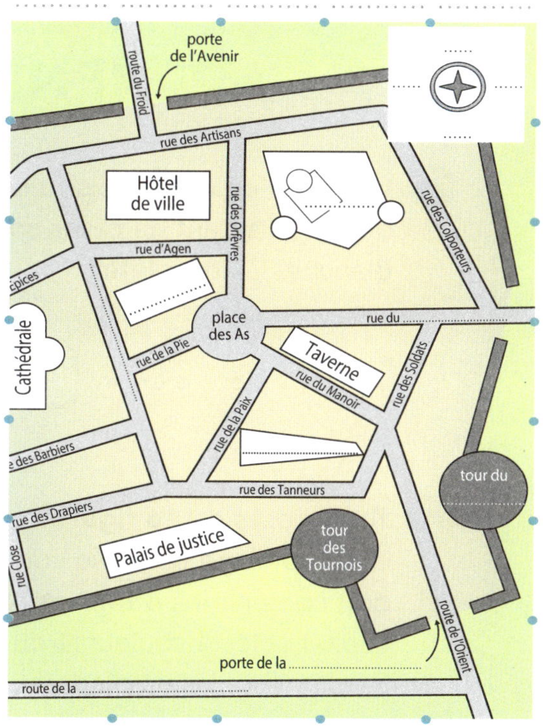

5 Le petit train qui fait visiter la ville aux touristes est en panne en **(A, 6)**.
La dépanneuse arrive par la **route de l'Orient**, mais elle doit éviter toutes les rues qui mènent à la **place des As**, qui sont réservées aux piétons.
Trace en rouge sur le plan un trajet que la dépanneuse peut emprunter jusqu'au petit train.

6 Le prince veut retrouver son cheval en traversant ce labyrinthe. **Trace** le chemin déjà codé jusqu'au point rouge. **Code** la fin du chemin jusqu'au cheval et **trace**-le.

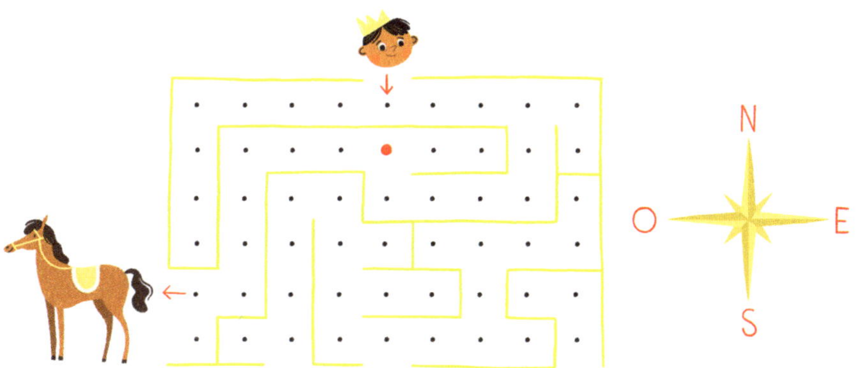

AV	TE	AV3	TS	AV2	TO	AV3	TN	AV						

Je révise

Indique les coordonnées des bonnets sur le quadrillage.

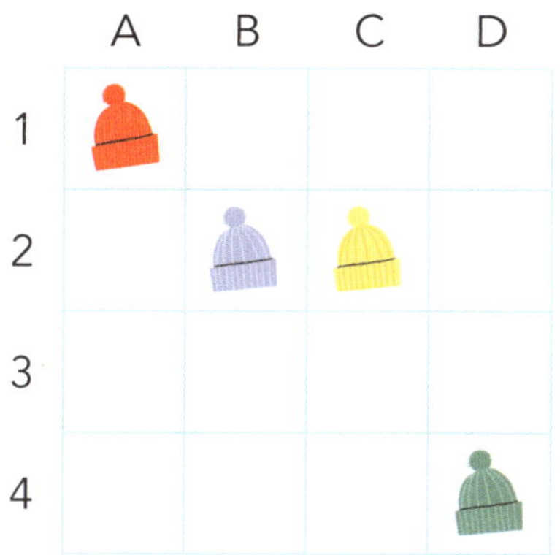

 (……, ……)

 (……, ……)

 (……, ……)

(……, ……)

PROBLÈMES POUR APPRENDRE À CHERCHER

1 Combien de cases dois-tu encore colorier pour qu'il y ait autant de cases coloriées que de cases blanches ? **Complète.**

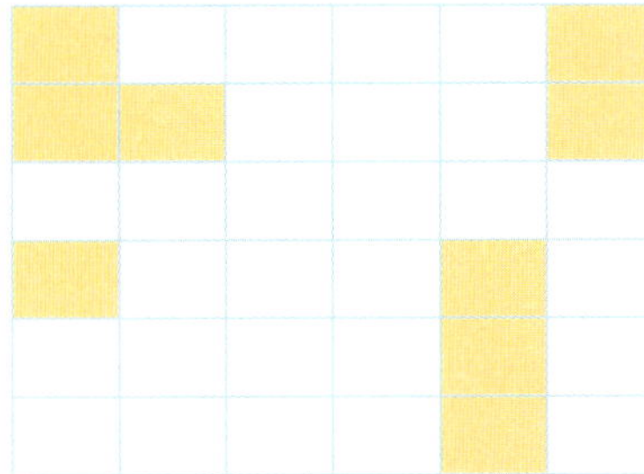

Je dois encore colorier .... *cases.*

2 Tu disposes de **16 figures** pour remplir ce quadrillage. Chaque colonne et chaque ligne doit contenir les **4 formes** (carré, rectangle, triangle, cercle) et les 4 couleurs (rouge, jaune, vert, bleu). 5 figures sont déjà placées : **dessine** les autres.

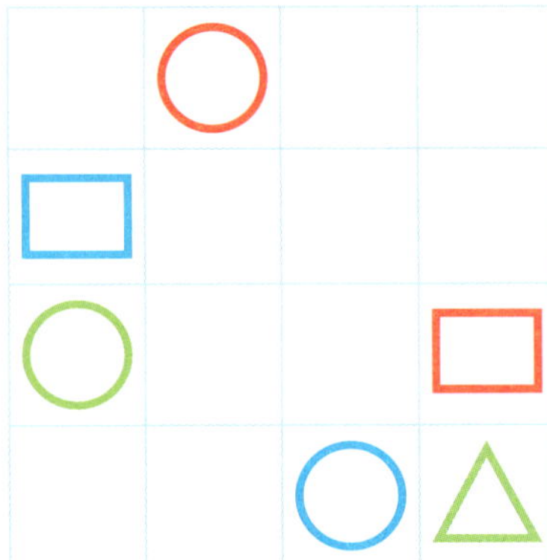

3 Lucas veut aller chez Nejma en passant sur les ponts. Combien de chemins différents peut-il prendre ? **Complète.**

Lucas peut prendre .... *chemins différents.*

4 Sur chaque triangle, **trace** en rouge le chemin le plus court pour aller de **A** jusqu'à **B**. Tu dois suivre les lignes et éviter les trous.

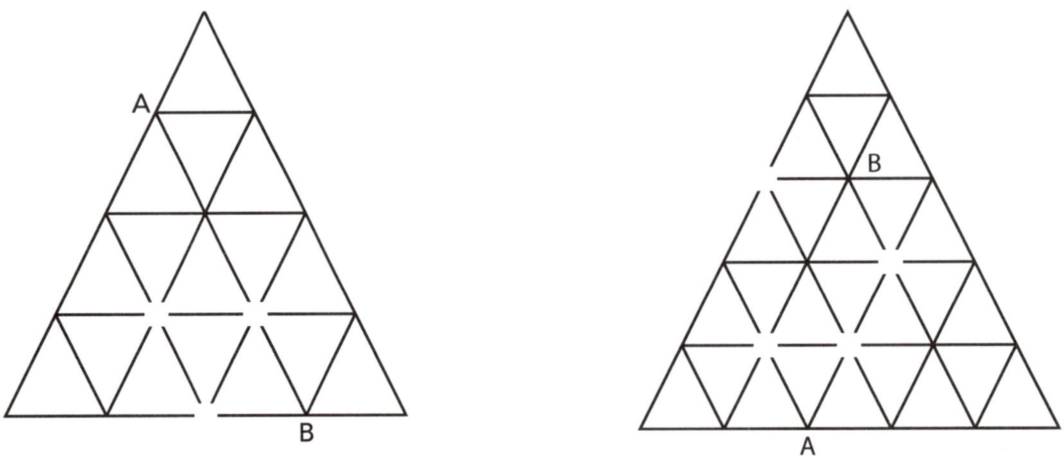

• MODULE 11 •

Connaître les propriétés géométriques

Au château

– Quels arbustes sont alignés dans le jardin ? – Trouve dans le jardin 2 segments de même longueur.
– La façade du château est-elle symétrique ? – Où vois-tu des angles droits sur le dessin ?
– Repasse en rouge un angle plus grand et en bleu un angle plus petit qu'un angle droit.
– Que faudrait-il modifier sur le dessin pour que le jardin soit symétrique selon un axe vertical central ?

43 Segments et droites

CALCUL MENTAL
Ajouter deux nombres de 2 ou 3 chiffres sans retenue.

APPRENTISSAGE
• **Sous-compétence 1 :** Tracer et nommer une droite et un segment.
• **Sous-compétence 2 :** Reporter une longueur sur une droite déjà tracée et repérer le milieu d'un segment.

RÉVISION
Se repérer et se déplacer sur un plan.

Apprenons ensemble

Matériel A

Traçons une droite qui passe par les points A et B, puis **nommons** cette droite.
Plaçons 2 points **C** et **D** sur la droite, puis **repassons** en rouge le segment délimité par ces 2 points et **nommons**-le.
Complétons.

J'ai tracé la droite ....

J'ai tracé le segment ....

Entraînons-nous

1 **Repasse** en bleu les **droites** et en rouge les **segments**, puis **nomme** les segments que tu as repassés en rouge et **complète**.

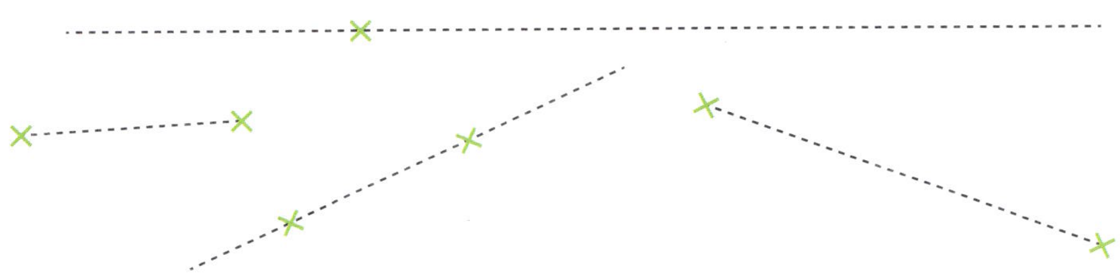

J'ai repassé les segments ....

2 À l'aide de ta règle graduée, **repasse** en couleur les segments **CD** et **DE** sur la droite **e**.
Reporte sur la droite **f** le segment **CD** en utilisant ta **règle graduée**, et le segment **DE** en utilisant ton **compas**.

Matériel A

Je travaille seul(e)

3 **Observe** le dessin et **entoure** vrai ou faux.

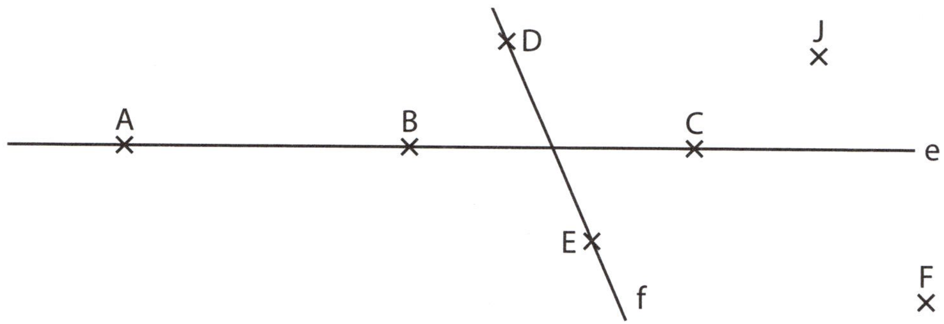

- Il y a deux droites sur ce dessin. vrai faux
- On peut mesurer la droite e. vrai faux
- Il y a deux segments sur ce dessin. vrai faux
- Les points A, B, C sont alignés sur la droite e. vrai faux
- Le point E n'est pas placé sur la droite f. vrai faux
- F est une droite. vrai faux
- Le point J est aligné avec les points D et C. vrai faux
- Le point B est au milieu du segment AC. vrai faux

4 **Reporte** les segments **AB**, **BC** et **CD** sur la droite **j**. **Indique** la mesure du segment **AD**, puis **repère** le **milieu** de ce segment en utilisant une bande de papier que tu plies.

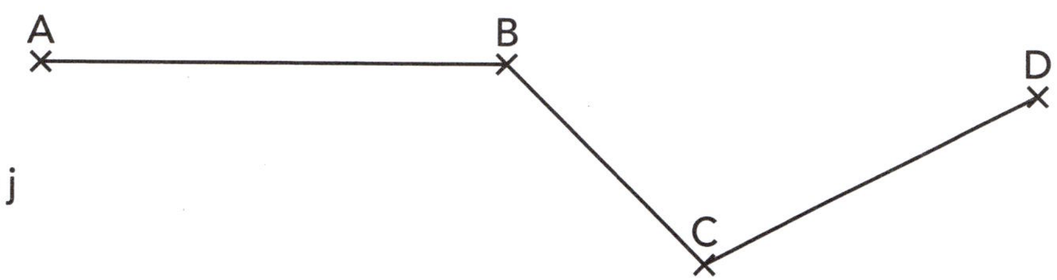

AD = ... cm

Je révise

Trace sur le plan l'itinéraire indiqué pour te rendre chez Mattéo.

Tu sors de l'immeuble bleu et tourne vers **l'est** sur la rue du Marché.
Tu tournes dans la **2e rue à droite**, puis tu avances et tournes dans la **1re rue à droite**.
Tu avances dans la **rue du Vent**, puis tu prends la **1re rue à gauche**.
Tu tournes **à gauche** sur la rue de la Musique : tu es arrivé(e) devant l'immeuble de Mattéo !

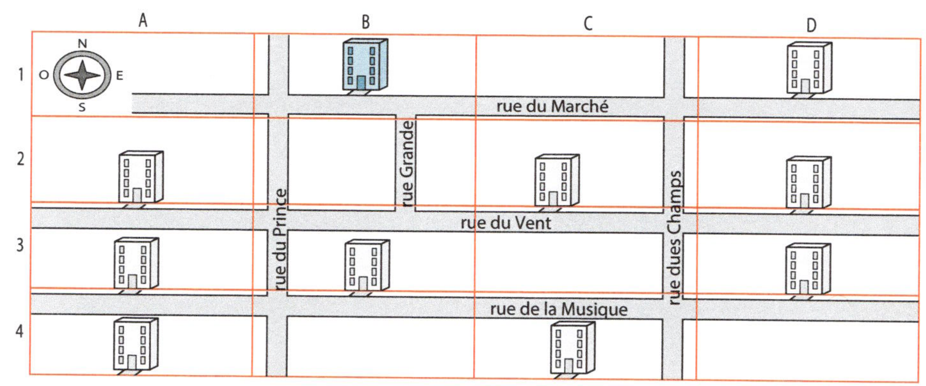

44 Reconnaître et tracer un angle droit

CALCUL MENTAL
Soustraire deux nombres à 2 ou 3 chiffres sans retenue (684 – 342).

APPRENTISSAGE
- **Sous-compétence 1** : Repérer des angles droits.
- **Sous-compétence 2** : Reproduire et tracer des angles droits.

RÉVISION
Découvrir la programmation.

Apprenons ensemble

Matériel A

Dessinons le symbole ⌜ sur tous les **angles droits** formés par ces droites qui se croisent. **Complétons**.

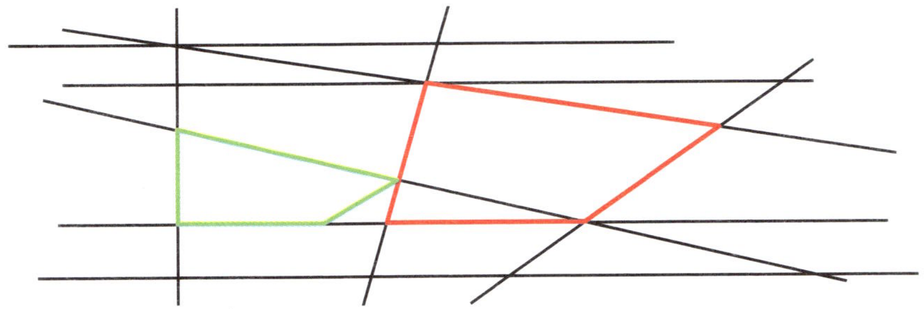

La figure rouge a .... *angles droits.*

La figure verte a .... *angles droits.*

Repassons en bleu une figure qui n'a pas d'angle droit.

Entraînons-nous

1 Avec ton équerre, **repère** les **angles droits**, puis **colorie**-les en bleu.
Colorie en vert les **angles plus petits** qu'un angle droit.
Colorie en rouge les **angles plus grands** qu'un angle droit.

Matériel A

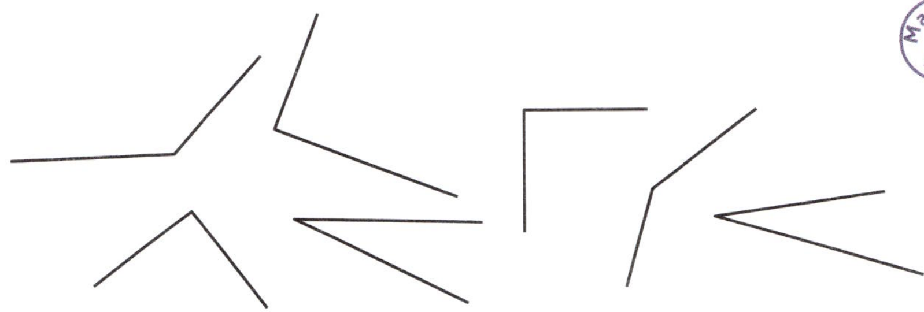

2 **Trace** des **angles droits** à partir des points de couleur en suivant les lignes du quadrillage, comme sur l'exemple en jaune.

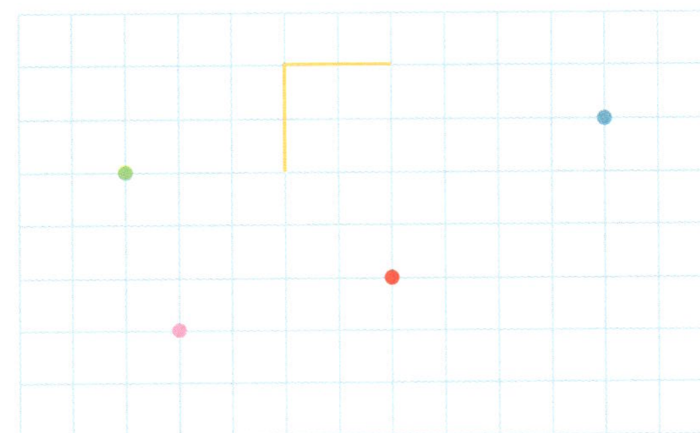

3 Pour chaque droite déjà tracée, **trace** une droite qui forme un **angle droit** avec elle.
Dessine le symbole de l'angle droit.

Matériel A

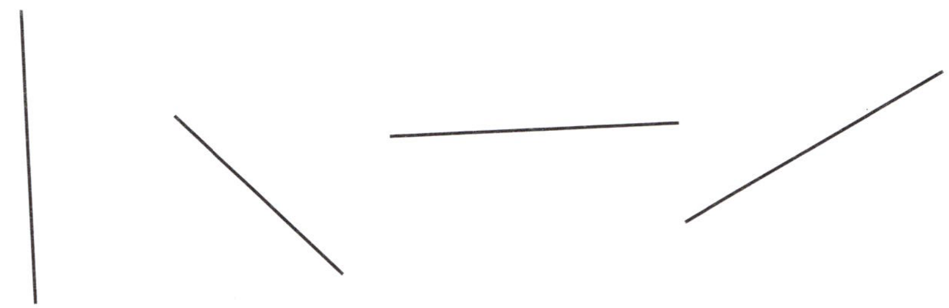

Je travaille seul(e)

4 **Dessine** le symbole de l'**angle droit** sur tous les angles droits de ces figures.

Matériel A

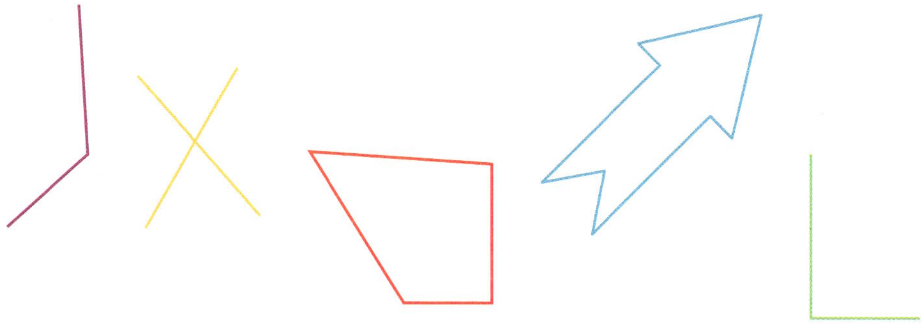

5 **Observe** l'équerre posée sur chaque droite et **trace** la droite qui la croise à angle droit. **Dessine** le symbole de l'**angle droit**.

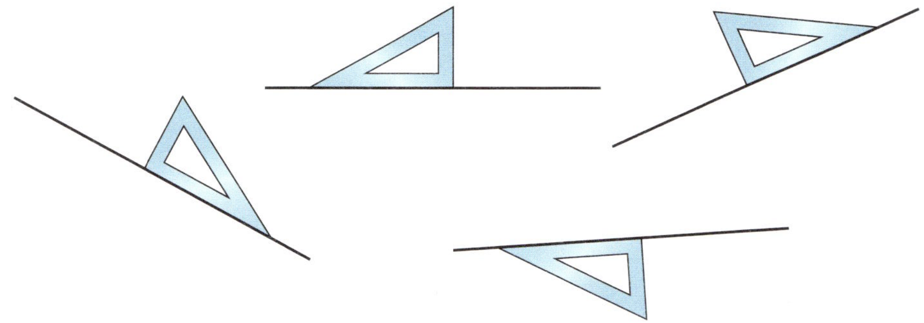

6 **Continue** la frise en utilisant ton équerre et ta règle.
Dessine le symbole de l'**angle droit** sur les angles droits.

Matériel A

Je révise

Code le programme pour que l'abeille prenne le chemin tracé **jusqu'à la ruche**, en utilisant **les points cardinaux** (N, S, E, O).

45 Reconnaître et tracer un axe de symétrie

....

CALCUL MENTAL
Additionner un nombre à 1 chiffre à un nombre à 2 ou 3 chiffres avec retenue.

APPRENTISSAGE
- **Sous-compétence 1 :** Reconnaître des éléments symétriques.
- **Sous-compétence 2 :** Tracer un axe de symétrie.

RÉVISION
Résoudre des problèmes de déplacement sur un plan.

Apprenons ensemble

Entourons les dessins symétriques par rapport à l'axe rouge.
Utilisons un papier calque ou un miroir pour les reconnaître.

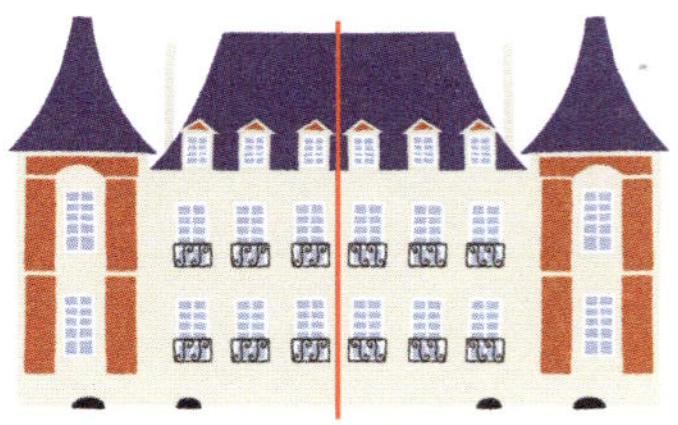
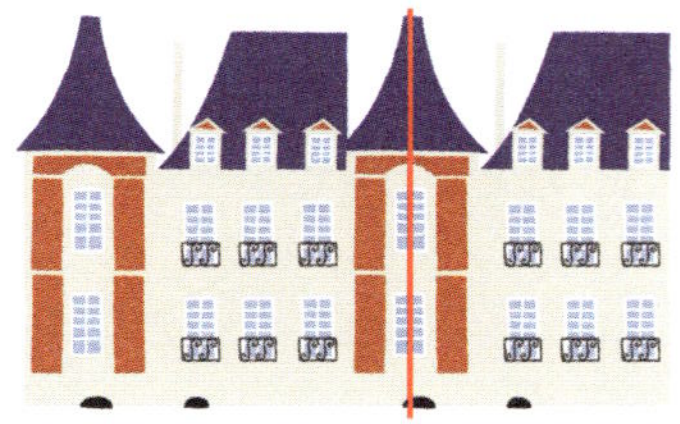

Entraînons-nous

1 **Entoure** le dessin symétrique au dessin encadré en rouge.
Tu peux t'aider d'un papier calque

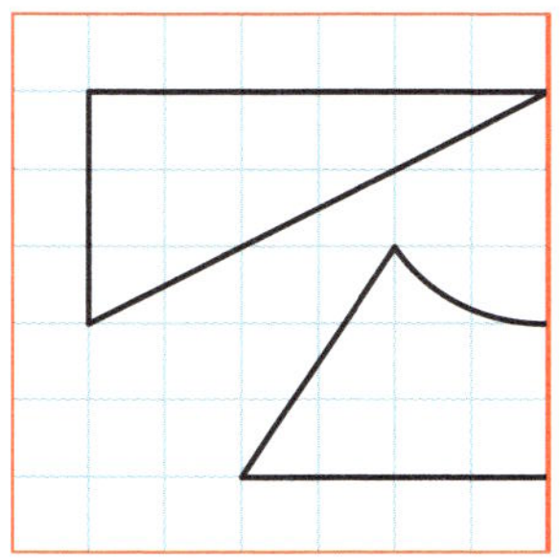
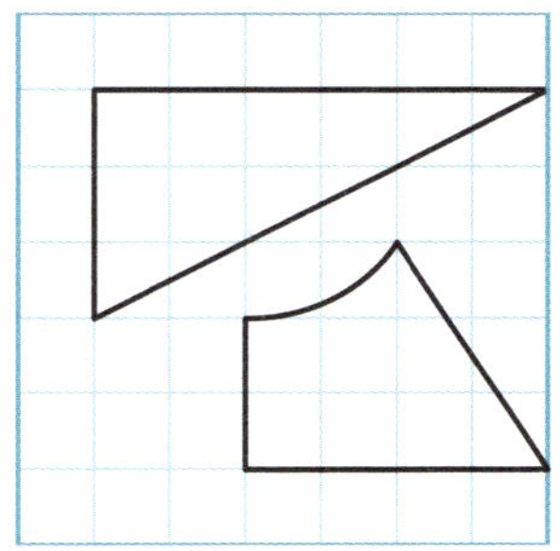
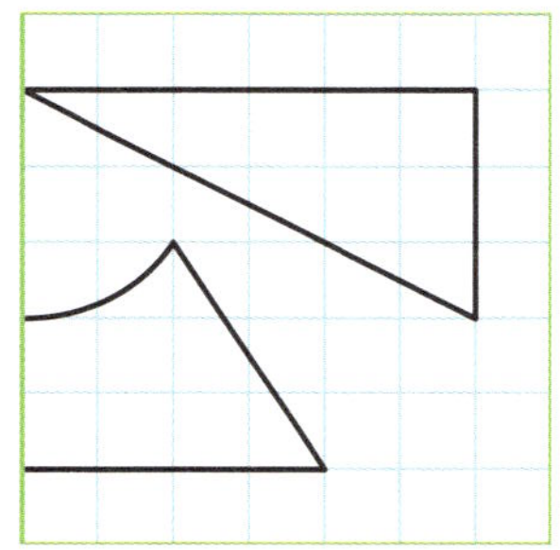

2 **Trace** l'axe de symétrie de ce château.
Tu peux t'aider d'un papier calque ou d'un miroir.

3 **Repasse** en rouge l'axe ou les axes de symétrie de ces figures.

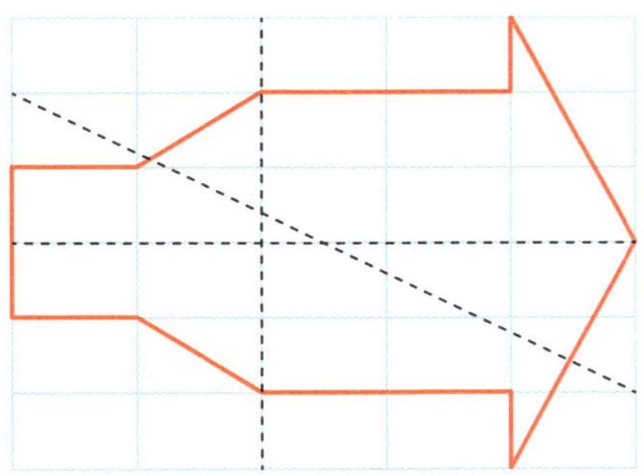
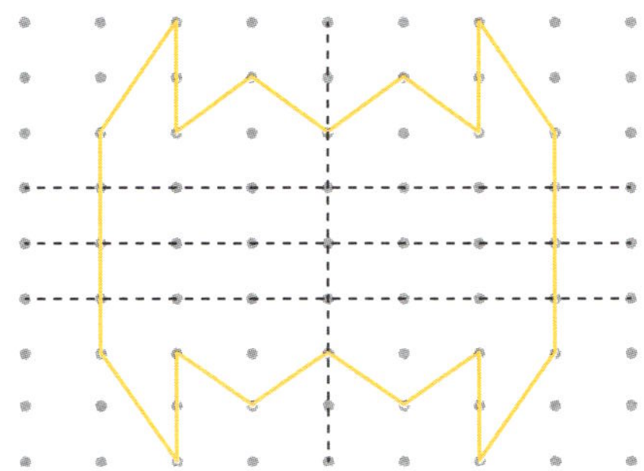
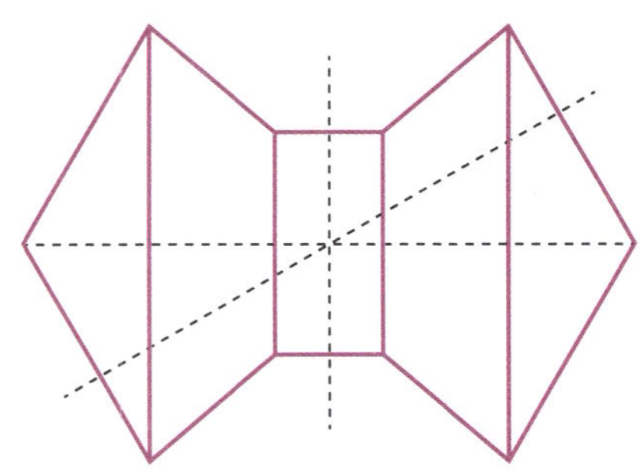

Je travaille seul(e)

4 **Entoure** les portes du château dont les deux parties sont symétriques par rapport à l'axe **rouge**.
Utilise un miroir pour le vérifier.

5 **Trace** l'axe de symétrie de chaque figure.

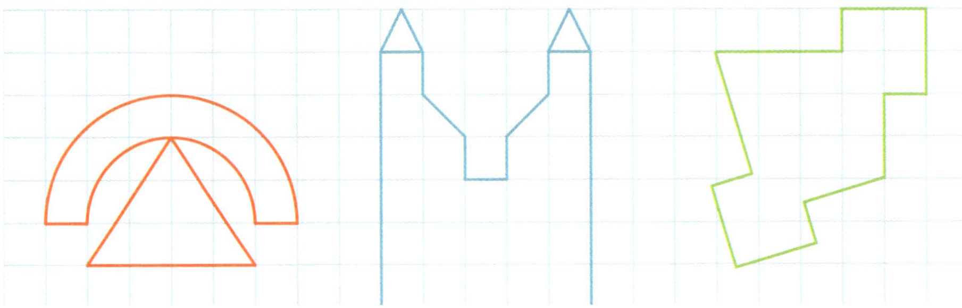

6 **Trace** l'axe de symétrie de ces figures quand c'est possible.

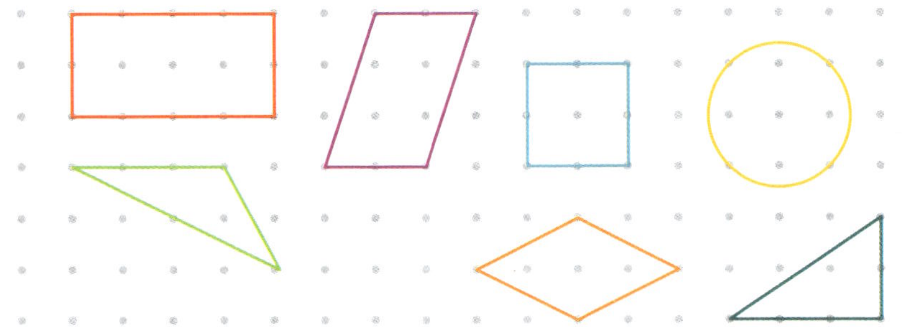

Je révise

Trace en **rouge** le trajet du cavalier en case **A2** jusqu'au château, puis **code** le trajet du cavalier en case **E5** jusqu'au château.

A2	AV	TS	AV 3	TE	AV 2	TN	AV
E5	....	....	....	....	....	....	....

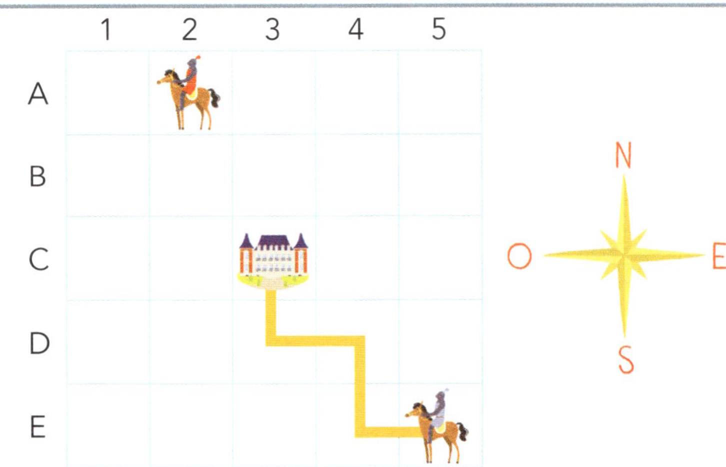

46 Compléter des figures symétriques

....

CALCUL MENTAL
Soustraire un nombre à 1 chiffre à un nombre à 2 ou 3 chiffres avec retenue.

APPRENTISSAGE
- **Sous-compétence 1 :** Colorier une figure de façon symétrique.
- **Sous-compétence 2 :** Compléter des figures symétriques.

RÉVISION
Segments et droites.

Apprenons ensemble

Traçons et/ou **colorions** à l'identique le symétrique du dessin par rapport à l'axe rouge.

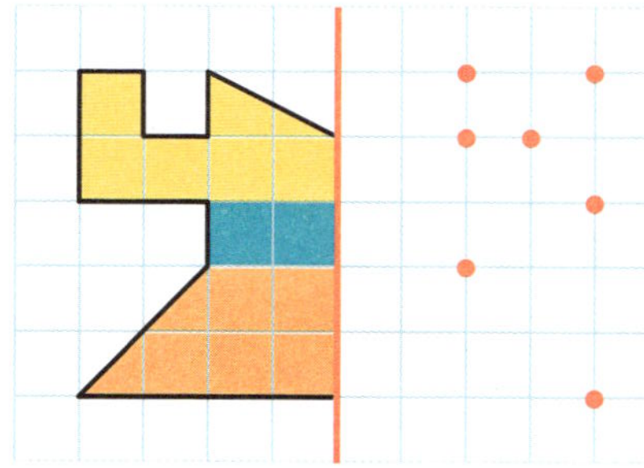

Entraînons-nous

1 **Trace** en rouge l'axe de symétrie, puis **colorie** à l'identique le symétrique de ce dessin.

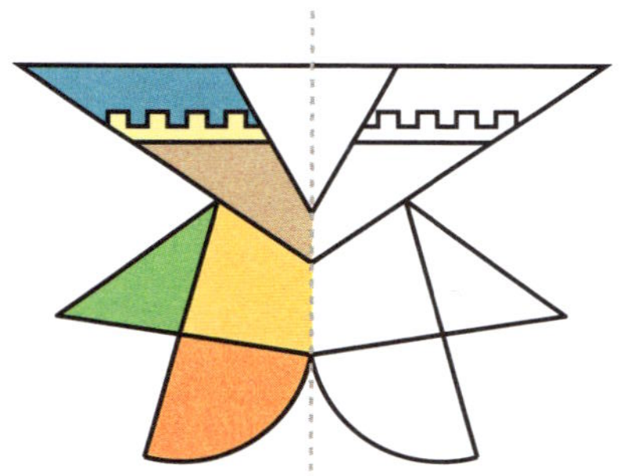

2 **Trace** la partie symétrie de cette figure, puis **colorie**-la de manière symétrique.

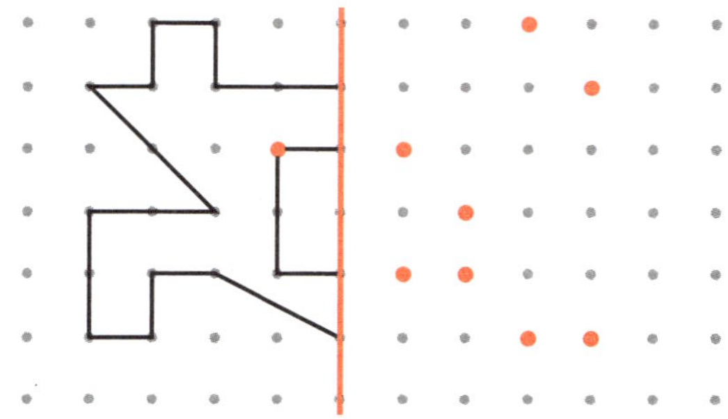

3 **Repasse** en rouge l'axe de symétrie, puis **trace** le symétrique de cet assemblage de figures.

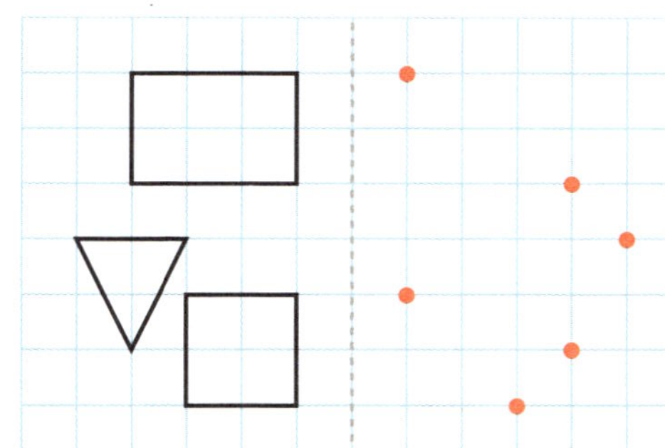

Je travaille seul(e)

4 **Trace** et **colorie** la partie symétrique de cette figure.
Utilise un papier calque ou un miroir pour t'aider.

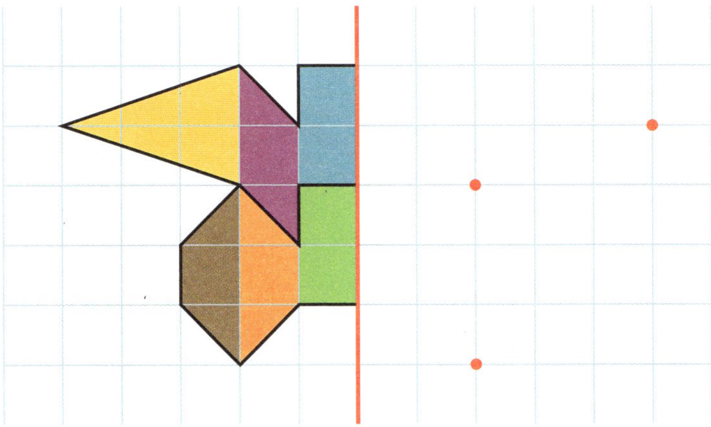

5 **Trace** la partie symétrique de ce bateau royal.

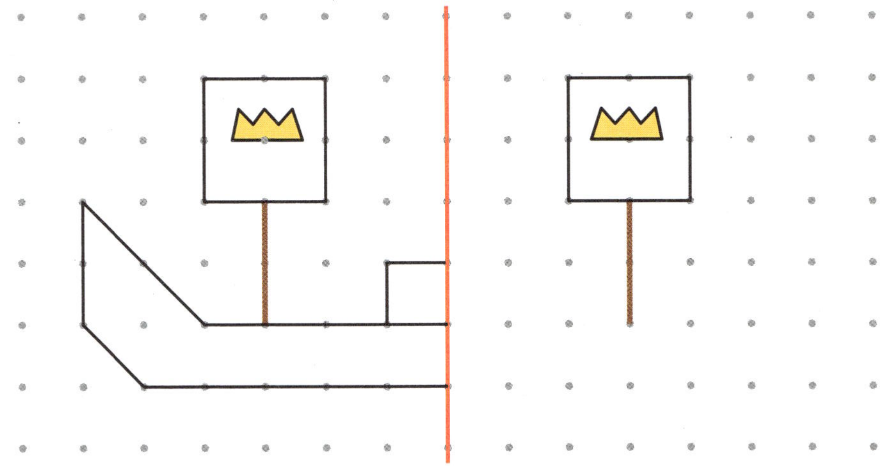

6 **Repasse** en **rouge** les 2 axes de symétrie, puis **trace** les parties symétriques à l'intérieur de ce blason et **colorie**-les à l'identique.

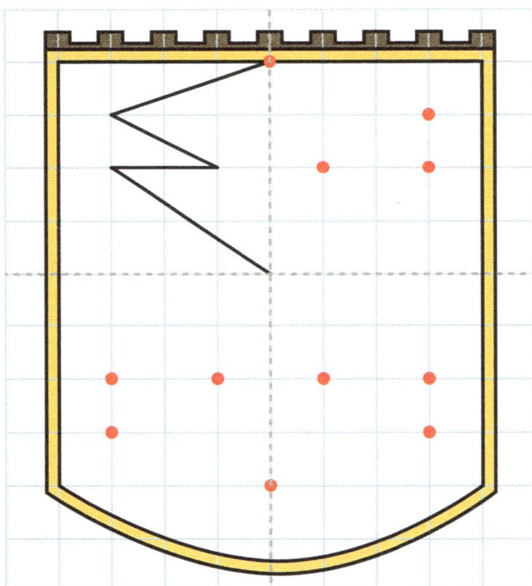

Je révise

Matériel A

À l'aide de ta règle graduée, **reporte** bout à bout les segments **AB** et **CD** sur la droite **j**. **Place** le point **E** au **milieu** du segment **AD** que tu as tracé sur la droite **j**.

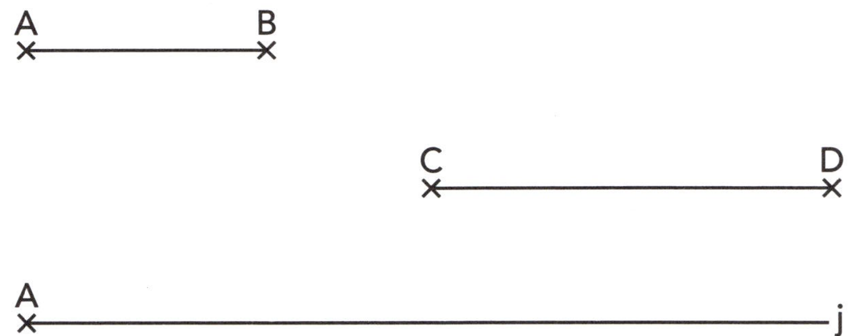

Résoudre des problèmes impliquant la symétrie et le tracé

CALCUL MENTAL
Additionner deux nombres à 2 chiffres avec retenue.

APPRENTISSAGE
- **Sous-compétence 1 :** Utiliser la règle graduée ou le compas pour tracer ou reporter une longueur.
- **Sous-compétence 2 :** Utiliser l'équerre pour repérer et tracer des angles droits.
- **Sous-compétence 3 :** Utiliser du papier calque pour compléter une figure par symétrie.

RÉVISION
Reconnaître et tracer un angle droit.

Apprenons ensemble

Cochons le (ou les) outil(s) géométrique(s) que l'on peut utiliser pour…

	… tracer une droite.	… repérer un angle droit.	… reporter un segment.	… trouver le milieu d'un segment.	… compléter une figure symétrique.	… mesurer un segment.
règle graduée						
compas						
équerre						
papier calque						

Entraînons-nous

1 **Place** un point **C** au milieu du segment **AB**, puis **trace** le segment **CD**.
Reporte la longueur du segment **AB** sur le segment **CD** en partant du point **C**.
Nomme E le point ainsi créé.
Mesure les segments **CE** et **ED**, puis **complète**.

Matériel A

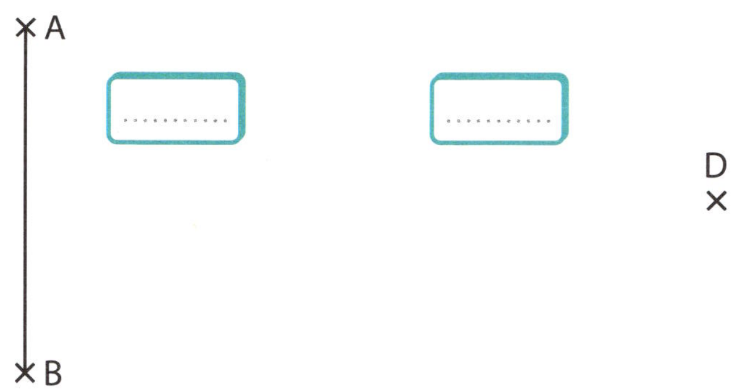

Le point E se trouve ……………………………… .

2 **Dessine** et **colorie** la partie symétrique de cette figure par rapport à l'axe rouge. **Coche** les outils que tu as utilisés.

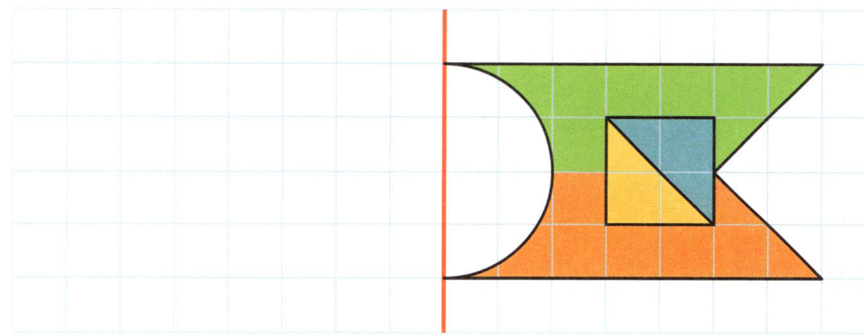

- ☐ une règle graduée
- ☐ une équerre
- ☐ un compas
- ☐ du papier calque

Je travaille seul(e)

3 **Reporte** bout à bout tous les segments tracés en rouge sur la droite g, et tous les segments tracés en bleu sur la droite f. Que peux-tu dire de la longueur des grands segments ainsi tracés sur les droites ? **Complète**.

Matériel A

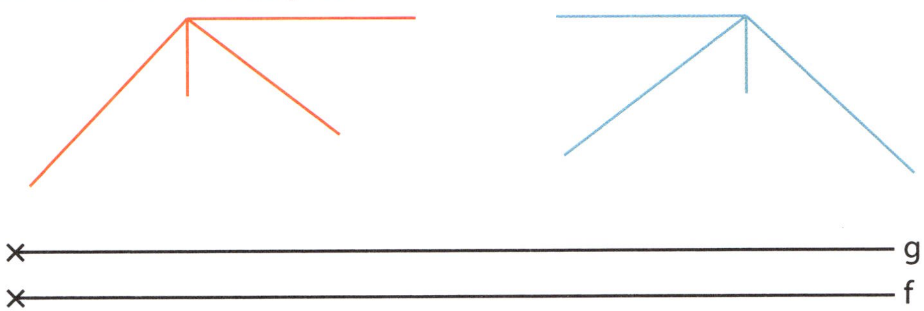

Les grands segments ....

4 **Trace** les droites qui croisent les segments à angle droit au niveau des points rouges. **Dessine** le symbole pour marquer tous les angles droits. **Repasse** en bleu la figure qui a **4** angles droits.

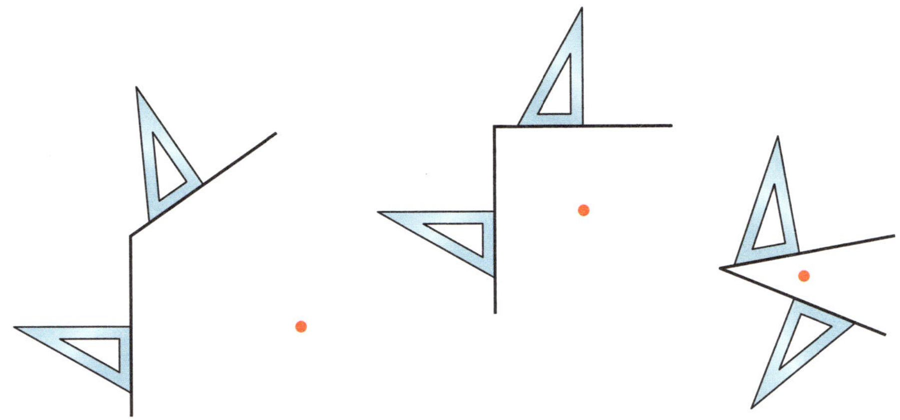

5 **Trace** les 3 parties symétriques de ce château. **Colorie** la petite fille en rouge quand elle est dans la grande tour et en vert quand elle est dans la petite tour.

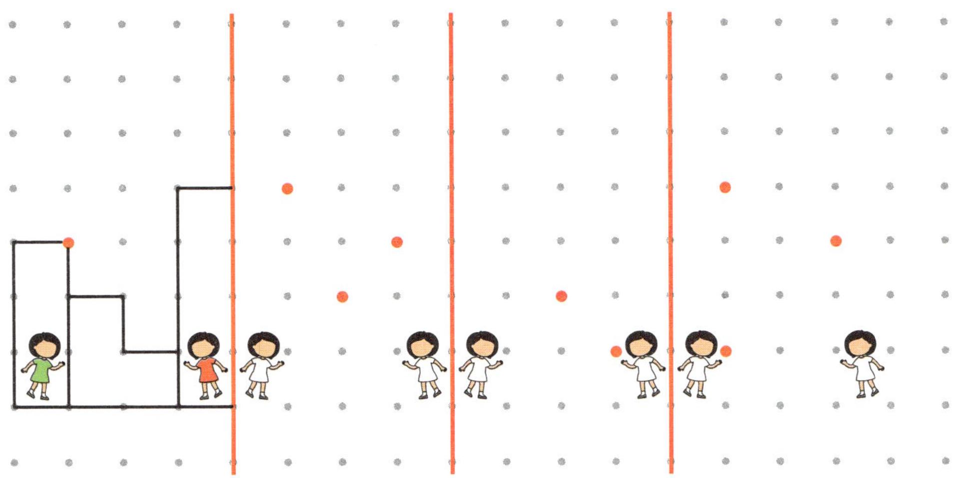

Je révise

Trace avec ton équerre et ta règle les **angles droits** et les **côtés** qui permettent de terminer ces figures.

Matériel A

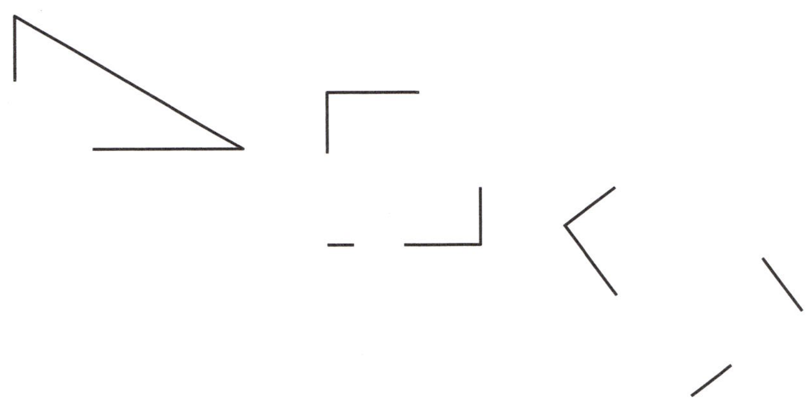

PROBLÈMES POUR APPRENDRE À CHERCHER

1 Dans chaque étoile, **colorie** une seule zone pour obtenir une étoile **symétrique**, puis **trace** son **axe** de symétrie.

2 À quelle carte correspond le reflet que l'on voit dans le miroir ? **Complète**.

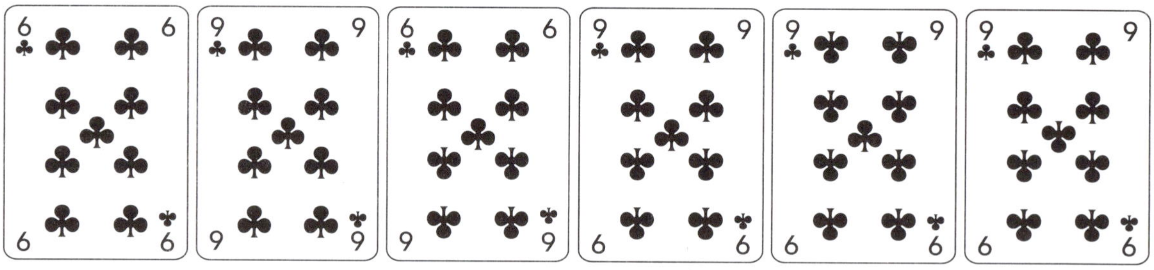

1 2 3 4 5 6

La carte .... *correspond au reflet dans le miroir.*

3 Damien place **11 jetons** noirs sur le damier. Il n'y a jamais **4 jetons alignés**.
Trouve 10 solutions.

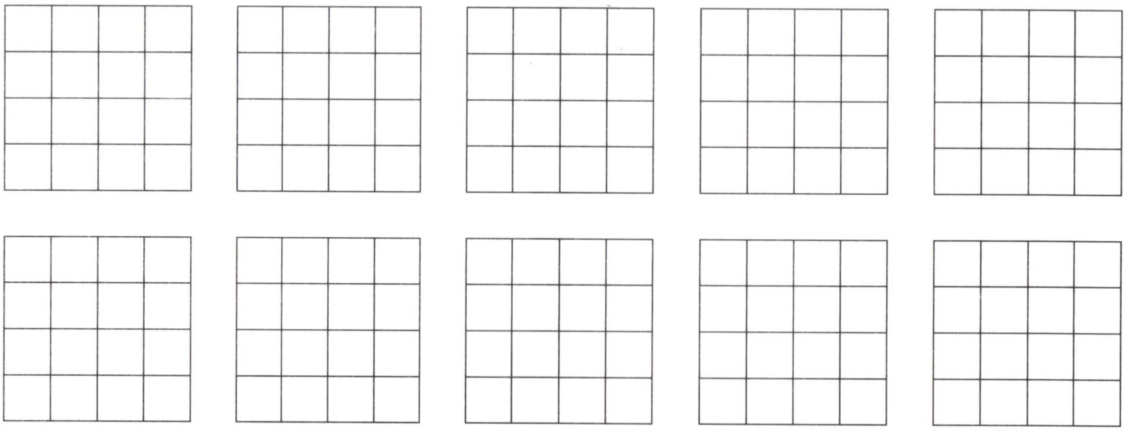

• MODULE 12 •
Connaître les figures planes

Le street art

– Quelles figures tracées sur le mur sont des polygones ? Lesquelles sont des quadrilatères ?
– Quelle figure du mur est formée d'une ligne courbe fermée ? Où en vois-tu ailleurs sur l'image ?
– Trouve 2 triangles rectangles sur le dessin. – Quelle est la forme du cadre tenu par le garçon ?
– Sur la roue du vélo, identifie le centre, le rayon et le diamètre du cercle.

47 Reconnaître, nommer et décrire des figures planes : les polygones

| .... | .... | .... | .... | .... |

CALCUL MENTAL
Additionner deux nombres à 3 chiffres, sans retenue.

APPRENTISSAGE
• **Sous-compétence 1 :** Décrire les figures planes selon leurs propriétés : côtés, sommets, angles.
• **Sous-compétence 2 :** Reconnaître et nommer les figures planes (carré, rectangle, triangle, cercle).

RÉVISION
Reconnaître et tracer un axe de symétrie.

Apprenons ensemble

Colorions uniquement les figures planes qui sont des **polygones**.

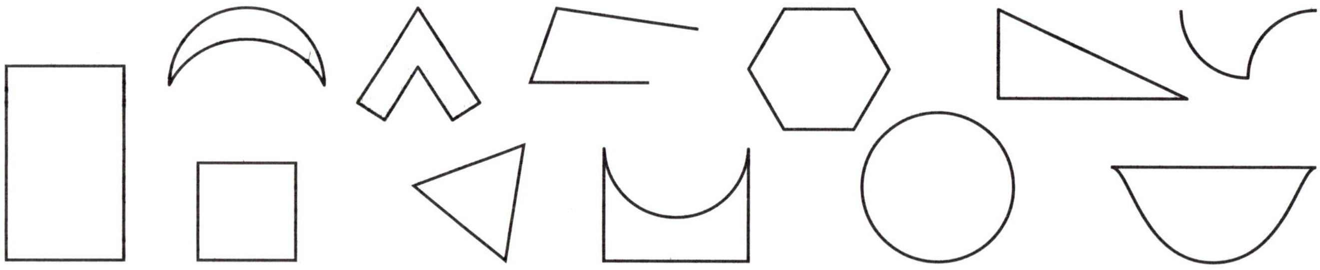

Entraînons-nous

1 **Observe** ces polygones et **complète** le tableau. Que remarques-tu ? **Complète**.

Matériel A

	côtés	angles droits	sommets		côtés	angles droits	sommets
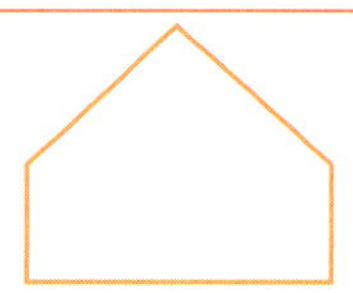	....	....	....	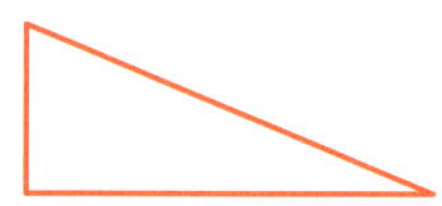	....	....	....
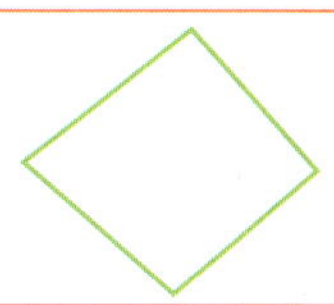	....	....	....	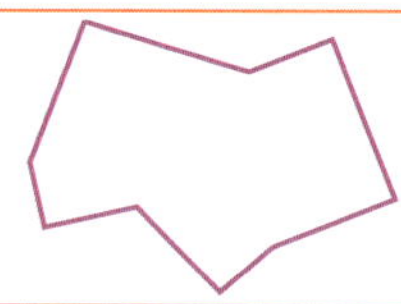	....	....	....

Il y a toujours le même nombre de .... *et de* ....

2 **Complète** les phrases. Matériel A

• *Le segment* KL *est un* .... *de ce polygone.*
• *Le point* M *est un* .... *de ce polygone.*
• *L'*.................... *marqué en rouge est un angle* ....

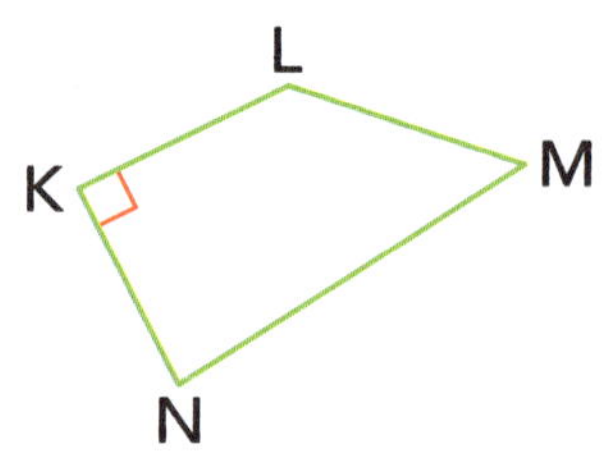

3 **Entoure** l'assemblage de figures décrit.

• Un **triangle** est tracé en haut à gauche.
• Un **rectangle** est tracé à droite du triangle.
• Un **carré** est tracé en dessous du rectangle.
• Un **cercle** est tracé à l'intérieur du rectangle.

Je travaille seul(e)

4 **Complète** le tableau avec les lettres qui correspondent aux figures planes décrites.

3 sommets, 3 angles, 3 côtés.	....	....
4 sommets, 4 angles, 4 côtés.	....	....
0 sommet, 0 angle, 0 côté.	....	....
6 sommets, 6 angles, 6 côtés.	....	....

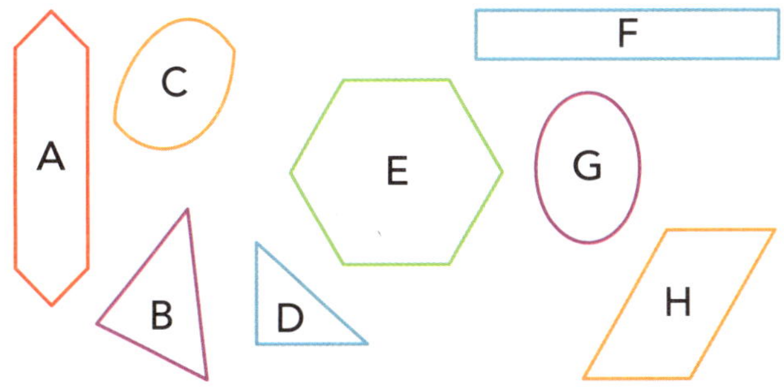

5 **Observe** l'assemblage de figures et **complète**.

- Le .... est en haut à gauche du dessin.
- Le .... est à l'intérieur du rectangle.
- Le .... est au-dessus du triangle rectangle.
- Le .... est sous le rectangle.
- Le .... est à droite du cercle.

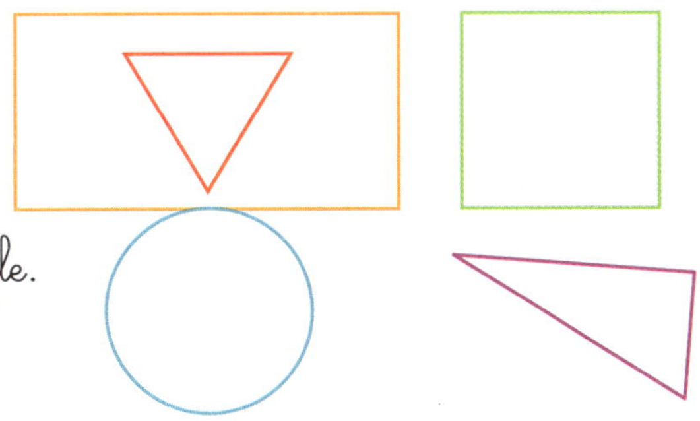

6 **Complète** le tableau avec le numéro de l'assemblage de figures décrit par chaque phrase.

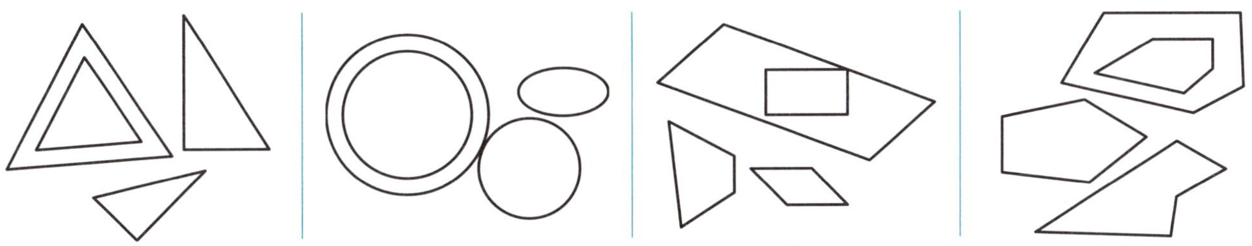

1 2 3 4

Toutes les figures planes de cet assemblage ont 4 angles.	....
Toutes les figures planes de cet assemblage ont 5 sommets.	....
Les figures planes de cet assemblage n'ont ni angle ni côté.	....
Toutes les figures planes de cet assemblage ont 3 côtés.	....

Je révise

Trace le ou les **axes de symétrie** de ces figures.

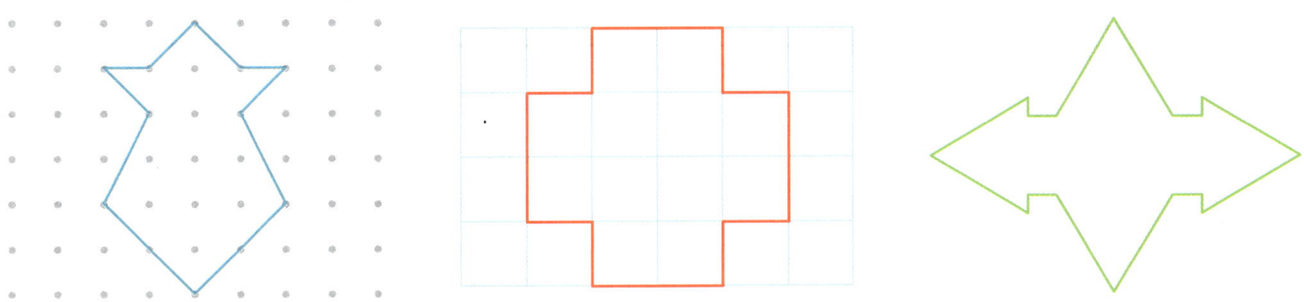

48 Reconnaître et tracer un carré et un rectangle

CALCUL MENTAL
Soustraire deux nombres à 3 chiffres sans retenue.

APPRENTISSAGE
- **Sous-compétence 1 :** Connaître les propriétés du carré et du rectangle.
- **Sous-compétence 2 :** Reproduire et tracer des carrés et des rectangles.

RÉVISION
Compléter des figures symétriques.

Apprenons ensemble

Repassons en rouge le carré et en vert le rectangle. **Dessinons** le symbole sur les **angles droits** de ces figures planes.

Matériel A

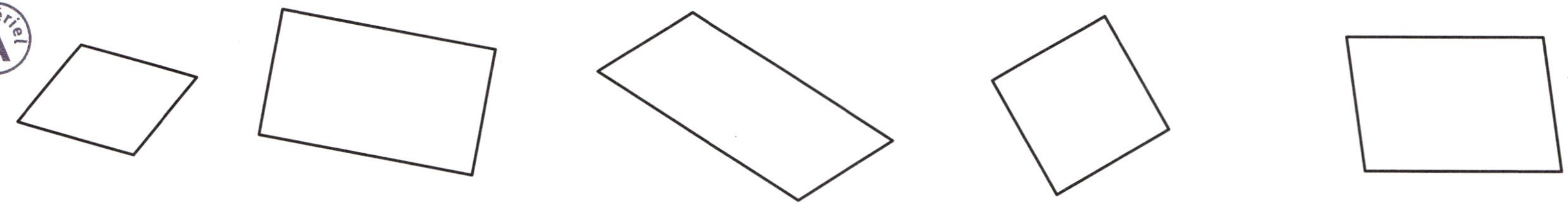

Entraînons-nous

1 **Mesure** et **indique** la longueur des côtés de ces rectangles, puis **repasse** en bleu leurs longueurs et en jaune leurs largeurs.

Matériel A

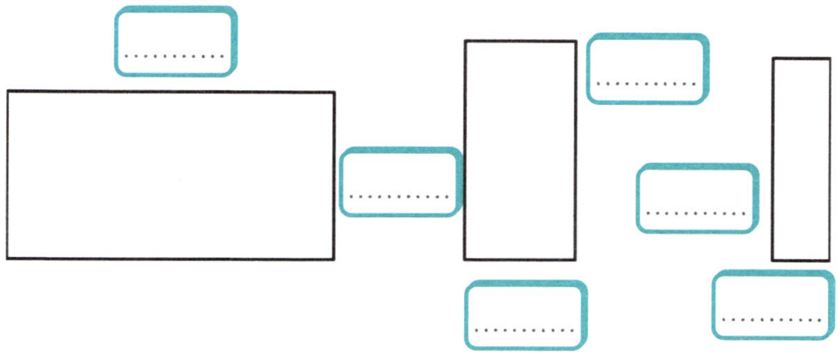

2 **Mesure** et **indique** la longueur des côtés de ces carrés, puis **repasse** de la même couleur ceux qui ont la même longueur.

Matériel A

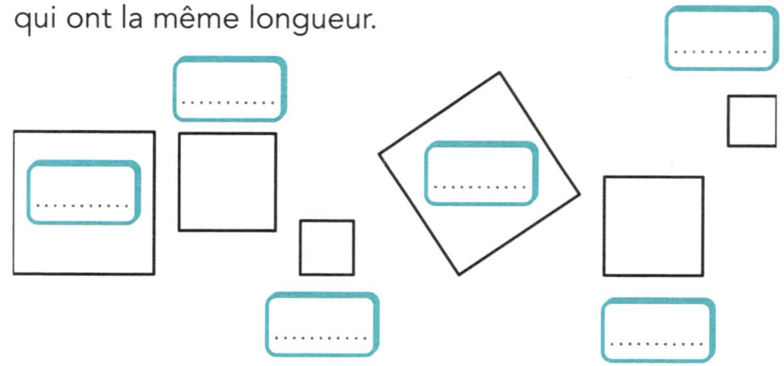

3 **Reproduis** uniquement les **carrés** sur le papier pointé vierge.

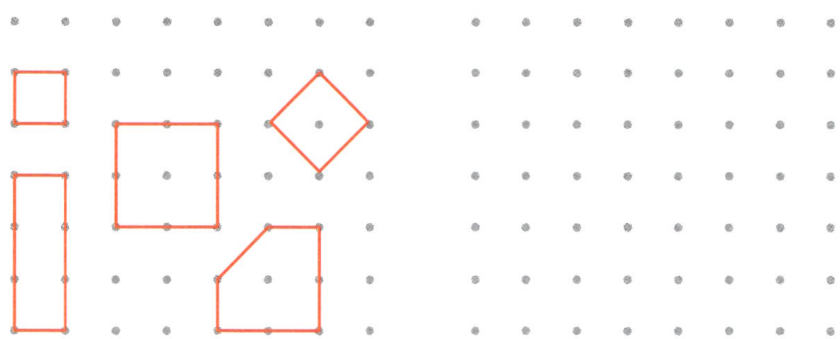

4 **Reproduis** uniquement les **rectangles** sur le quadrillage vierge.

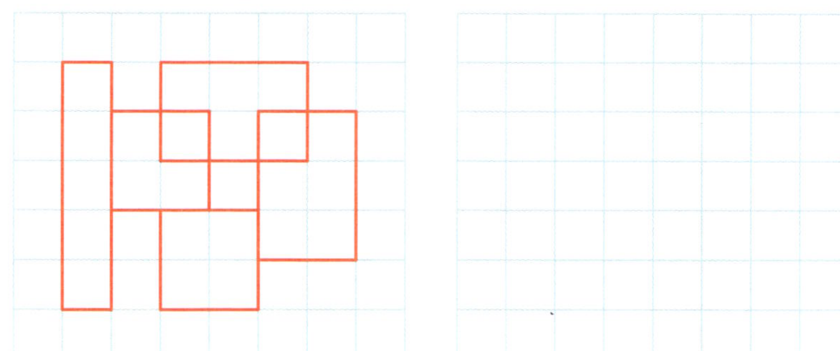

Je travaille seul(e)

5 **Complète** les phrases, puis **termine** de **tracer** chaque figure.

J'ai 4 angles droits.
J'ai 2 longueurs et 2 largeurs égales.

Je suis un ....

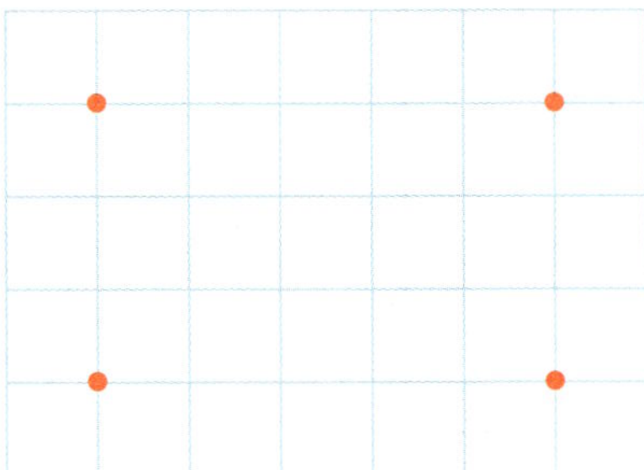

J'ai 4 angles droits.
J'ai 4 côtés égaux.

Je suis un ....

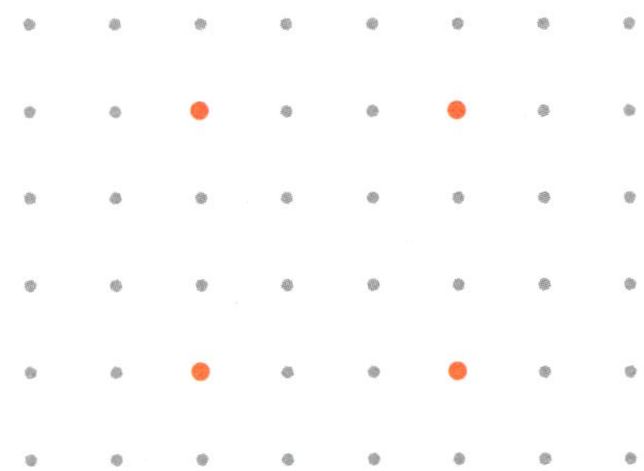

6 **Repasse** uniquement les **rectangles** de cet assemblage de figures, puis **reproduis**-les à la même place sur le quadrillage vierge.

7 **Termine** de **tracer** ce **rectangle** et ce **carré** avec ta règle et ton équerre.

Matériel A

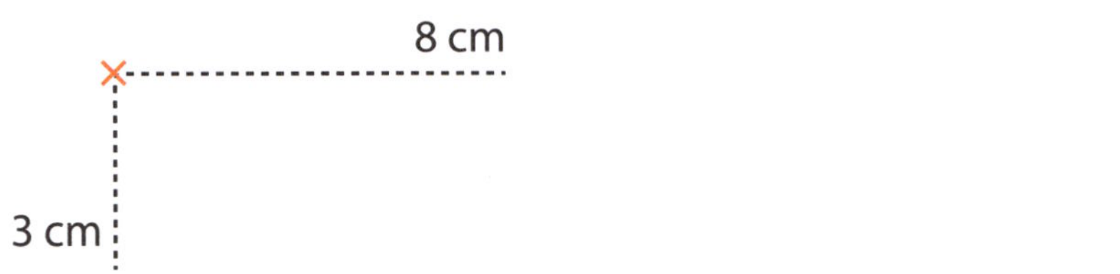

Je révise

Trace et **colorie** la partie symétrique de cette figure par rapport à l'axe rouge.

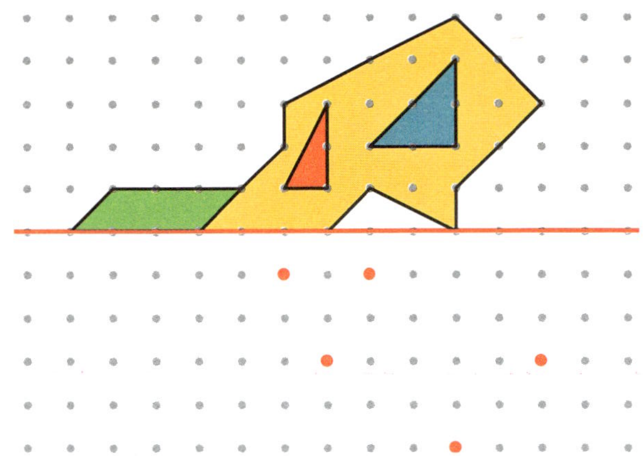

49 Reconnaître et tracer un triangle et un triangle rectangle

CALCUL MENTAL
Ajouter ou soustraire un multiple de 100.

APPRENTISSAGE
- **Sous-compétence 1 :** Connaître les propriétés des triangles et du triangle rectangle.
- **Sous-compétence 2 :** Tracer et reproduire des triangles et des triangles rectangles.

RÉVISION
Résoudre des problèmes impliquant la symétrie et le tracé.

Apprenons ensemble

Entourons les **triangles** et **colorions** en rouge les triangles rectangles. **Dessinons** le symbole sur leurs **angles droits**.

Matériel A

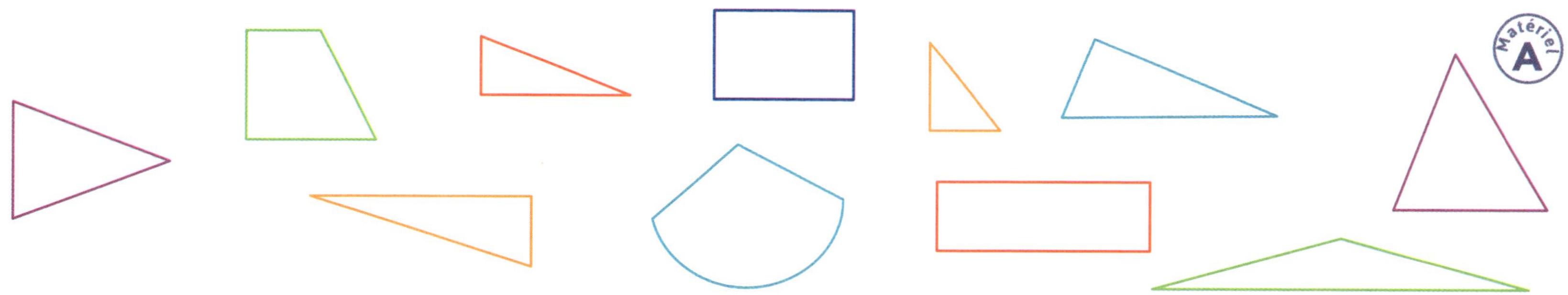

Entraînons-nous

1 **Repasse** en vert les triangles qui ont **2 côtés égaux**. **Mesure** et **indique** la longueur de ces côtés.

2 **Repasse** en bleu les triangles qui n'ont **pas de côtés égaux**.

3 **Reproduis** uniquement les **triangles rectangles** sur le quadrillage vierge.

Matériel A

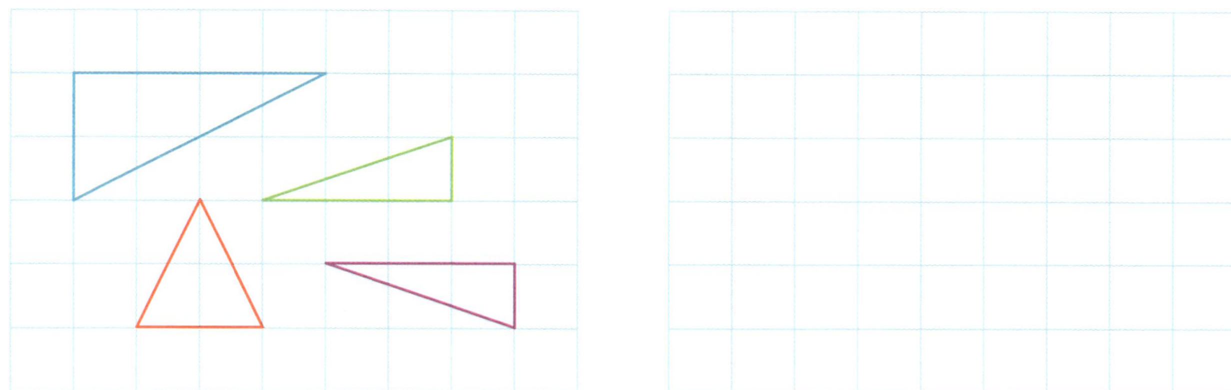

Je travaille seul(e)

4 **Termine** de **tracer** ces triangles en fonction des indications.

J'ai un angle droit et aucun de mes côtés n'a la même longueur.

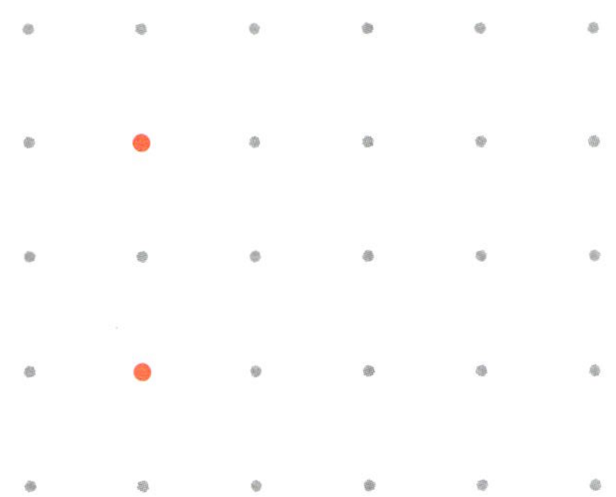

Je n'ai pas d'angle droit. J'ai 2 côtés de même longueur.

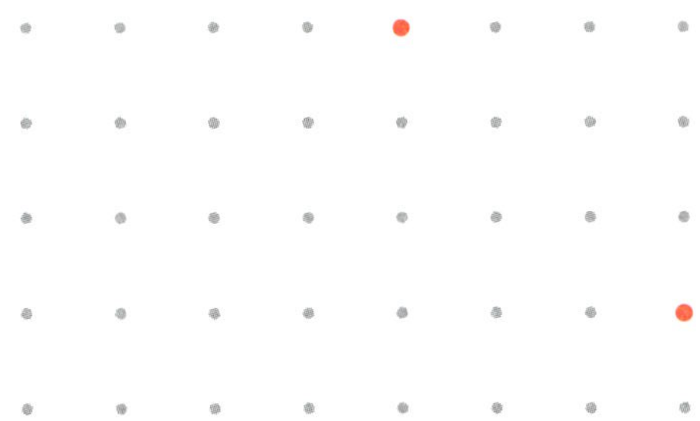

5 **Reproduis** cet assemblage de triangles, puis **colorie**-le et **complète**.

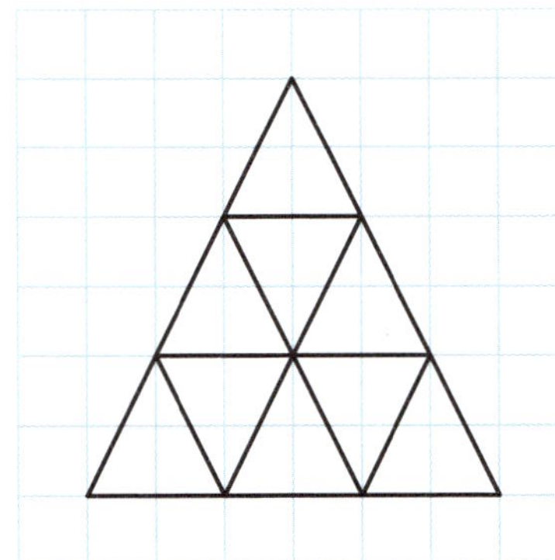

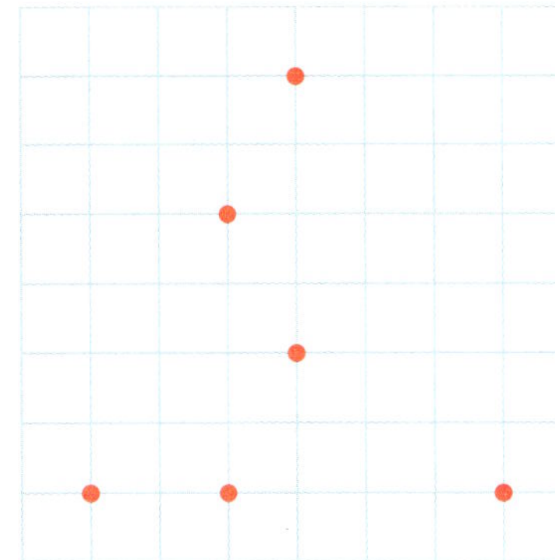

J'ai tracé .... *triangles.*

6 **Termine** de **tracer** ces deux triangles rectangles avec ta règle et ton équerre. **Dessine** le symbole sur les angles droits.

Matériel A

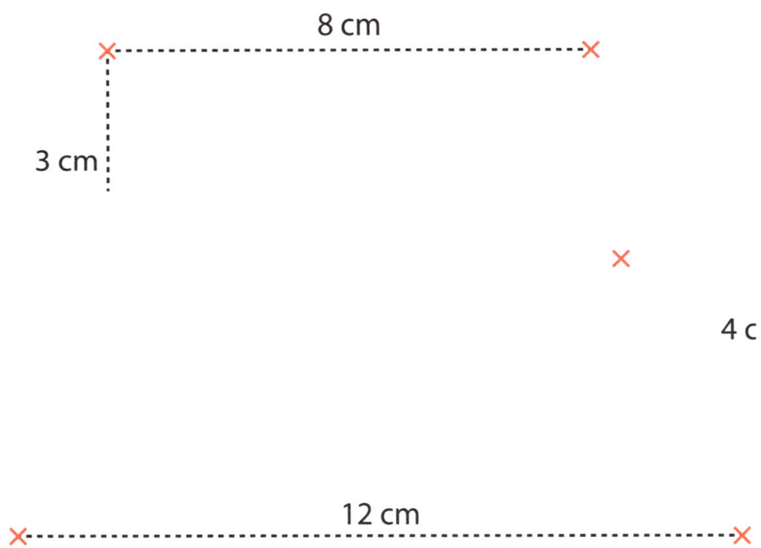

Je révise

Dessine et **colorie** la partie symétrique de cette figure par rapport à l'axe rouge.

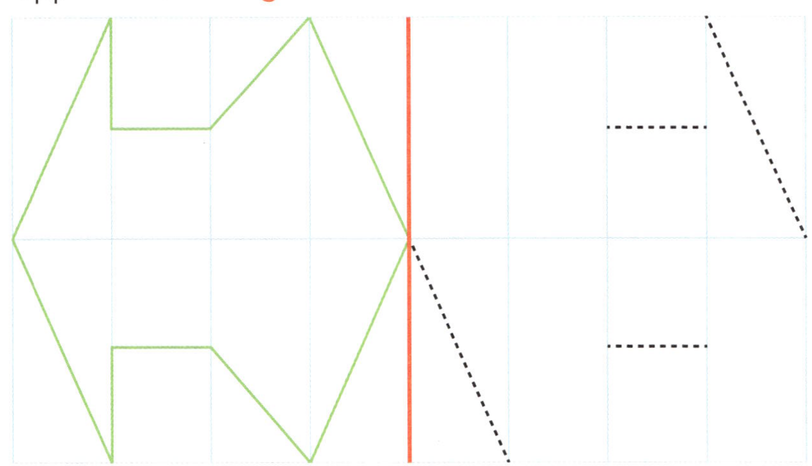

50 Reconnaître et tracer un cercle

CALCUL MENTAL
Connaître le double et la moitié de nombres supérieurs à 1 000.

APPRENTISSAGE
- **Sous-compétence 1 :** Connaître les propriétés du cercle.
- **Sous-compétence 2 :** Tracer un cercle.

RÉVISION
Reconnaître, nommer et décrire des figures planes : les polygones.

Apprenons ensemble

Complétons ce schéma avec les mots :

centre, cercle, rayon, diamètre.

Mesurons le **rayon** et le **diamètre** de ce cercle et **complétons**. Matériel A

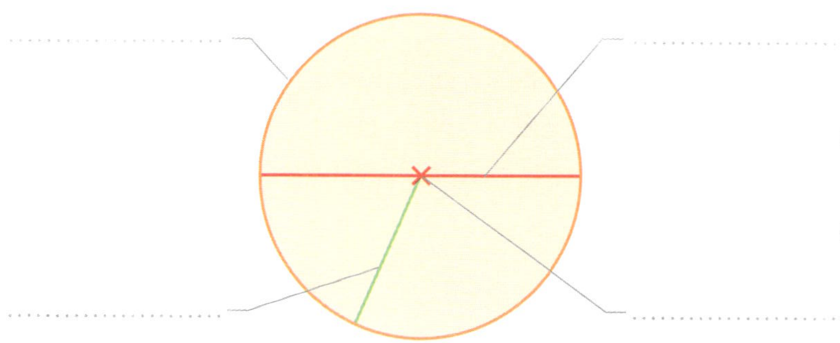

rayon : .... cm

diamètre : .... cm

Entraînons-nous

1 **Trace** les **rayons** des roues du vélo en t'aidant des points placés sur chaque roue.

2 **Trace** 2 autres cercles de centre **O** en ajoutant chaque fois **1 cm de rayon** sur le segment tracé.

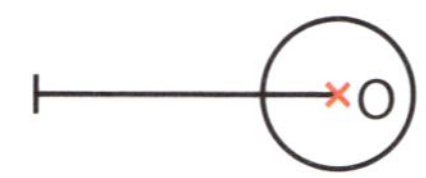

3 **Trace 2 cercles** à partir du **rayon** et du **diamètre** donnés.

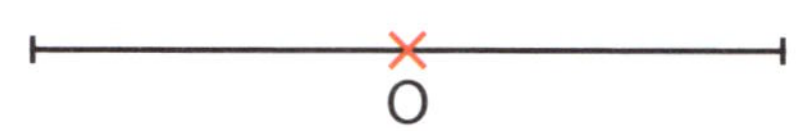

Je travaille seul(e)

4 **Nomme** le centre de chaque cercle, puis **indique** la mesure de leur **rayon** et de leur **diamètre**.

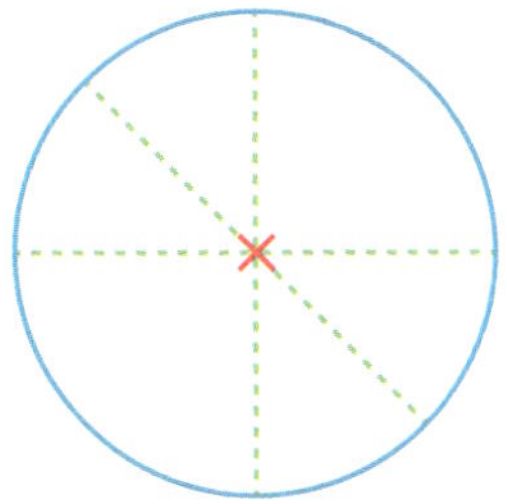

rayon : .... cm

diamètre : .... cm

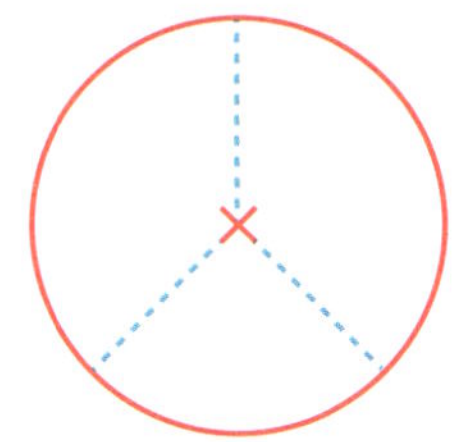

rayon : .... cm

diamètre : .... cm

5 **Termine** de **tracer** les cercles déjà commencés. **Relie** les points A, B, C, D avec ta règle. **Colorie** la figure et **complète**.

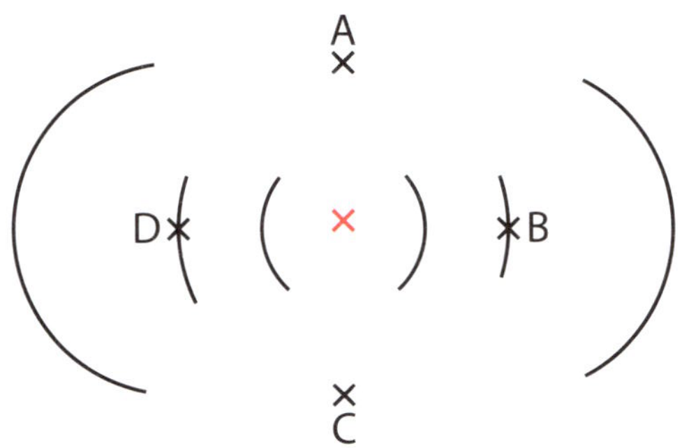

La figure ABCD est un ....

6 **Trace** les cercles ayant pour **centres** les points de couleur et pour **rayon** la longueur du centre jusqu'aux points de couleur les plus proches. **Colorie**.

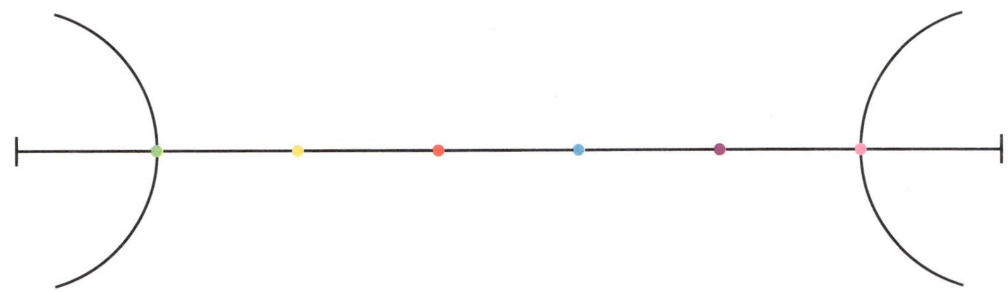

Je révise

Entoure l'assemblage de figures décrit.

- Un triangle est tracé en haut à gauche.
- Un rectangle est tracé à droite du triangle.
- Un carré est tracé à l'intérieur du rectangle.
- Un cercle est tracé à droite, en dessous du rectangle.
- Un triangle rectangle est tracé à gauche du cercle.

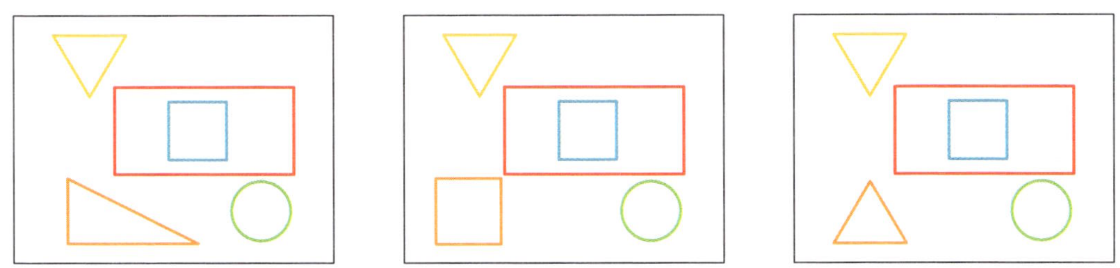

Résoudre des problèmes de construction et de reproduction de figures complexes

CALCUL MENTAL
Trouver le terme manquant dans une soustraction.

APPRENTISSAGE
• **Sous-compétence 1 :** Reproduire un assemblage de figures complexes.
• **Sous-compétence 2 :** Construire un assemblage de figures complexes.

RÉVISION
Reconnaître et tracer un carré et un rectangle.

Apprenons ensemble

Traçons les figures dans le quadrillage et **entourons** vrai ou faux.

La figure ABCD est un carré.	vrai	faux
Le cercle de centre O est tracé à l'intérieur du rectangle.	vrai	faux
Le segment IK est une largeur du rectangle.	vrai	faux
Le triangle EGF est un triangle rectangle.	vrai	faux
Le carré est à droite du rectangle.	vrai	faux
Les segments DC et HI sont égaux.	vrai	faux

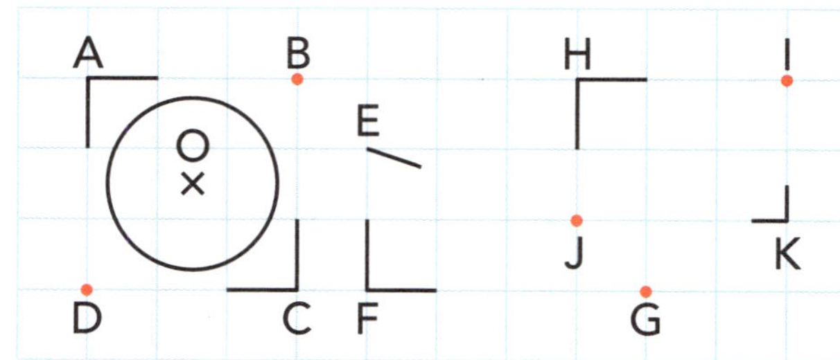

Entraînons-nous

1 **Reproduis** cet assemblage de figures sur le second quadrillage, avec ta règle et ton compas.

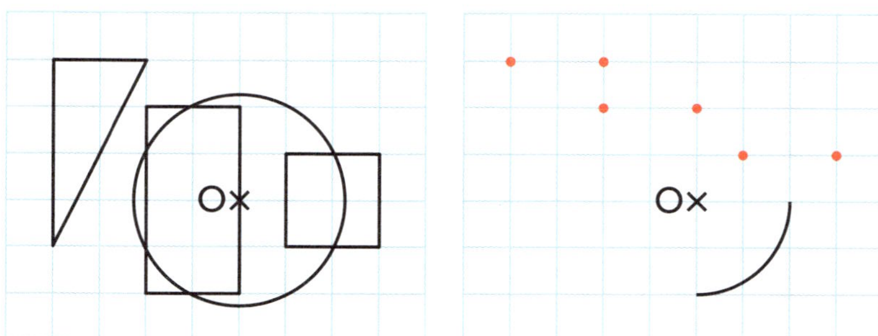

2 **Reproduis** cet assemblage de figures sur le second papier pointé.

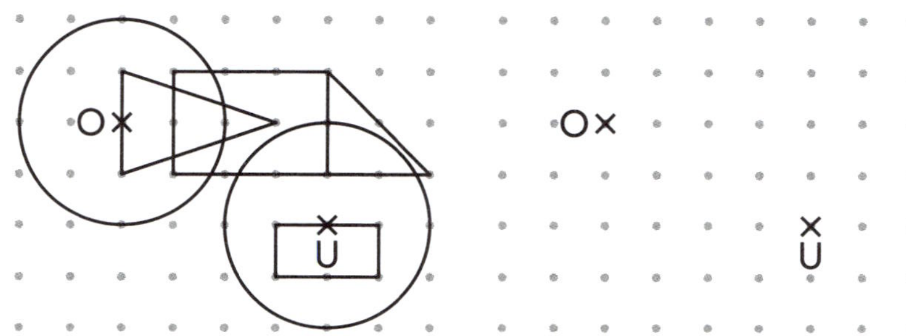

3 **Construis** cet assemblage de figures selon les consignes. **Utilise** ta règle graduée, ton équerre et ton compas.

Matériel A

- **Trace** un rectangle en reliant les points verts.
- **Trace** un triangle en reliant les points bleus.
- **Repasse** en orange un triangle rectangle.
- **Trace** un carré en reliant les points rouges.
- **Termine** de tracer le cercle.

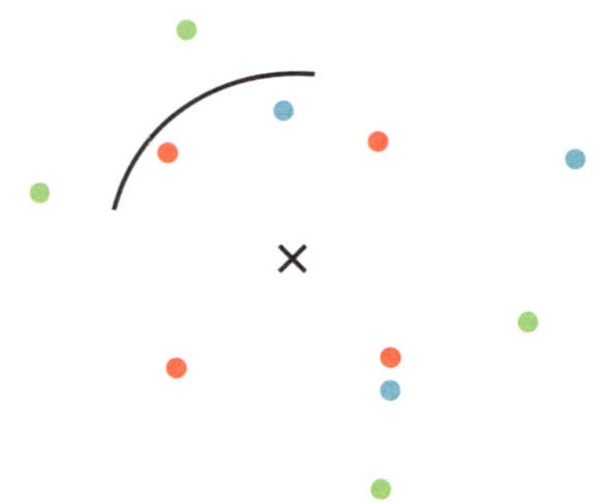

Je travaille seul(e)

4 **Reproduis** les figures du 1er quadrillage dans le 2nd quadrillage, et les figures du 2nd quadrillage dans le 1er, pour que les 2 assemblages soient identiques.

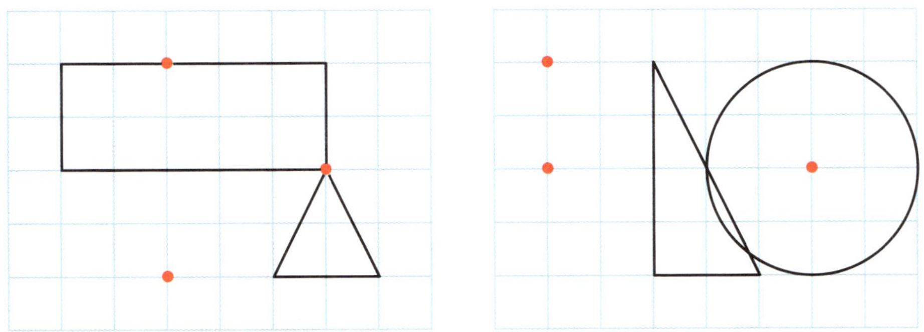

5 **Reproduis** cet assemblage de figures à l'identique. **Dessine** le symbole sur les **angles droits**. **Colorie**.

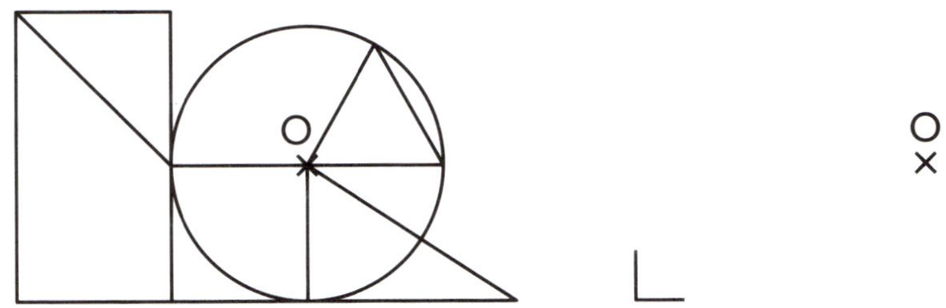

6 **Construis** l'assemblage de figures selon les consignes.

- **Trace** un rectangle de **3 cm** de longueur et **2 cm** de largeur.
- À droite de ce rectangle, **trace** un cercle de centre **O**, de **2 cm** de rayon.
- **Trace** un diamètre du cercle en bleu.
- En dessous du rectangle, **trace** un carré de **2 cm** de côté.
- **Trace** en rouge un segment qui partage ce carré en **2 triangles rectangles**.
- À droite du cercle, **dessine** un triangle aux **3 côtés égaux**, de **2 cm** chacun.

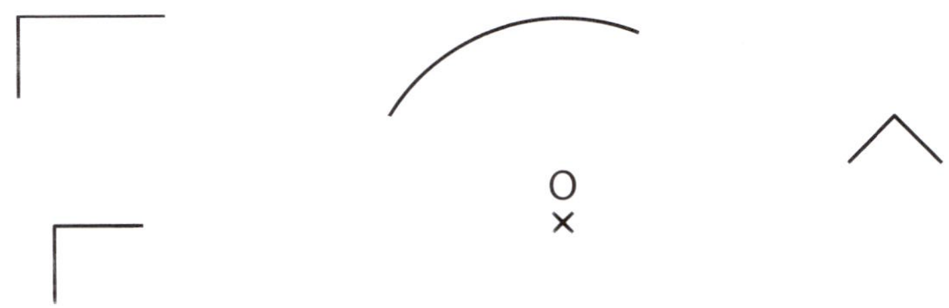

Je révise

Trace un carré de **2 cm** de côté à l'intérieur du rectangle rouge, et **continue de tracer** un rectangle de **2 cm** de longueur et **1 cm** de largeur dans le carré vert.

PROBLÈMES POUR APPRENDRE À CHERCHER

1 On a découpé le rectangle **A** en **2 morceaux non identiques**. En assemblant ces 2 morceaux de **3 manières différentes**, on a obtenu les figures **B**, **C** et **D**.
Trace la ligne qui a servi à découper le rectangle **A**. Tu peux utiliser le rectangle proposé à la fin du fichier. Matériel F

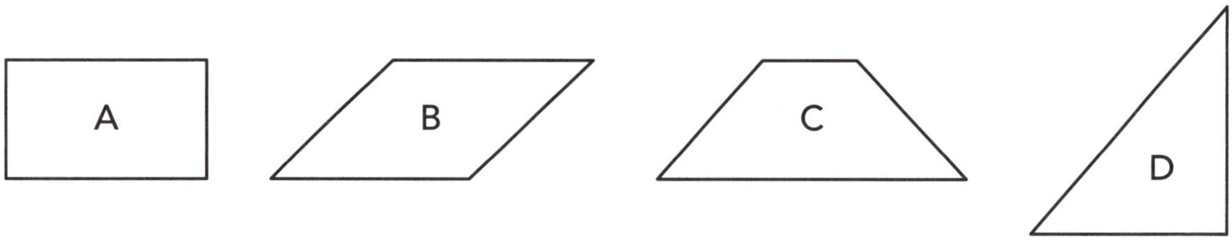

2 Combien y a-t-il de triangles dans ces figures ? **Compte** et **complète**.

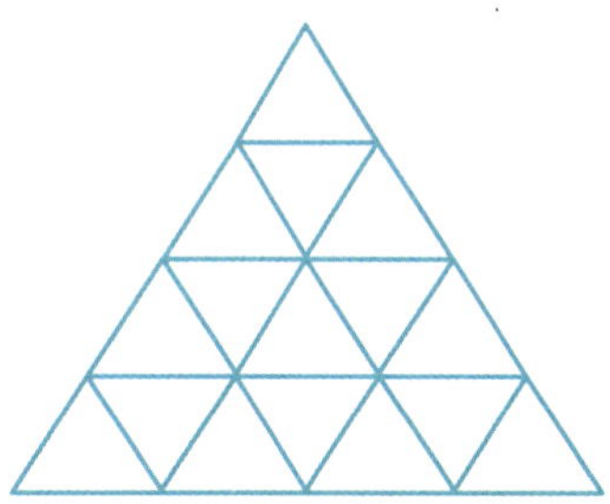

Il y a .... *triangles.*

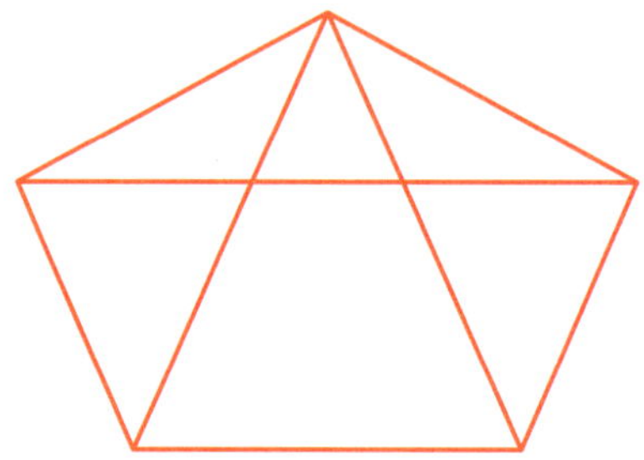

Il y a .... *triangles.*

3 Combien de ces figures planes peut-on former en reliant les points ?
Trace les figures et **complète**.

.... *carrés* .... *rectangles* .... *triangles.*

4 Comment faire un **carré**, puis un **triangle aux 3 côtés égaux** en utilisant toutes les allumettes de ce rectangle ? **Dessine**-les.

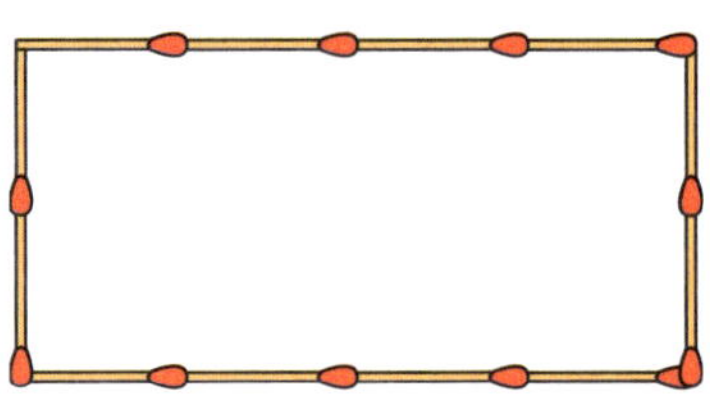

• MODULE 13 •
Connaître les solides usuels

Les pyramides d'Égypte

– Quelle est la forme des monuments visibles sur le dessin ? Où se trouve leur base ?
– Où vois-tu des boules sur le dessin ? des cônes ? – Les pierres qui ont servi à la construction des pyramides ont 2 formes distinctes : nomme-les et explique leurs différences.
– Quel solide avec 2 faces planes en forme de cercle peux-tu voir à plusieurs reprises sur le dessin ?

51 Reconnaître, nommer et décrire les solides usuels

....

CALCUL MENTAL
Diviser par 3 un nombre inférieur à 100.

APPRENTISSAGE
- **Sous-compétence 1 :** Reconnaître et nommer les solides usuels : boule, cône, cube, cylindre, pavé droit, pyramide.
- **Sous-compétence 2 :** Décrire les solides usuels.

RÉVISION
Reconnaître et tracer un triangle et un triangle rectangle.

Apprenons ensemble

Parmi ces formes géométriques, **entourons** uniquement les solides : le cube en bleu, la pyramide en rouge et la boule en vert.

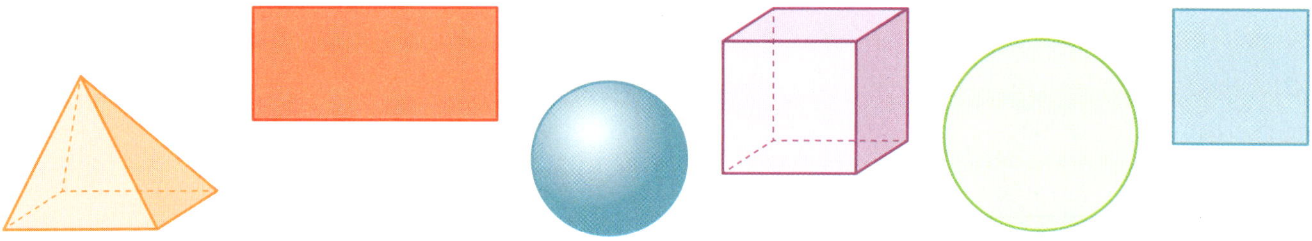

Entraînons-nous

1 **Colorie** uniquement les solides dont les faces sont des polygones.

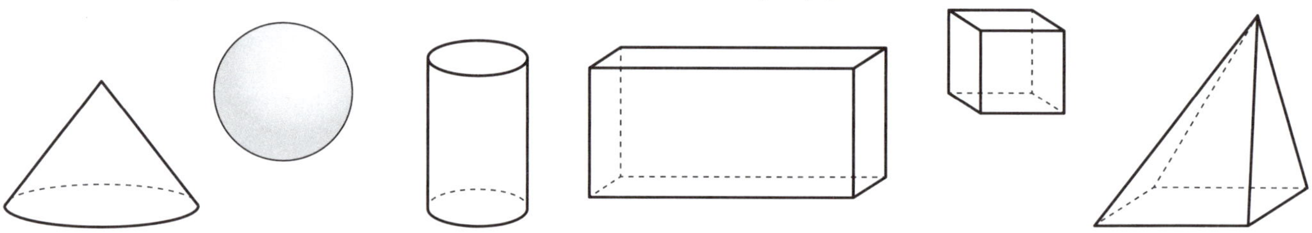

2 **Complète** les phrases.

- Ce solide est ....
- Il a 5 .... et 8 ....
- Il a 4 .... triangulaires.
- Il a 1 .... carrée.

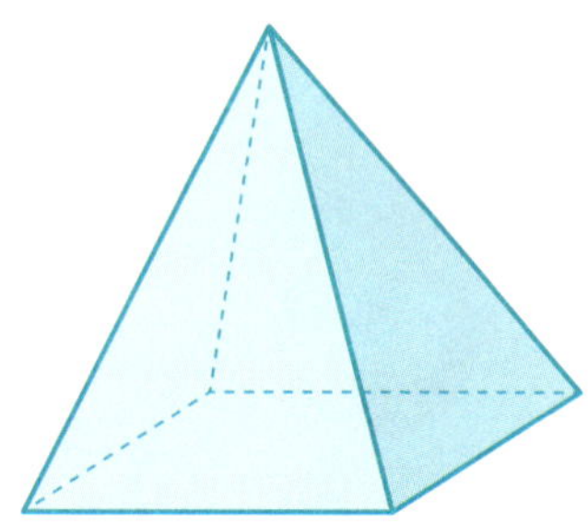

3 **Relie** chaque solide à son nom et **complète** les phrases.

un cône — une boule — un cylindre

- J'ai 1 face courbe et 2 faces planes rondes, je suis ....
- J'ai 1 face courbe et 1 face plane ronde, je suis ....
- Je n'ai qu'une face courbe, je suis ....

Je travaille seul(e)

4 **Entoure** en bleu les objets qui ont la forme d'un cylindre, en vert ceux qui ont la forme d'une boule, en jaune ceux qui ont la forme d'un cône, puis **complète**.

Je n'ai pas entouré les objets qui ont la forme d'un .... *ou d'un* ....

5 **Observe** cet assemblage de solides. **Complète** le tableau avec le nombre total de chaque solide, puis **colorie**, en associant une couleur à chaque type de solide.

	nombre
cubes	....
pavés droits	....
pyramides	....
boules	....
cylindres	....
cônes	....

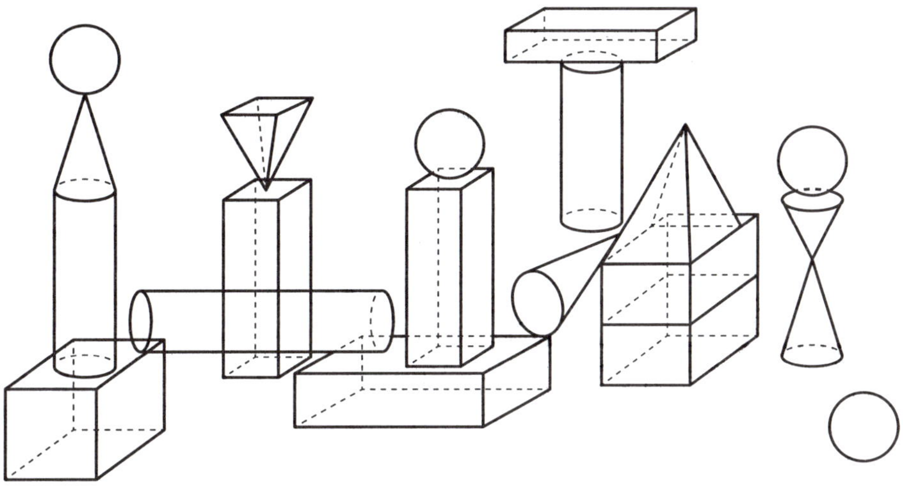

6 **Entoure** le solide qui fait son propre portrait.

J'ai 2 faces planes.
Je n'ai ni sommet ni arête.
Je roule sur un plan incliné.

J'ai 12 arêtes et 8 sommets.
Toutes mes faces sont identiques.
Je glisse sur un plan incliné.

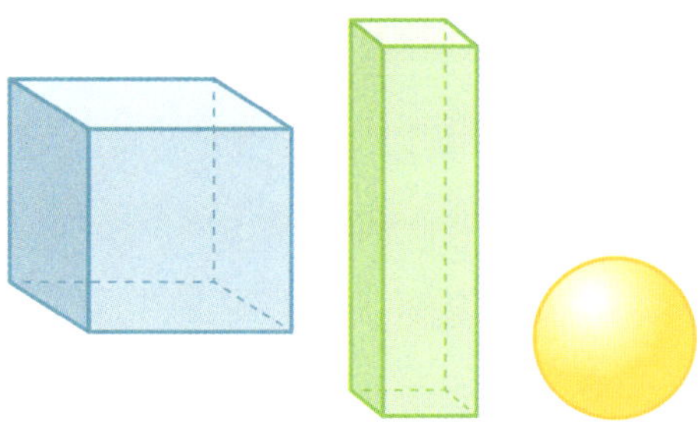

J'ai une face courbe.
Je n'ai ni sommets ni arêtes.
Je roule sur un plan incliné.

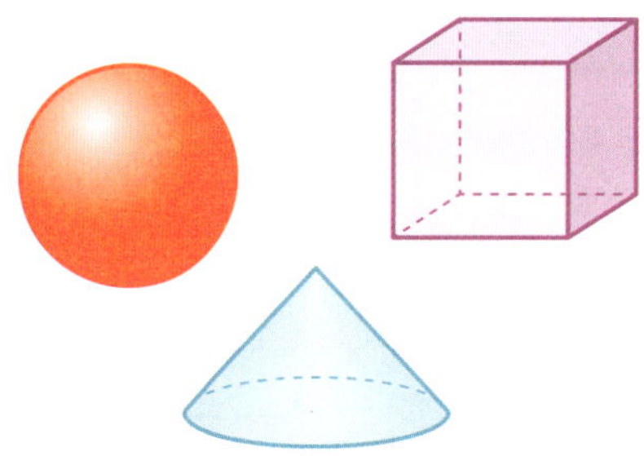

Je révise

Colorie les **triangles rectangles** et **reproduis**-les sur le papier pointé vierge.

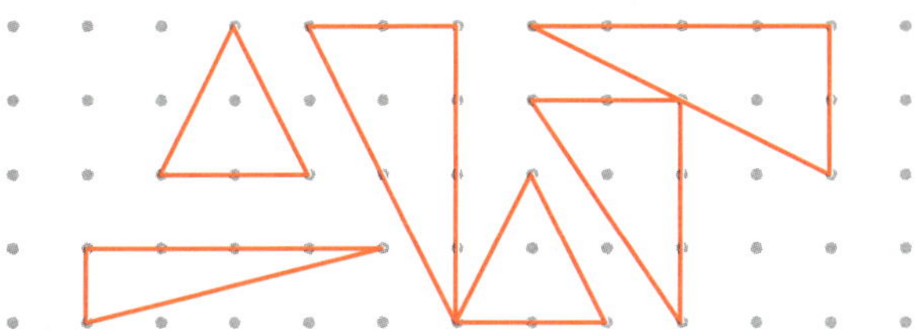

52

Reconnaître et décrire le cube et le pavé droit

CALCUL MENTAL
Diviser un multiple de 10 par 10.

APPRENTISSAGE
Sous-compétence : Distinguer le cube du pavé droit.

RÉVISION
Reconnaître et tracer un cercle.

Apprenons ensemble

Entoure en violet les cubes et en orange les pavés droits. **Barre** les intrus.

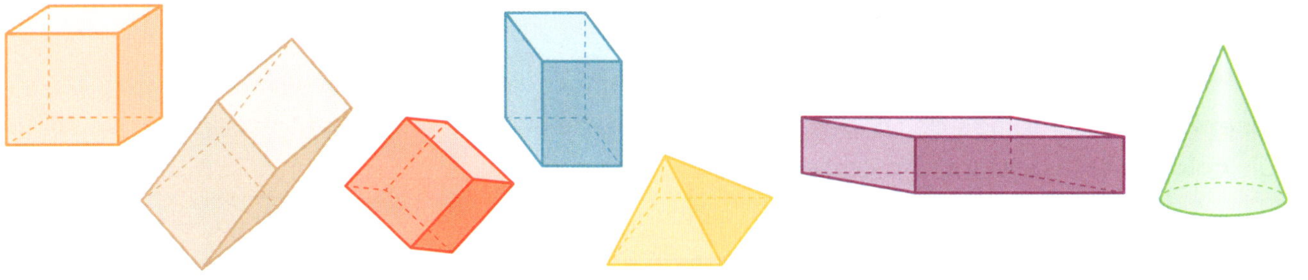

Entraînons-nous

1 **Colorie** les patrons de cubes en jaune et les patrons de pavés droits en bleu.

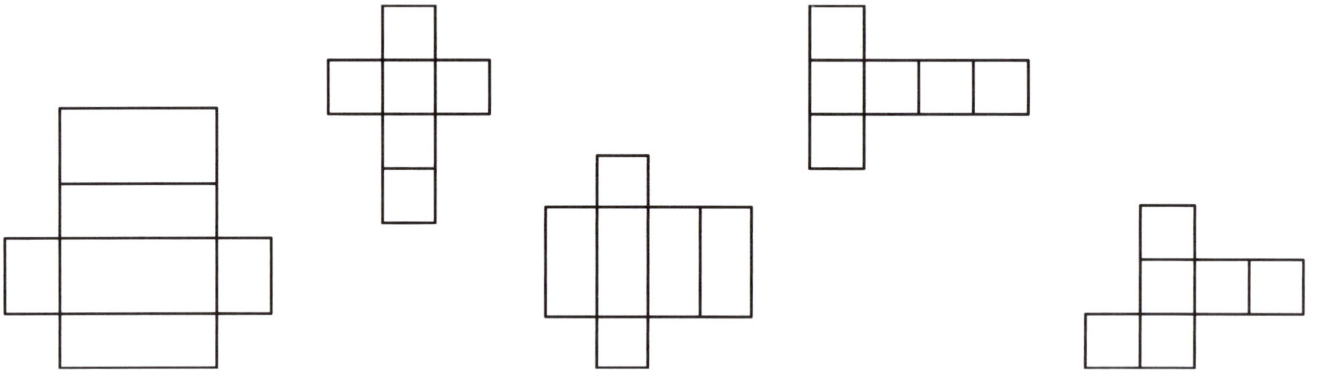

2 **Relie** chaque assemblage de cubes à son empreinte et **colorie** en bleu les 2 assemblages qui ont la même empreinte.

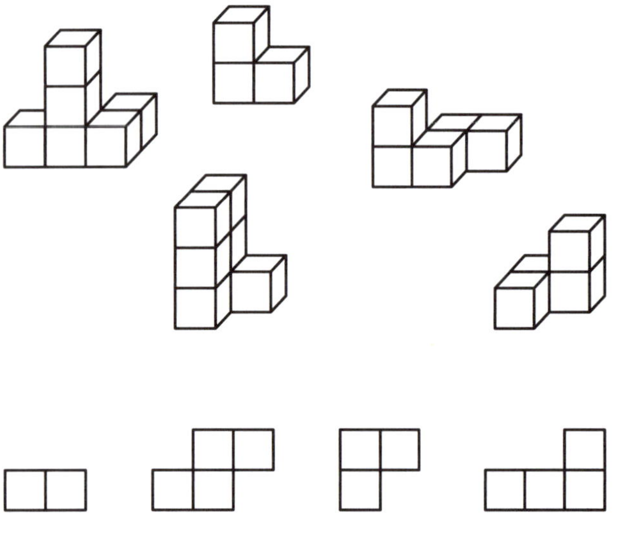

3 **Entoure** uniquement les pavés droits qui ont **2 faces carrées**.

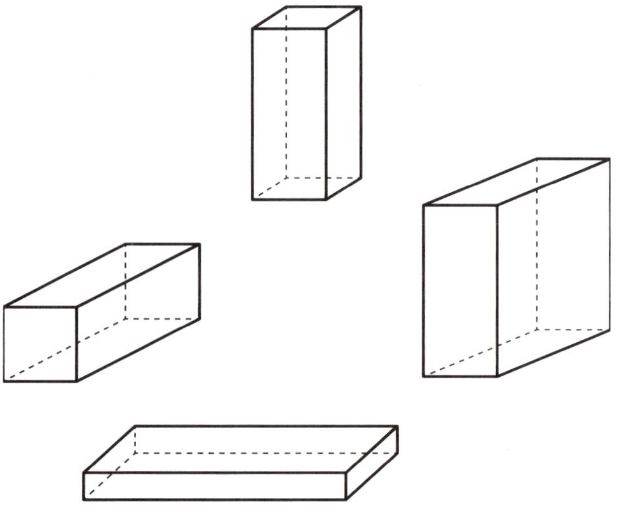

Je travaille seul(e)

4 **Relie** chaque assemblage de cubes au nombre de cubes qu'il faut pour le construire.

10 5 7 8 13

5 **Colorie** de la même couleur chaque pavé droit et son **patron**.

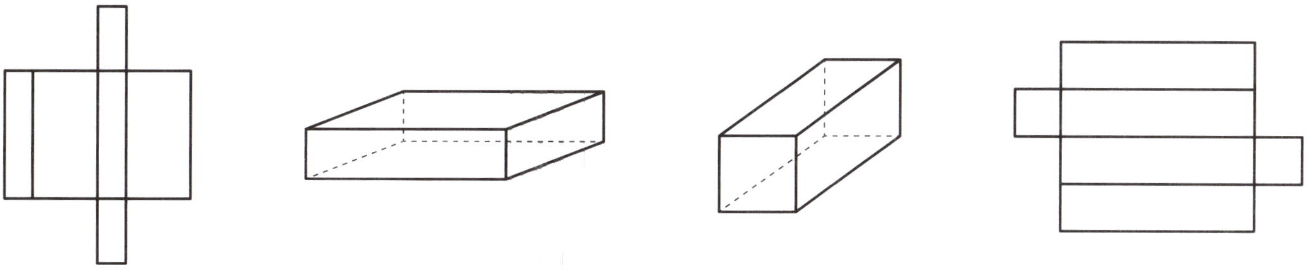

6 **Complète** le tableau.

	Nombre de faces	....	**Nombre de sommets**	....
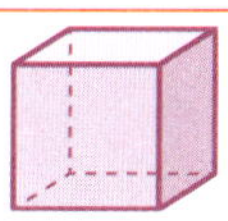	....	carrée	....	....
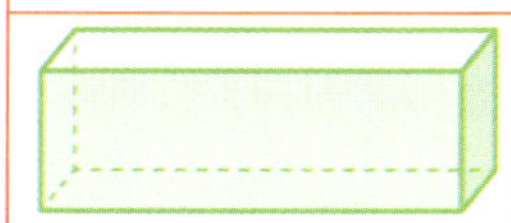	....	.... ou	....	12

Je révise

Trace les **3 cercles** de centre **A**, **B** et **C** à l'intérieur du cercle rouge en leur donnant à tous le même centre **O**.

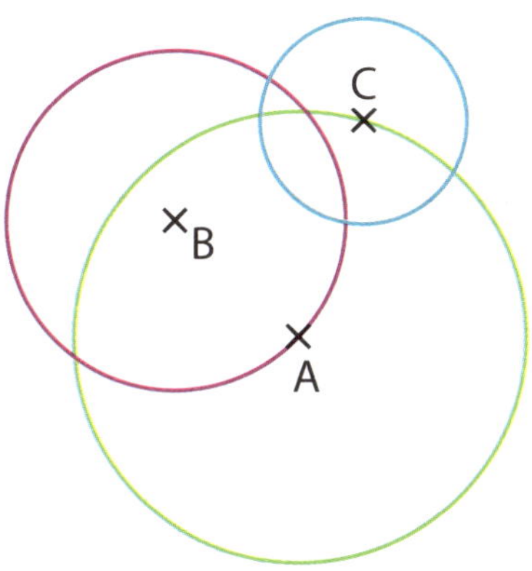

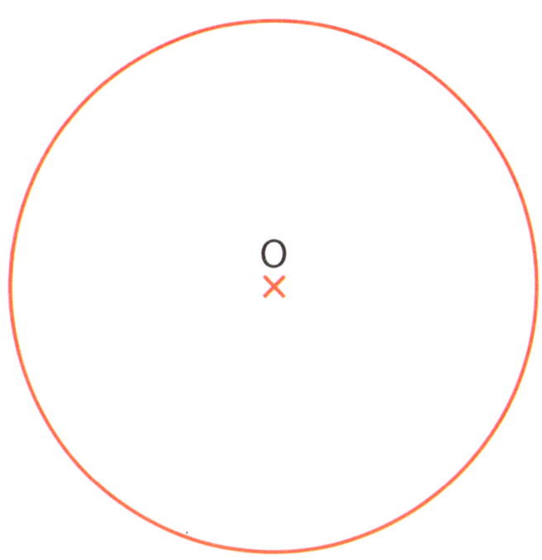

Résoudre des problèmes de construction de solides

CALCUL MENTAL
Diviser un nombre < 100 par 4.

APPRENTISSAGE
- **Sous-compétence 1 :** Construire un cube ou un pavé droit avec des bâtonnets.
- **Sous-compétence 2 :** Construire un cube ou un pavé droit à partir d'un patron.

RÉVISION
Résoudre des problèmes de construction et de reproduction de figures complexes.

Apprenons ensemble

Les amis de Misti ont voulu construire un **cube** et un **pavé droit** à l'aide de bâtonnets de bois et de pâte à modeler, mais ils se sont trompés : **barrons** et **corrigeons** leurs erreurs.

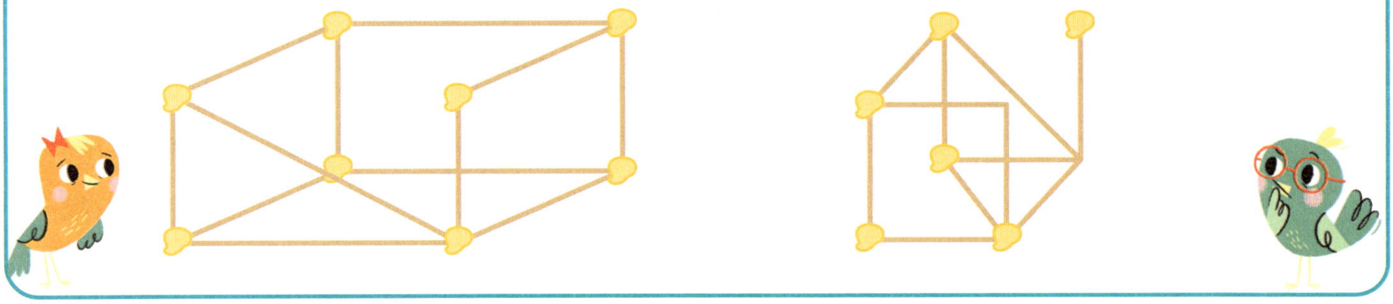

Entraînons-nous

1 **Barre** les éléments qui ne serviront pas à terminer la construction de ce **cube** et de ce **pavé droit** en bâtonnets.

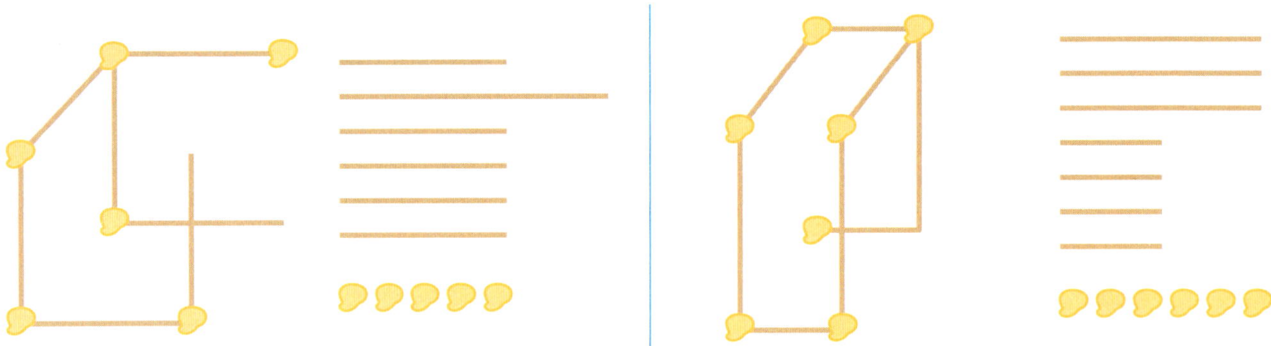

2 **Relie** le cube et le pavé droit à leur **patron**. **Colorie** en jaune les languettes à coller pour les construire.

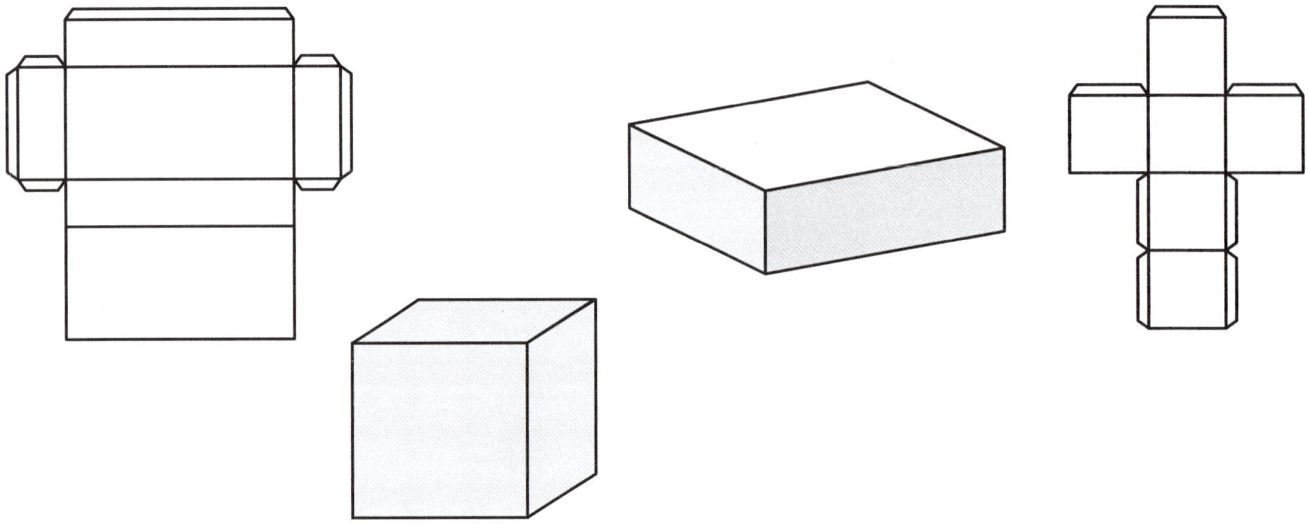

Je travaille seul(e)

3 **Termine** la construction du pavé droit et du cube en **traçant** les bâtonnets qui manquent entre les boules de pâte à modeler.

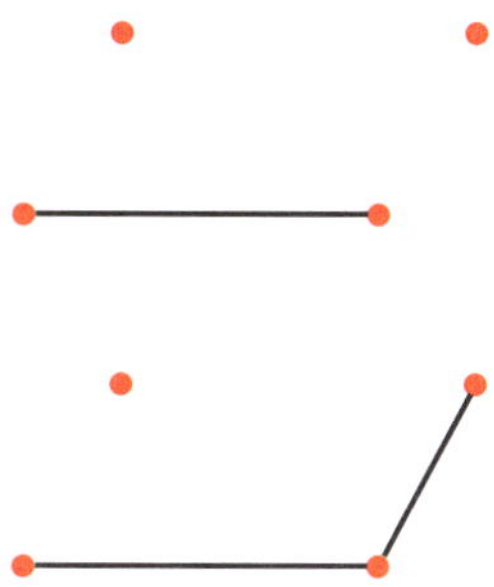

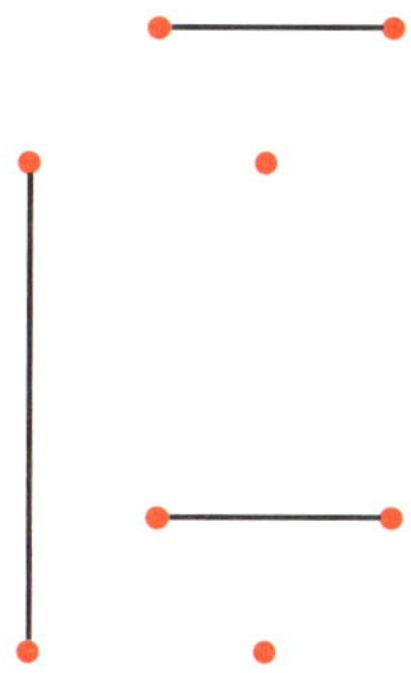

4 **Complète** les patrons du cube et du pavé droit en **traçant** les faces qui manquent.

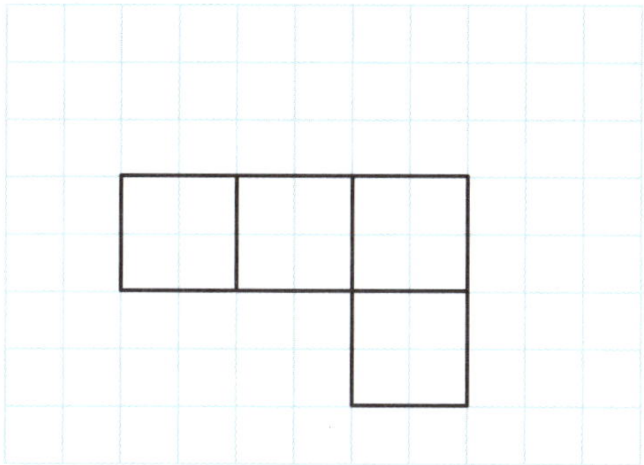

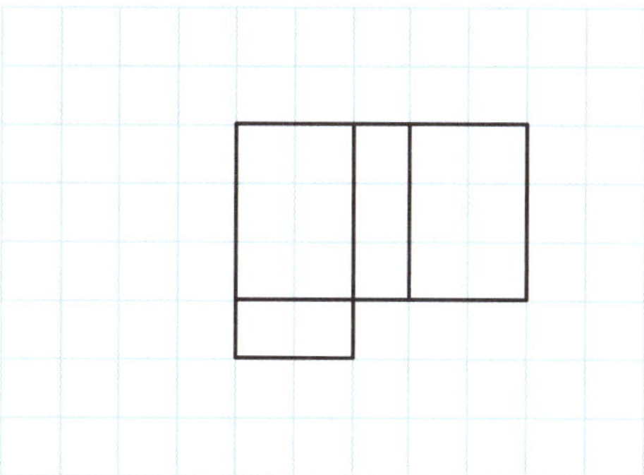

5 **Utilise** les **patrons de cube et de pavé droit** fournis à la fin de ton fichier pour **construire** ces deux solides.

Matériel E

Je révise

Trace les figures et **colorie** le dessin.

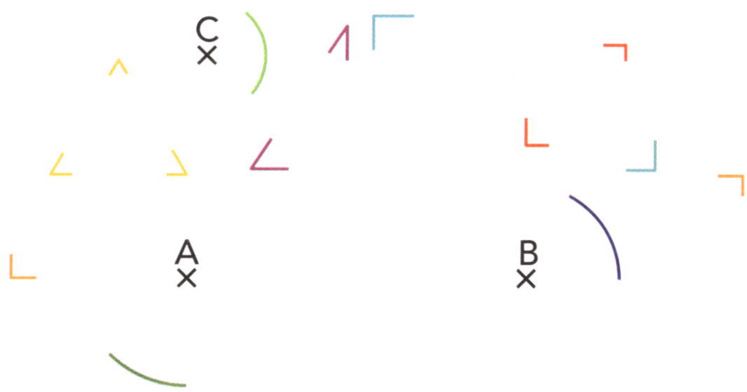

PROBLÈMES POUR APPRENDRE À CHERCHER

1 Voici **4 positions** d'un même dé. Quel dessin se trouve sur la face opposée au carré plein ?

Entoure la bonne réponse :

2 Combien faut-il de pavés droits pour construire un escalier de **10 marches**, sur le modèle de celui-ci ? **Complète**.

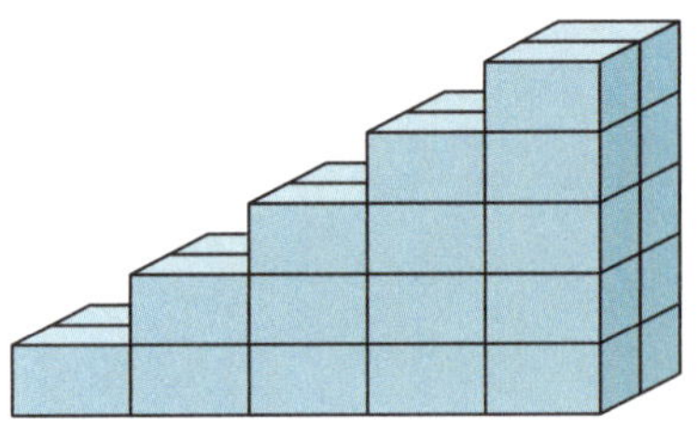

....

....

....

....

....

....

Il faut .... pavés.

3 Combien faut-il de cubes pour monter ces constructions ? **Complète**.

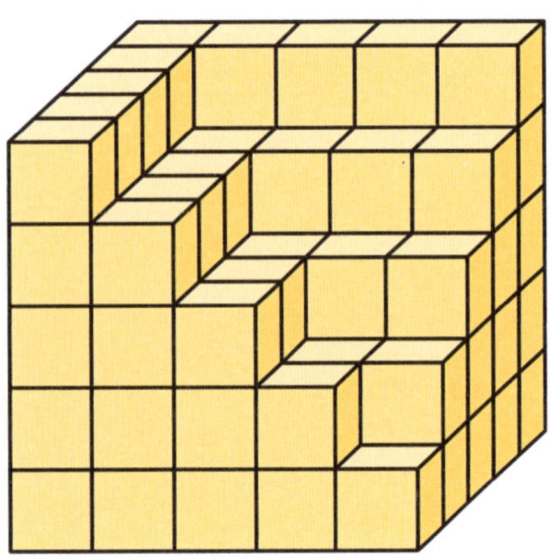

Il faut .... cubes.

Il faut .... cubes.

LES ÉNIGMATHIQUES

Vol chez les Elfes de la forêt

Un vol a eu lieu en fin de journée chez Vorondil, un armurier du village des Elfes de la forêt. 4 suspects ont été arrêtés dans la rue juste après le vol avec une grosse somme d'argent sur eux.

J'ai été attaqué au moment où j'allais fermer ma boutique. Je n'ai pas vu le visage de mon agresseur ; je sais juste qu'il était plus grand que moi. Il m'a pris toute ma recette de la semaine : 748 elfars !

Vorondil, la victime

1 Emma et Lucas comparent d'abord la taille des suspects à celle de Vorondil (179 cm).

- Laurelin mesure **17 cm de plus** que Vorondil. …….. ☐ …….. = …….. *Laurelin mesure* ☐ *cm.*
- Il manque **16 cm** à Grolardon pour mesurer 200 cm. …….. ☐ …….. = …….. *Grolardon mesure* ☐ *cm.*
- Vorondil mesure **13 cm de plus** que Trothar. …….. ☐ …….. = …….. *Trothar mesure* ☐ *cm.*
- Trothar mesure **25 cm de moins** qu'Elbrinna. …….. ☐ …….. = …….. *Elbrinna mesure* ☐ *cm.*

2 Voilà l'argent que les suspects avaient sur eux quand ils ont été arrêtés.

Nom	Monnaie	Somme totale
Laurelin	200 200 200 100 50 50 50 20 20 5 5 2 1	…………
Trothar	100 20 20 20 20 20 5 2 2 1	…………
Grolardon	200 200 200 200 10 2 2 1 1 1 1	…………
Elbrinna	200 200 200 100 100 50 20 20 5 5 5 5 5 2 1	…………

3 Emma et Lucas demandent aux 4 suspects pourquoi ils ont une grosse somme d'argent sur eux.

« Je suis la bijoutière du village. J'avais vendu ce jour-là un bracelet en émeraude à **355 elfars**, une bague en or à **95 elfars** et un collier de diamants à **453 elfars**. »

…………………………………… *Laurelin a gagné* ☐ *elfars dans la journée.*

« Je suis le trésorier du roi. Il m'a donné **959 elfars** le matin. J'ai acheté un collier pour la reine à **453 elfars** et une armure pour le roi à **296 elfars**. »

…………………………………… *Après ses achats, il reste* ☐ *elfars à Trothar.*

« Je suis le tailleur du village. J'ai fini les costumes pour un mariage : on m'a payé avec **4 billets de 200 elfars**. J'avais **58 elfars** dans ma caisse ; j'ai rendu **2 billets de 20 elfars**. »

…………………………………… *Grolardon a maintenant* ☐ *elfars.*

« Ce matin, j'avais **139 elfars** dans ma poche. J'ai acheté un bracelet à **21 elfars** pour ma marraine, à qui j'ai rendu visite. Elle m'a offert **800 elfars** pour mon anniversaire. »

…………………………………… *Elbrinna a maintenant* ☐ *elfars dans sa poche.*

4 Les suspects indiquent où ils étaient à l'heure du vol et où ils allaient quand ils ont été arrêtés.

À l'heure du vol, je fermais ma boutique en **(A,2)** et je voulais rentrer directement chez moi. Ma maison est en **(E, 2)**. J'étais **rue Faramir** quand on m'a arrêtée en **(C,2)**.

Laurelin

Trothar

Je suis sorti à **17 h** du palais avec l'argent que le roi m'a donné pour payer ses achats. Je suis d'abord passé à la **bijouterie** à **l'ouest** du village pour payer le collier de la reine, puis je suis reparti vers **l'est** en direction de **l'armurerie** Vorondil pour payer l'armure que le roi lui a commandée. Je rentrais chez moi quand on m'a arrêté !

En sortant de ma boutique en case **(A,5)**, j'ai suivi ce chemin jusqu'à la **taverne** où j'allais dîner, et j'ai été arrêté juste avant d'y entrer !

↑	↑	→	→	→	↑	↑	↑

Grolardon

J'ai passé l'après-midi chez ma marraine qui habite en **(A,1)**. Avant de rentrer chez moi, j'ai longé la rivière **de (C,1) à (C,3)**, puis j'ai traversé la rivière et marché jusqu'en **(E,3)**. J'ai tourné à droite : ma maison est en face de la taverne. Mais j'ai été arrêtée juste avant d'y entrer...

Elbrinna

Emma et Lucas savent que le voleur **est plus grand que Vorondil**, qu'il doit avoir été arrêté avec **une somme supérieure ou égale à l'argent volé**, avec **les billets et les pièces qui correspondent** à cet argent, et qu'il était **tout près de l'armurerie** à l'heure du vol. Qui est le voleur ?

Le voleur est : ....

Qui sera le maître des horloges ?

Dans le village des horlogers, le maître des horloges doit être désigné ! Il ne reste plus que 3 finalistes : Jamèzaleur, Tempo et Tiktak. Il faut maintenant les départager avec le « jeu de l'horloge ». Emma et Lucas vérifient le déroulement du jeu et désignent le nouveau maître des horloges.

Jeu de l'horloge

Matériel A

Matériel : un plateau de jeu « horloge » + un dé avec les nombres de 1 à 6.

– Le joueur place son pion sur la graduation « **Départ** », qui correspond au **12** de l'horloge.

– Le joueur lance le dé. Il avance son pion **d'heure en heure**, selon le nombre de points indiqué, **dans le sens des aiguilles** de l'horloge. Un point de dé correspond à **1 heure** (par exemple, s'il est sur la graduation 3 h 30 et fait « 1 », il passe à la graduation 4 h 30).

– Il exécute **l'action** indiquée dans la case correspondant à la graduation. S'il se trouve sur la graduation d'une heure fixe, il lit l'action indiquée sur **la case qui suit** cette graduation (par exemple, s'il arrive sur la graduation 3, il fait l'action « Recule de 3 h et quart »).

– Si le joueur se trompe dans l'action, Emma et Lucas **corrigent son erreur** et lui **ajoutent 10 min par erreur**. Ces pénalités sont ajoutées **en fin de partie** et font **avancer** le joueur sur son horloge.

– Quand le joueur arrive sur le **12** ou le dépasse **en avançant**, on **ajoute** une croix dans le **compteur de tours** à droite de l'horloge. S'il passe le 12 **en reculant**, on **barre** une croix.

– La partie se joue en **10 lancers**. Le gagnant est **celui qui ne perd pas son temps**, c'est-à-dire celui qui a avancé le moins loin, qui a le plus petit temps !

Pour les 3 candidats, Emma et Lucas notent dans le tableau les lancers de dé ainsi que les actions effectuées et, dans le compteur de tours, le nombre de tours effectués.

① Partie de Jamèzaleur

	Jet 1	Jet 2	Jet 3	Jet 4	Jet 5	Jet 6	Jet 7	Jet 8	Jet 9	Jet 10
Dé lancé	2	6	3	1	5	1	6	1	2	3
Déplacement	12 → 2	7 → 1	7 →	......	......	......	......	......	......	......
Action effectuée	2 → 7	1 → 7	......	......	......	......	......	......	......	......

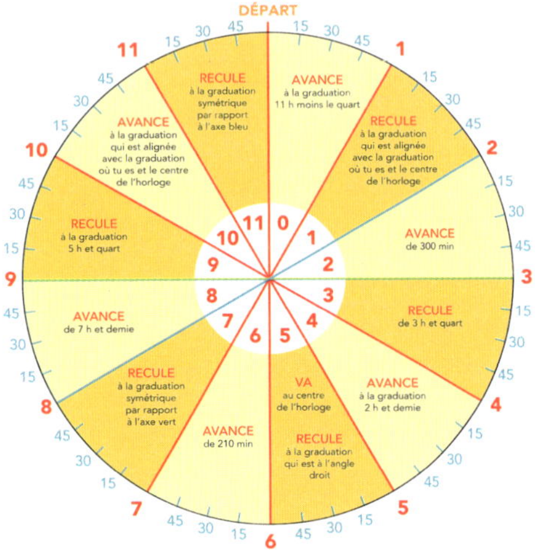

Compteur de tours
~~×~~

Jamèzaleur a fait 4 erreurs : 4 × 10 = ... min.

Emma et Lucas ajoutent donc ...... min au point d'arrivée de Jamèzaleur :

...... tours ...... h ...... min + ... min = ...

À la fin de la partie, Jamèzaleur a effectué ...... tours ...... h ...... min.

② Partie de Tiktak

	Jet 1	Jet 2	Jet 3	Jet 4	Jet 5	Jet 6	Jet 7	Jet 8	Jet 9	Jet 10
Dé lancé	⚁	⚂	⚂	⚂	⚀	⚁	⚀	⚅	⚀	⚄
Déplacement	....	....	....	....	....	....	....	....	....	....
Action effectuée	....	....	....	....	....	....	....	....	....	....

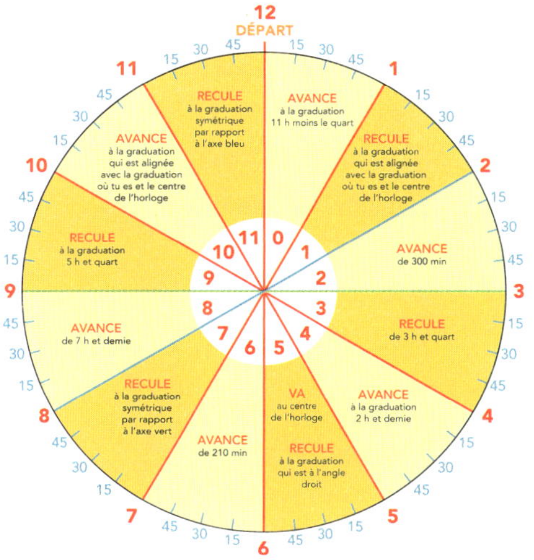

Compteur de tours

Tiktak a fait 2 erreurs : .... = ... min

Emma et Lucas ajoutent donc .... min au point d'arrivée de Tiktak :

.... tours .... h .... min + ... min = ...

À la fin de la partie, Tiktak a effectué .... tours .... h .... min.

③ Partie de Tempo

	Jet 1	Jet 2	Jet 3	Jet 4	Jet 5	Jet 6	Jet 7	Jet 8	Jet 9	Jet 10
Dé lancé	⚃	⚅	⚂	⚀	⚄	⚀	⚂	⚀	⚄	⚁
Déplacement	....	....	....	....	....	....	....	....	....	....
Action effectuée	....	....	....	....	....	....	....	....	....	....

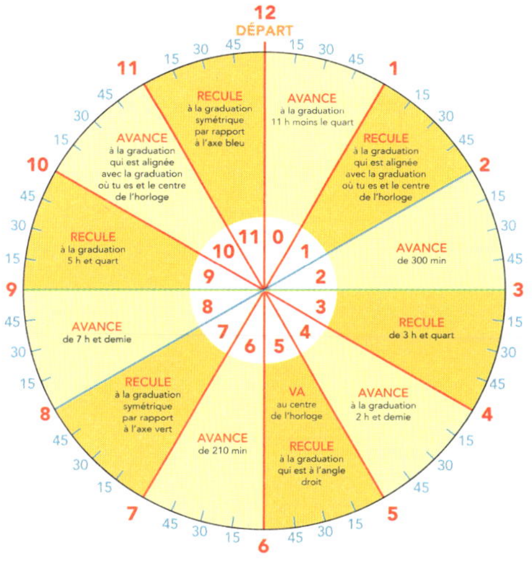

Compteur de tours

Tempo a fait 3 erreurs : .... = ... min

Emma et Lucas ajoutent donc .... min au point d'arrivée de Tempo :

.... tours .... h .... min + ... min = ...

À la fin de la partie, Tempo a effectué .... tours .... h .... min.

.... *a le plus petit temps : c'est le nouveau maître des horloges !*

Le voleur volant

Dans le centre de recherches spatiales de Kourou, on a volé les plans du futur vaisseau spatial intergalactique ! 5 suspects, venant de 5 planètes différentes de la galaxie, ont été arrêtés dans leur véhicule volant alors qu'ils sortaient du centre de recherches.
Le directeur du centre fait appel à Emma et Lucas pour trouver le coupable.

① Quelle est la voiture du voleur ?

D'après un témoin, la voiture volante du voleur est faite d'un capot avant **triangulaire**, d'un cockpit **rectangulaire**, de 2 ailes en forme de **triangles rectangles**, et d'un coffre arrière **carré**. Sur la caméra de surveillance de sortie du centre, on ne voit que la moitié des véhicules. Emma et Lucas tracent **le symétrique** des moitiés de voitures volantes de chaque suspect.

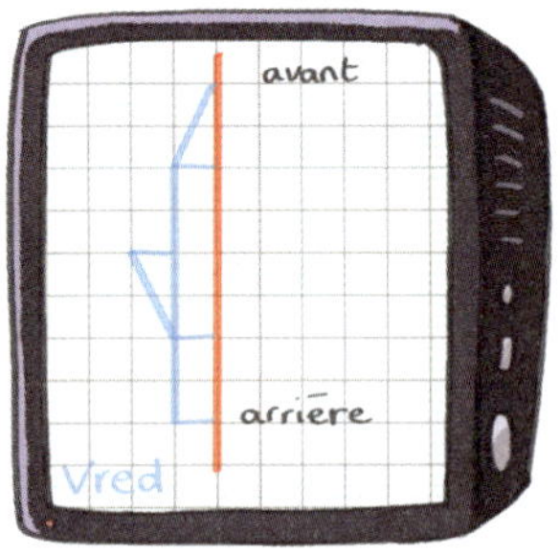

Vred

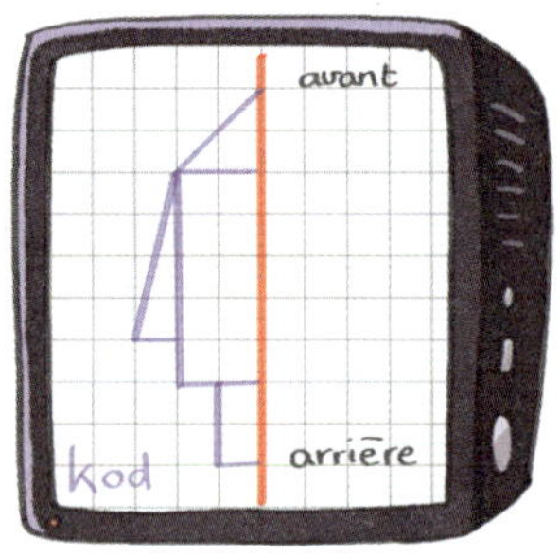

Kod

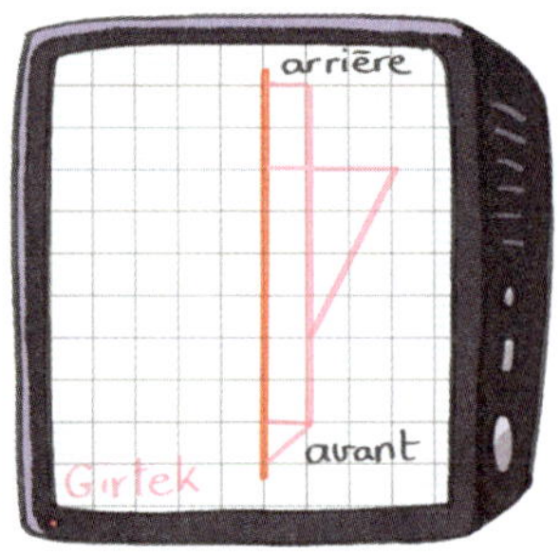

Girtek

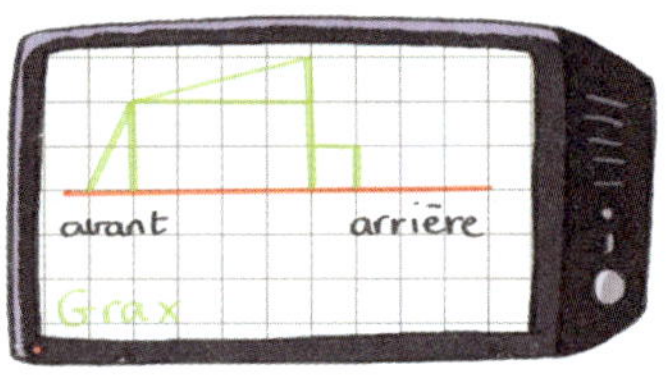

Grax

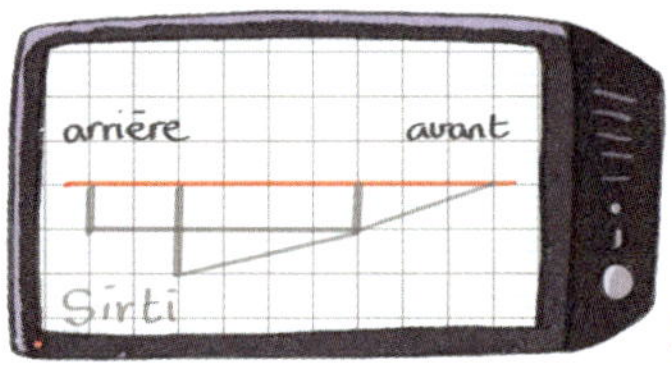

Sirti

La voiture de .... *ne correspond pas à la description : ce n'est pas le coupable.*

② Quel est l'âge du voleur ?

Lucas a trouvé un cheveu du voleur dans le bureau. En l'analysant, on sait que le voleur a un âge compris **entre 400 et 500 ans**. Les deux détectives calculent l'âge terrien des suspects, car les mesures de temps changent selon les planètes.

- Vred a **88 ans** et vient de Vénus. Il faut multiplier son âge par **5** pour avoir son âge terrien.

.... = ... *Vred a* [..........] *ans.*

- Kod a **480 ans** et vient de Pakomod. Il faut diviser son âge par **2** pour avoir son âge terrien.

.... = ... *Kod a* [..........] *ans.*

- Girtek a **57 ans** et vient de Aïtek. Il faut multiplier son âge par **8** pour avoir son âge terrien.

.... = ... *Girtek a* [..........] *ans.*

- Grax a **146 ans** et vient de Galax 6. Il faut multiplier son âge par **3** pour avoir son âge terrien.

.... = ... *Grax a* [..........] *ans.*

- Sirti a **109 ans** et vient de Tourny. Il faut multiplier son âge par **4** pour avoir son âge terrien.

.... = ... *Sirti a* [..........] *ans.*

.... *n'a pas entre 400 et 500 ans : ce n'est pas le coupable.*

3 Les suspects se trouvaient-ils au centre de recherches à l'heure du vol ?

Le vol a eu lieu à 15 h 25. Emma et Lucas demandent aux suspects ce qu'ils faisaient à l'heure du vol.

« Je travaille comme informaticien au centre de recherches **8 heures** par jour. J'ai arrêté mon travail à **21 h 15**. »

.... Vred était – n'était pas présent à l'heure du vol.

« J'avais rendez-vous avec le directeur du centre à **15 h**. Je suis arrivé à **3 h moins le quart** ; la discussion a duré **80 minutes**, puis je suis parti. »

.... Kod était – n'était pas présent à l'heure du vol.

« Je travaille comme ingénieur au centre de recherches. Je suis arrivé au centre à **10 h et quart** et j'en suis reparti **8 heures** plus tard. »

.... Girtek était – n'était pas présent à l'heure du vol.

« Je suis venu au centre pour réparer le système d'aération. Je suis arrivé à **11 h 45**. Il m'a fallu **5 heures et demie** pour effectuer la réparation, puis je suis parti. »

.... Grax était – n'était pas présent à l'heure du vol.

« Je devais passer au centre pour prendre un dossier. Je suis parti de la maison à **13 h 55**. Il m'a fallu **45 minutes** pour faire le trajet et **10 minutes** pour récupérer le dossier. »

.... Sirti était – n'était pas présent à l'heure du vol.

.... *n'était pas présent au centre à l'heure du vol : ce n'est pas le coupable.*

4 Qui avait trouvé le code du coffre-fort ?

Les plans étaient gardés dans un coffre-fort fermé grâce à un code de **2 nombres à 3 chiffres**. Les suspects avaient tous dans leur poche un agenda avec 2 nombres écrits sur la page du jour du vol.

Vred	Kod	Girtek	Grax	Sirti
462 – 817	462 – 835	462 – 718	482 – 927	264 – 918

Emma et Lucas ont seulement les informations suivantes pour identifier le bon code.

1er nombre à 3 chiffres	2nd nombre à 3 chiffres
• Le chiffre des **dizaines** est égal à **3 × 2**, et égal à la **somme** du chiffre des **centaines** et de celui des **unités**. • Le chiffre des **unités** est égal à la **moitié** du chiffre des **centaines**.	• La somme des 3 chiffres est **16**. • Si on **soustrait** le chiffre des **unités** au chiffre des **centaines**, on obtient le chiffre des **dizaines**.
Code :	**Code :** .... **ou** ....

.... *et* .... *ont écrit un code possible.*

Mais on sait que .... *n'est pas le coupable.*

Le voleur est : ....

Enlevée par Ragnard le Viking

Mercatin, l'éleveur de pigeons voyageurs du village de Vaire, a reçu un message de Sereine, la princesse de Vaire. Il le transmet aussitôt à Emma et Lucas, ses amis détectives !

Au secours, venez me délivrer !
J'ai été enlevée dans mon château de Vaire par les hommes de Ragnard le Borgne. Ils m'ont jetée dans un carrosse, et nous sommes partis en direction d'un port. Je suis maintenant emprisonnée dans une chaumière, sur une île. Je vous donne les informations que j'ai recueillies pour que vous veniez me délivrer !

- *Avant de monter sur le drakkar, j'ai entendu Ragnard le Borgne féliciter ses hommes d'avoir parcouru plus de 2 500 km si rapidement entre mon château et le port où se trouve le drakkar.*
- *Sur la carte accrochée au mur de la chambre où je suis emprisonnée, l'île est à 4 cm de Port Laroche, 0 dm 3 cm du Gosier et 26 mm de Port Datache.*
- *Sur cette île, il n'y a que 6 maisons. Celle où je suis retenue est l'assemblage d'un rectangle, d'un triangle rectangle, d'un triangle et de 2 carrés.*
- *J'ai mesuré les dimensions de ma chambre en comptant mes pas. Mon pas mesure 25 cm. La pièce mesure 20 pas de large sur 40 pas de long.*

Sereine, princesse de Vaire

1 De quel port le drakkar est-il parti ?

Sur une carte de la région, Emma et Lucas calculent la distance entre le château de Vaire et chaque port, puis complètent le tableau.

Nom du port	Port La Roche	Granterre	Le Gosier	Port Selène	Port Datache
Distance Vaire / port en km	.... + ... = ...	.... = ...	.... = ...	.... = ...	.... = ...

Le drakkar est parti de ....

2 Sur quelle île la princesse est-elle emprisonnée ?

Sur la carte, Emma et Lucas tracent 3 cercles dont le centre est le nom d'un port différent pour chaque cercle, et dont les rayons ont été indiqués dans la lettre : l'île est au croisement des 3 cercles !

La princesse Sereine est prisonnière sur l'île ....

3 Dans quelle maison la princesse est-elle emprisonnée ?

Emma et Lucas ont trouvé le plan des maisons du village. Ils cherchent les maisons qui correspondent à la description de Sereine.

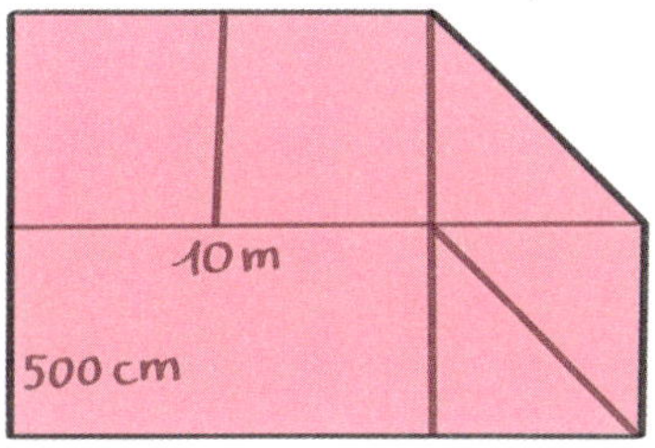

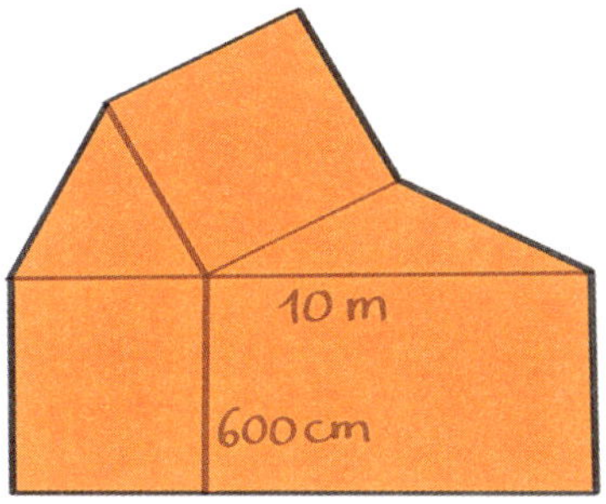

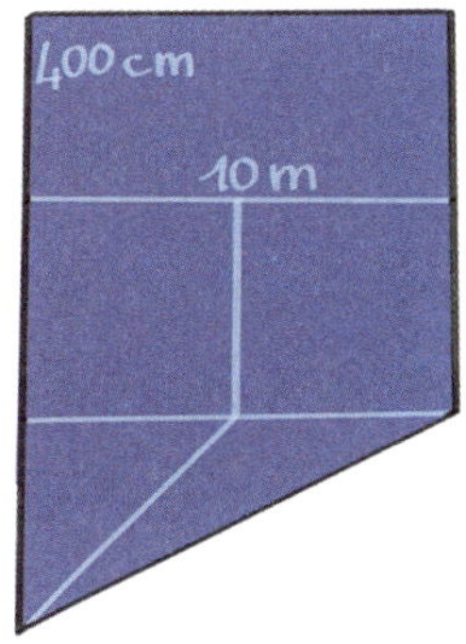

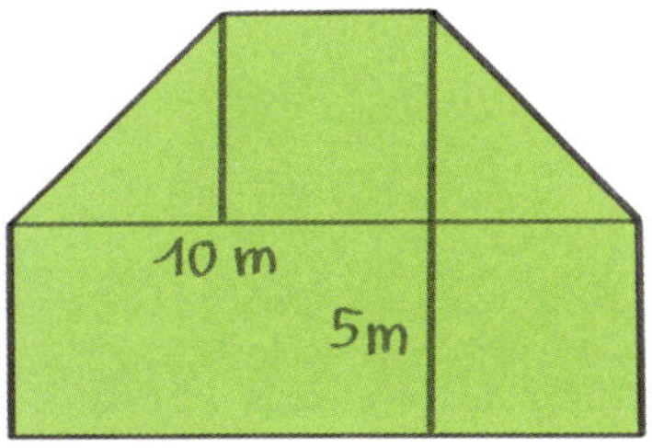

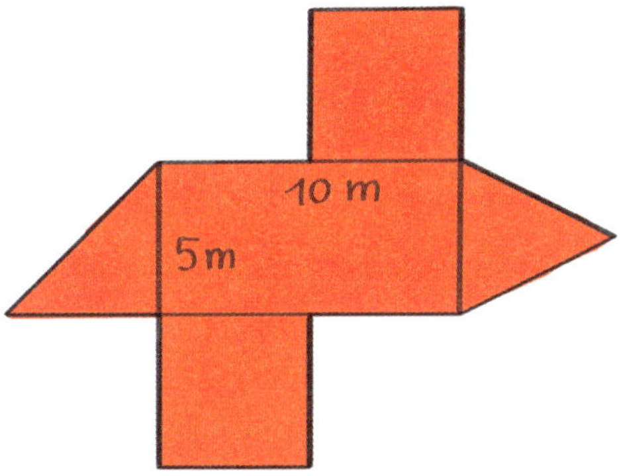

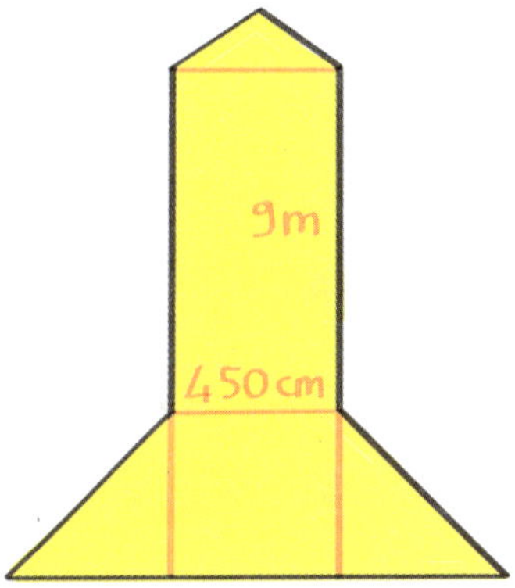

Les maisons qui correspondent à la description de Sereine sont les maisons .... et ....

Emma et Lucas calculent maintenant les dimensions de la chambre de Sereine, puis ils les comparent avec les dimensions indiquées sur le plan des maisons.

Les dimensions de la chambre de Sereine sont : .... de large sur .... de long.

Sereine est emprisonnée dans la maison ....

Un testament énigmatique !

Le vieux comte de Vairac vient de mourir. Connu pour son amour des énigmes, il a laissé un testament bien mystérieux à ses 4 héritiers ! Parmi eux, la jeune Mathilde fait appel à ses amis Emma et Lucas pour l'aider à résoudre les énigmes et ainsi partager la fortune du comte.

1 Quelle est la forme du coffre où se trouve le trésor ?

Emma et Lucas lisent le début du testament.

> Trouve dans l'armoire du grenier la forme du coffre qui contient le trésor, en tenant compte de ces informations :
> - Le coffre a au moins 2 faces.
> - Il a au moins 1 sommet.
> - Il n'a pas de face courbe.
> - Toutes ses faces ne sont pas identiques.
> - Toutes ses faces ne sont pas des quadrilatères.

Le coffre du trésor est en forme de ....

2 Quelle est la masse du contenu du coffre ?

> Calcule la masse du contenu du coffre : il contient 36 diamants identiques pesant chacun 13 g ; 88 pièces d'or pesant chacune 29 g ; 24 colliers de perles pesant chacun 127 g.

La masse du contenu du coffre est .... g.

3 Quelle est la masse de chaque coffre vide ?

> Trouve d'abord la masse de chaque coffre vide à l'aide du graphique. Complète le tableau.

Coffre	jaune	vert	orange	bleu	rouge
Masse en g	....	....	....	....	....

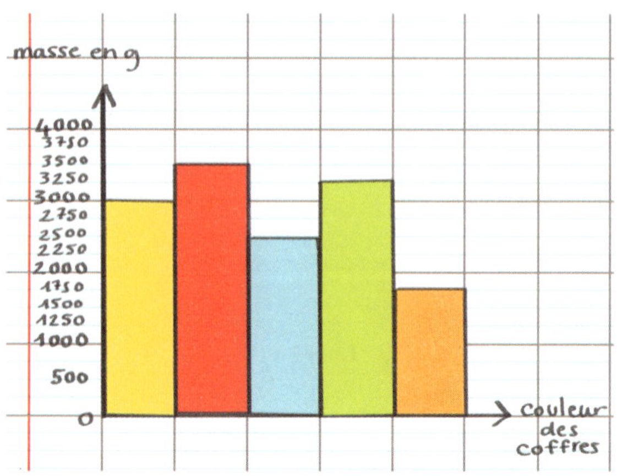

④ Quel coffre contient le trésor ?

> *Le coffre du trésor plein pèse entre 8 et 9 kg. Calcule la masse totale de chaque coffre s'il était rempli.*

- .... = ... g = ... kg .... g *Le coffre jaune pèse* [..........] *kg* [..........] *g.*
- .... = ... g = ... kg .... g *Le coffre rouge pèse* [..........] *kg* [..........] *g.*
- .... = ... g = ... kg .... g *Le coffre bleu pèse* [..........] *kg* [..........] *g.*
- .... = ... g = ... kg .... g *Le coffre vert pèse* [..........] *kg* [..........] *g.*
- .... = ... g = ... kg .... g *Le coffre orange pèse* [..........] *kg* [..........] *g.*

Le coffre du trésor est en forme de .... *et de couleur* ....

⑤ Quel est le code pour ouvrir le coffre ?

> *Le coffre est fermé par un cadenas avec un code à 4 chiffres. Pour ouvrir le cadenas, trouve le code : c'est le résultat de l'addition codée. À chaque signe correspond 1 chiffre.*

```
    ☆ ☆ △            ..... ..... .....
+   ☆ △ ◇       +    ..... ..... .....
---------       -----------------------
  ⇧ ◇ ○ △       ..... ..... ..... .....
```

△ = 4 ☆ = ... ⇧ = ...

◇ = ... ○ = ...

Le code pour ouvrir le coffre est : [..........].

⑥ Quelle partie du trésor chaque héritier recevra-t-il ?

Le coffre est maintenant ouvert ! Emma et Lucas peuvent maintenant distribuer équitablement le contenu entre les 4 héritiers du comte.

.... *Chaque héritier recevra* [..........] *diamants.*

.... *Chaque héritier recevra* [..........] *pièces d'or.*

.... *Chaque héritier recevra* [..........] *colliers de perles.*

Création des maquettes intérieure et de couverture : Violette Benilan
Mise en pages : Médiamax
Illustrations : Héloïse Bourquard, Caroline Hesnard (Énigmathiques), LanaSham / © Adobe Stock (drakkar p. 172)
Dessins techniques : STDI
Fabrication : Marc Chalmin
Édition : Manon Guilbaud
Police SG STYLO © 4 HEURES 21/11/2003

hachette s'engage pour l'environnement en réduisant l'empreinte carbone de ses livres. Celle de cet exemplaire est de :
1,200 kg éq. CO_2
Rendez-vous sur www.hachette-durable.fr

PAPIER À BASE DE FIBRES CERTIFIÉES

ISBN 978-2-01-711550-2 NUART : 73/8703/7

© Hachette Livre 2021, 58 rue Jean Bleuzen, CS 70007, 92178 Vanves Cedex

www.hachette-education.com

Tous droits de traduction, de reproduction et d'adaptation réservés pour tous pays.

Le code de la propriété intellectuelle n'autorisant, aux termes des articles L. 122-4 et 122-5, d'une part, que les « copies ou reproductions strictement réservées à l'usage privé du copiste et non destinées à une utilisation collective », et d'autre part, que « les analyses et les courtes citations » dans un but d'exemple et d'illustration, « toute représentation ou reproduction intégrale ou partielle, faite sans le consentement de l'auteur ou de ses ayants droit ou ayants cause, est illicite ».
Cette représentation ou reproduction, par quelque procédé que ce soit, sans autorisation de l'éditeur ou du Centre français de l'exploitation du droit de copie (20, rue des Grands-Augustins, 75006 Paris), constituerait donc une contrefaçon sanctionnée par les Articles 425 et suivants du Code pénal.

Imprimé en Italie par Stige S.p.A.
Dépôt légal : Février 2021 - Collection n° 95 - Édition n° 01 - 73/8703/7

Page matériel A

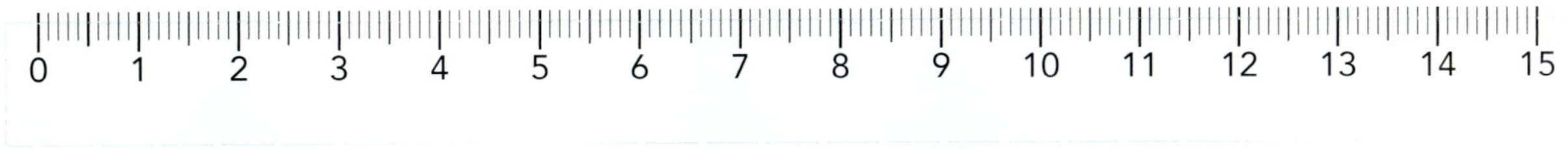

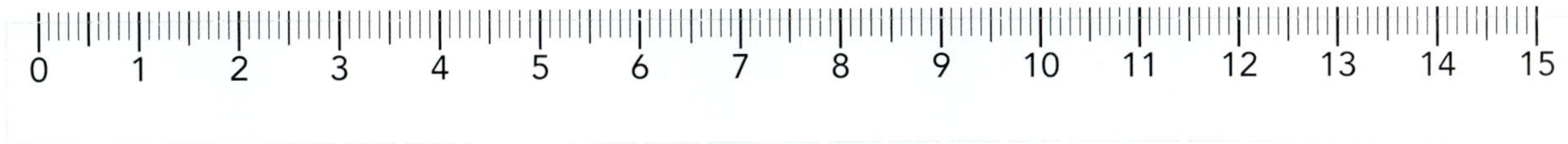

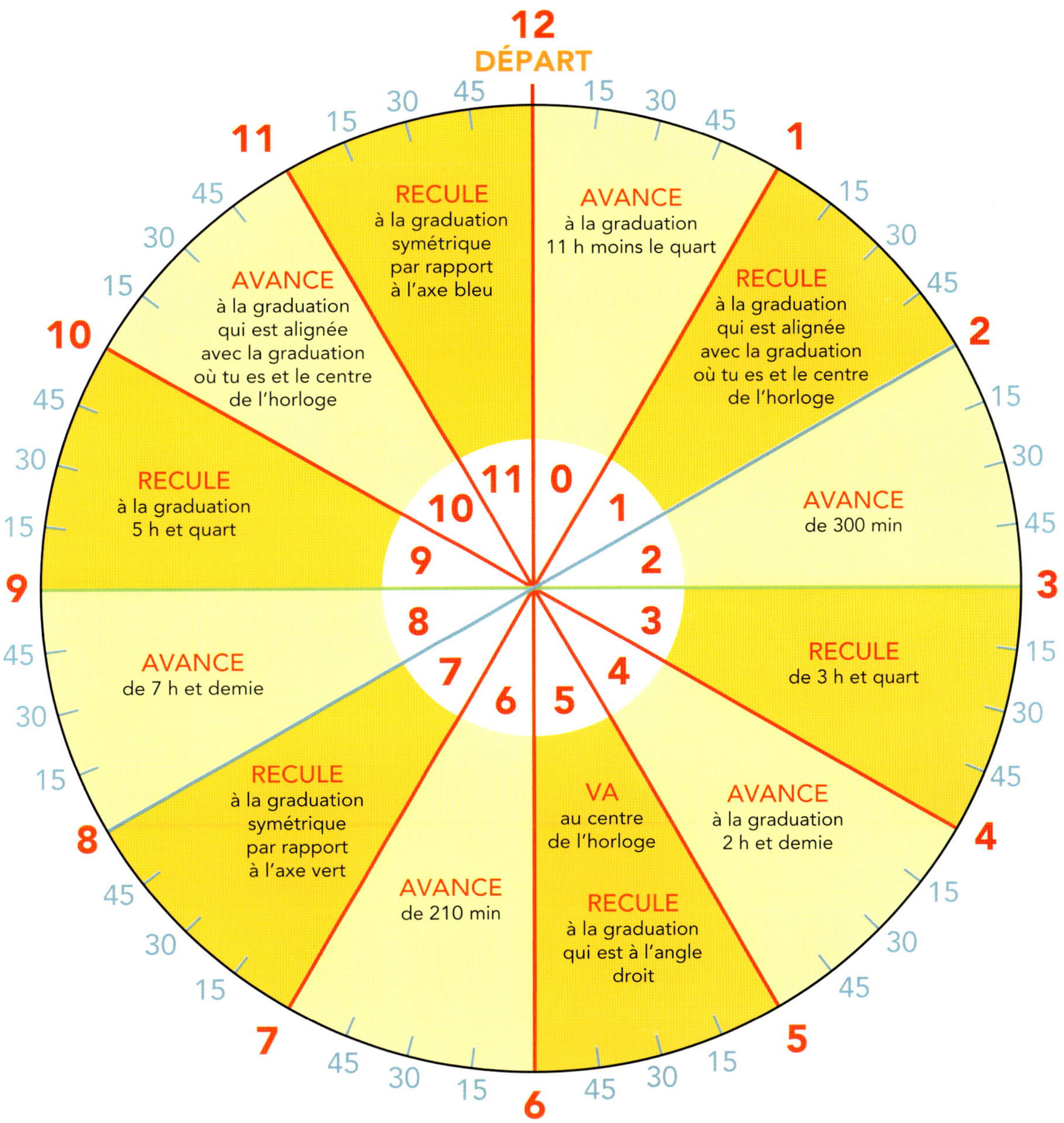

0 1 2 3 4 5 6 7 8 9 10 11 12 13 14 15

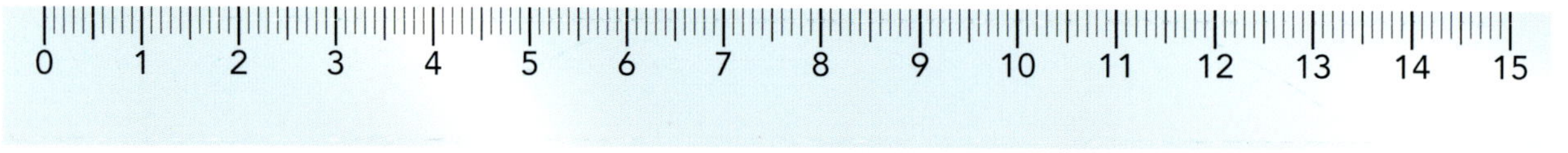
0 1 2 3 4 5 6 7 8 9 10 11 12 13 14 15

12
1
2
3
4
5
6
7
8
9
10
11

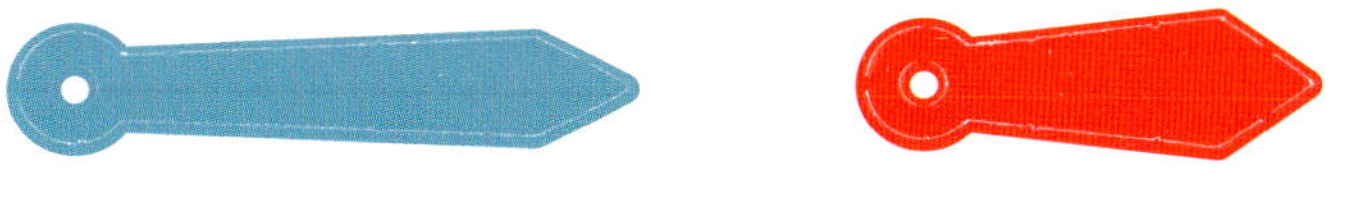

5
5
EURO
EYPO
EBPO
5
5
EURO
EYPO
EBPO
5
5
EURO
EYPO
EBPO

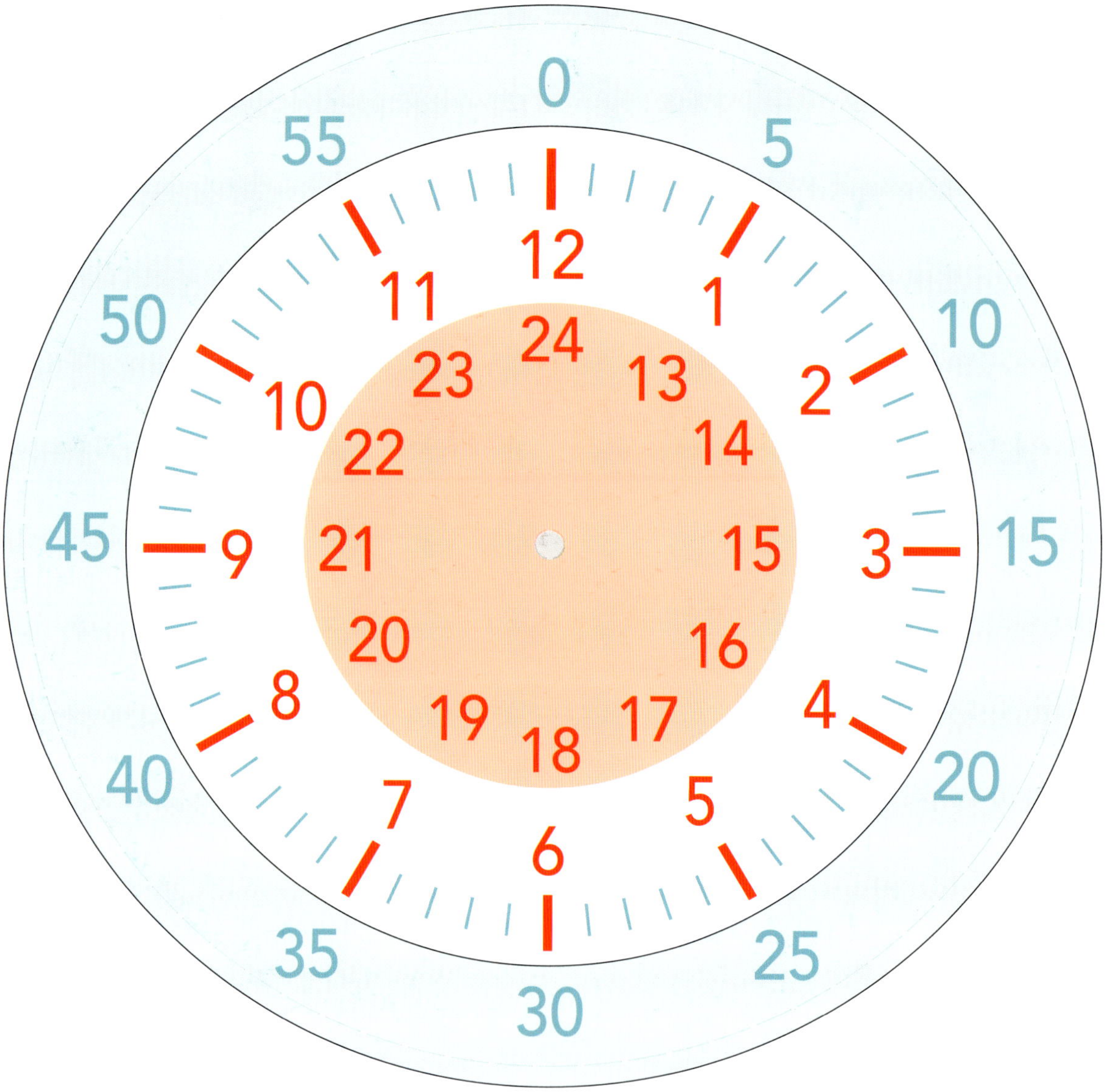
0
5
10
15
20
25
30
35
40
45
50
55
12
1
2
3
4
5
6
7
8
9
10
11
24
13
14
15
16
17
18
19
20
21
22
23

xxxxxxxxxxxxxx
5
EURO
EYPO
EBPO

xxxxxxxxxxxxxx
5
EURO
EYPO
EBPO

xxxxxxxxxxxxxx
5
EURO
EYPO
EBPO

Page matériel C

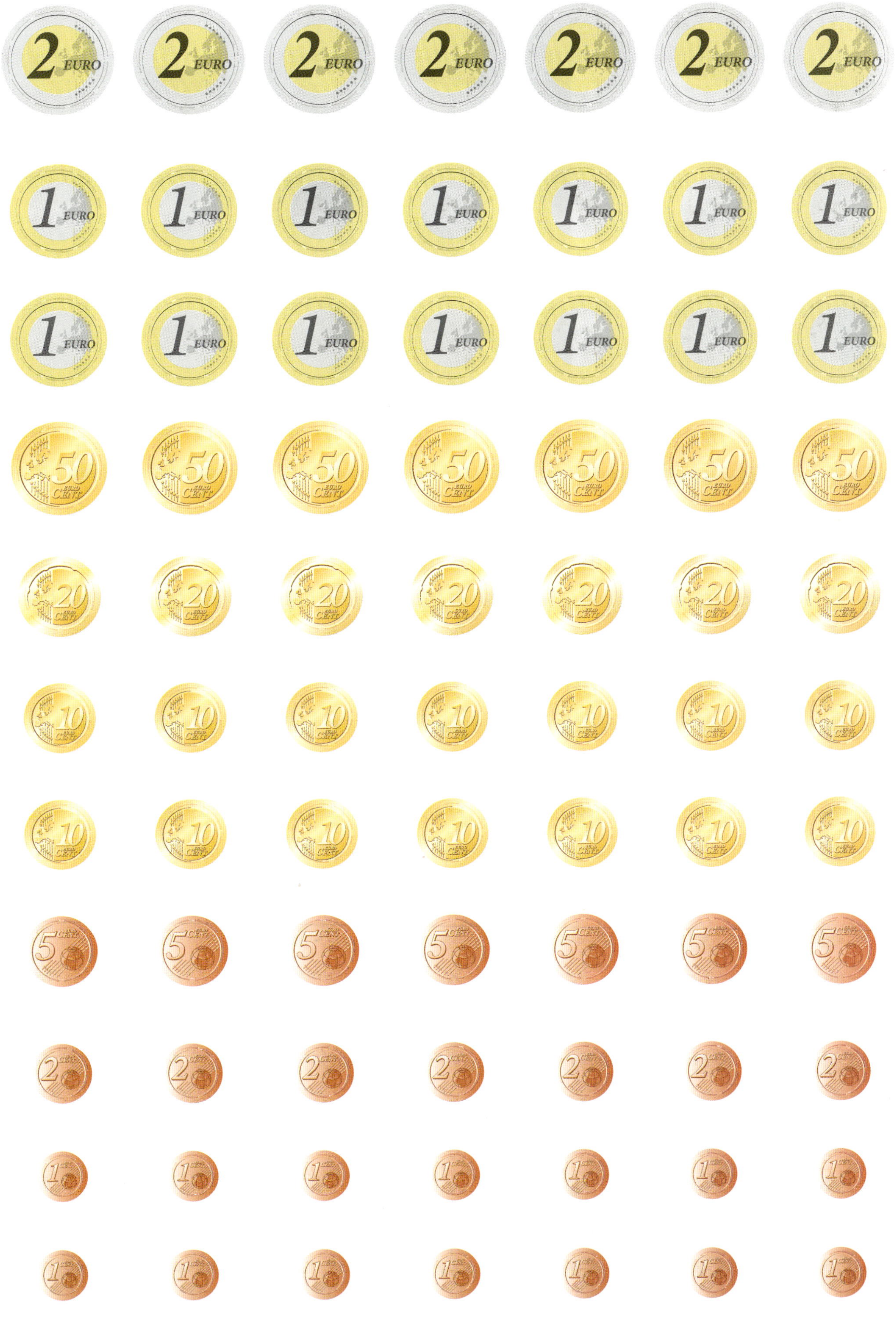

Page matériel D

€
XXXXXXXXXXXXXX
10
EURO
EYPO
EBPO

€
XXXXXXXXXXXXXX
10
EURO
EYPO
EBPO

€
XXXXXXXXXXXXXX
10
EURO
EYPO
EBPO

€
XXXXXXXXXXXXXX
10
EURO
EYPO
EBPO

€
XXXXXXXXXXXXXX
10
EURO
EYPO
EBPO

€
XXXXXXXXXXXXXX
10
EURO
EYPO
EBPO

€
XXXXXXXXXXXXXX
10
EURO
EYPO
EBPO

€
XXXXXXXXXXXXXX
10
EURO
EYPO
EBPO

€
XXXXXXXXXXXXXX
10
EURO
EYPO
EBPO

€
XXXXXXXXXXXXXX
10
EURO
EYPO
EBPO

€
XXXXXXXXXXXXXX
20
EURO
EYPO
EBPO

€
XXXXXXXXXXXXXX
20
EURO
EYPO
EBPO

€
XXXXXXXXXXXXXX
50
EURO
EYPO
EBPO

€
XXXXXXXXXXXXXX
50
EURO
EYPO
EBPO

100
100
EURO
EYPO
EBPO

200
200
EURO
EYPO
EBPO

500
500
EURO

colle
colle
colle
colle
colle
colle
colle

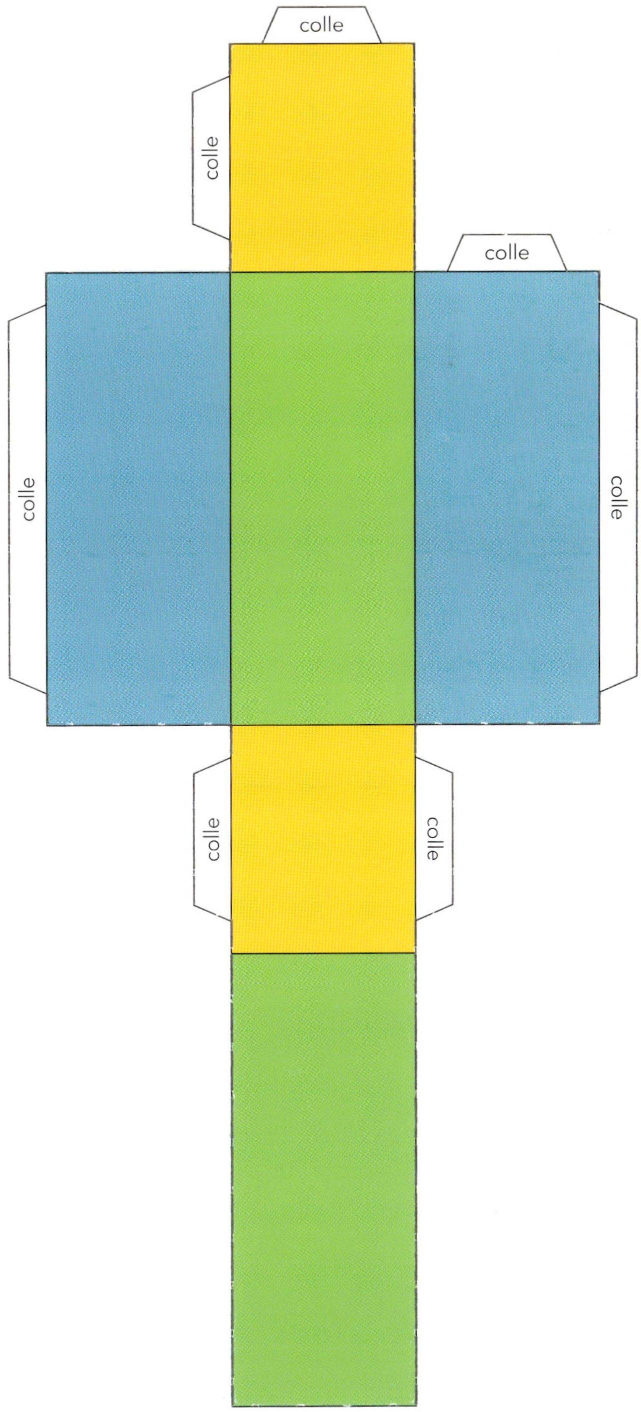
colle
colle
colle
colle
colle
colle
colle

XXXXXXXXXXXXXX
500
EURO
EYPO
EBPO

XXXXXXXXXXXXXX
200
EURO
EYPO
EBPO

XXXXXXXXXXXXXX
100
EURO
EYPO
EBPO

Page matériel F

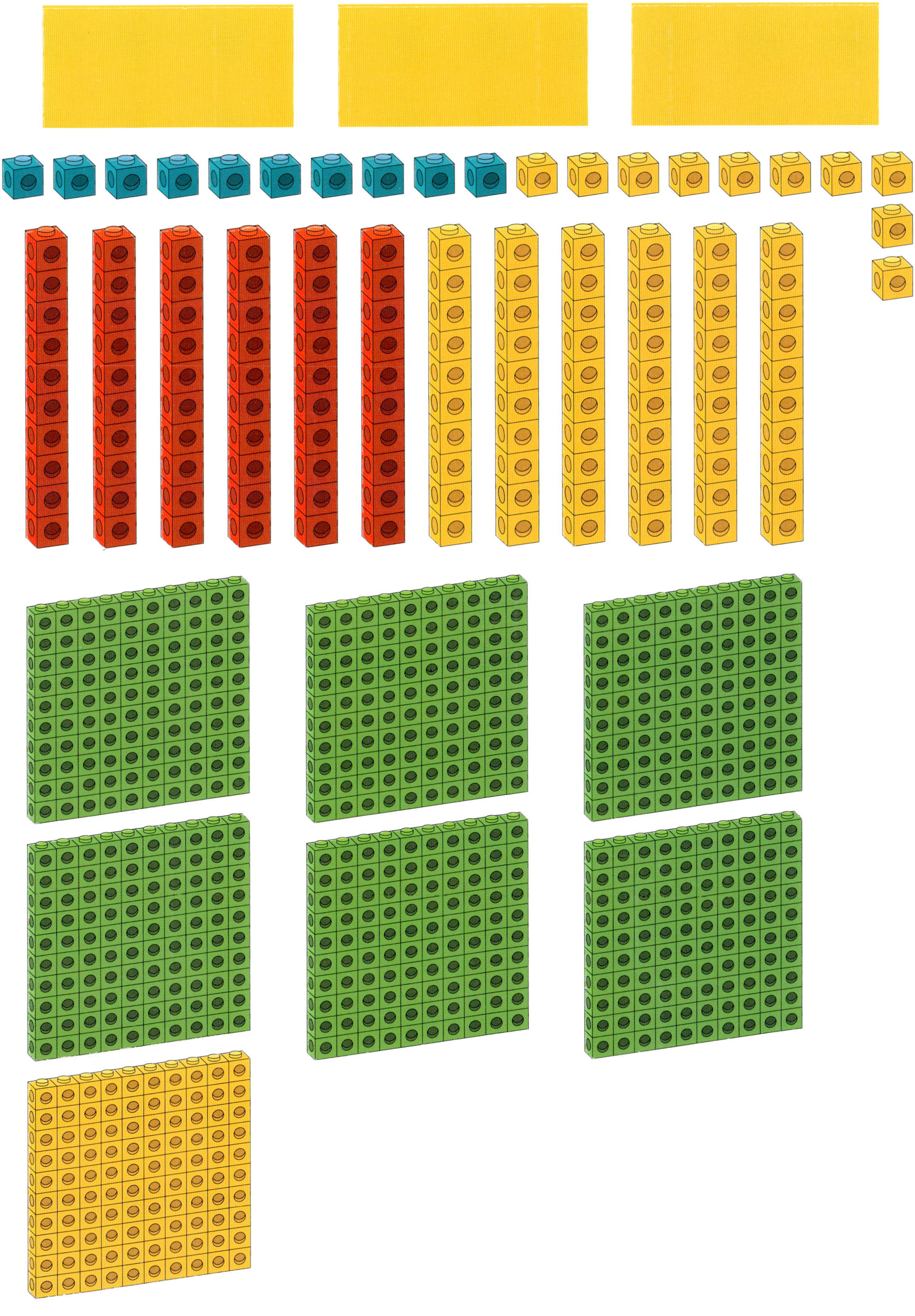

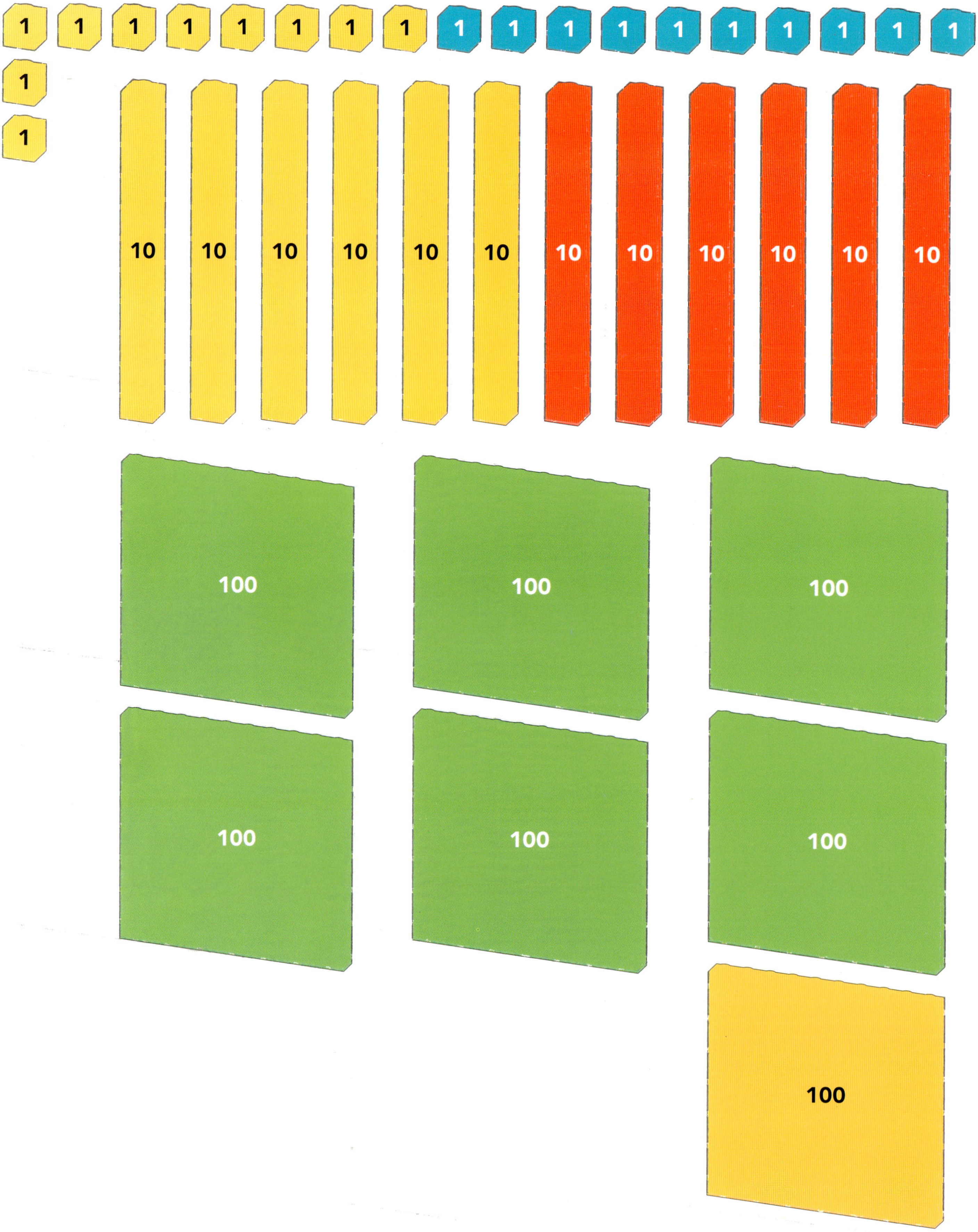
1 1 1 1 1 1 1 1 1 1 1 1 1 1 1 1 1 1
1
1
10 10 10 10 10 10 10 10 10 10 10 10
100 100 100
100 100 100
100

Page matériel G

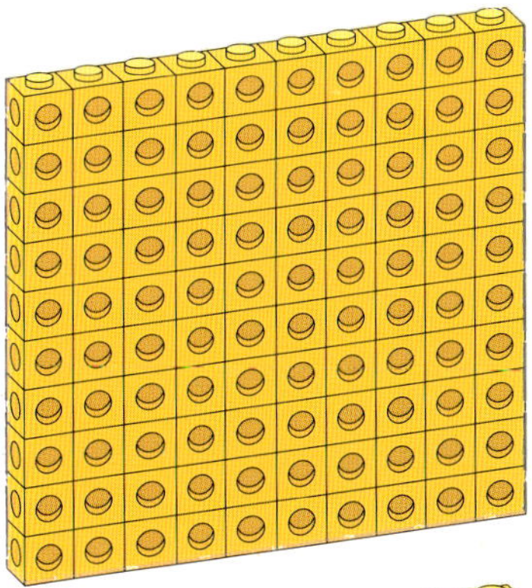
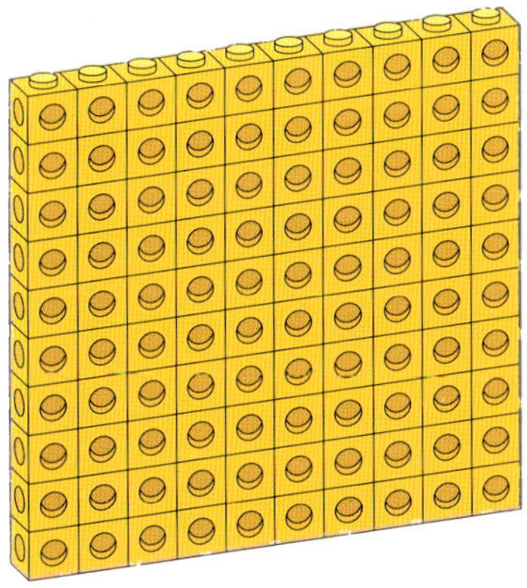
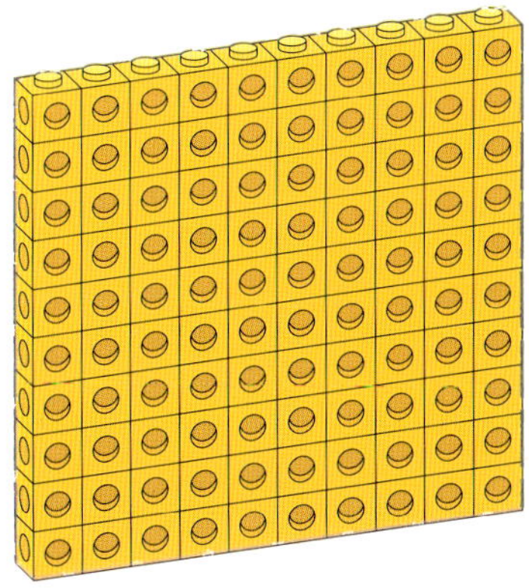
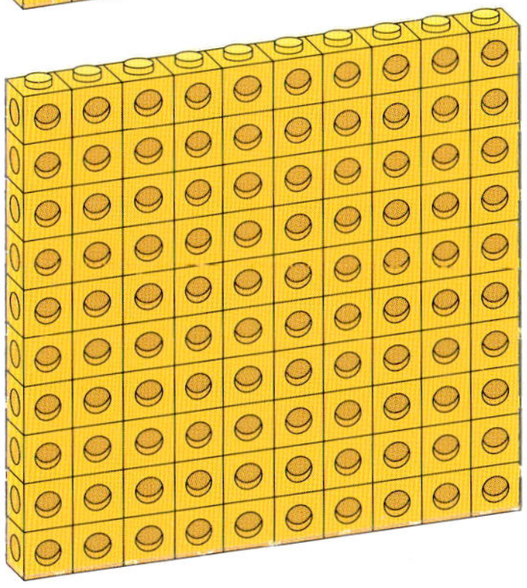
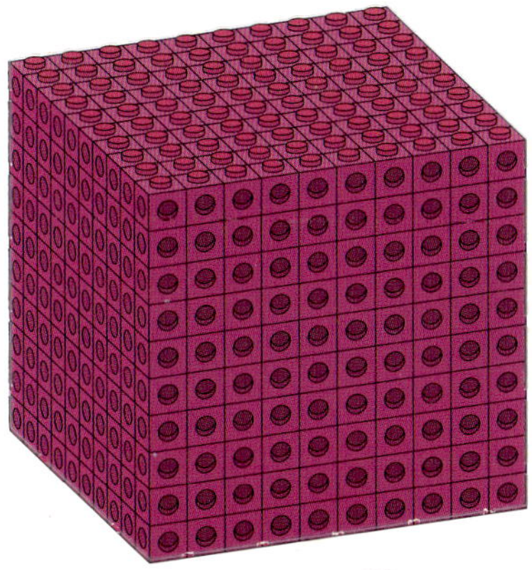
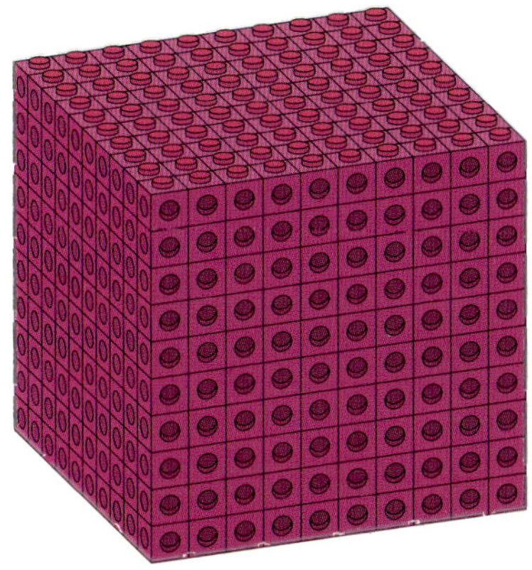
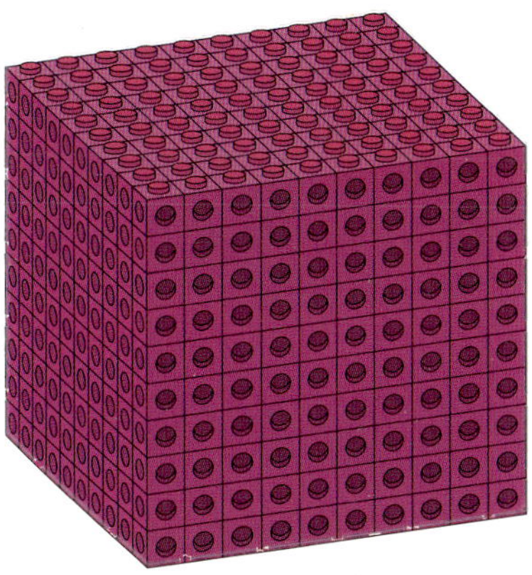
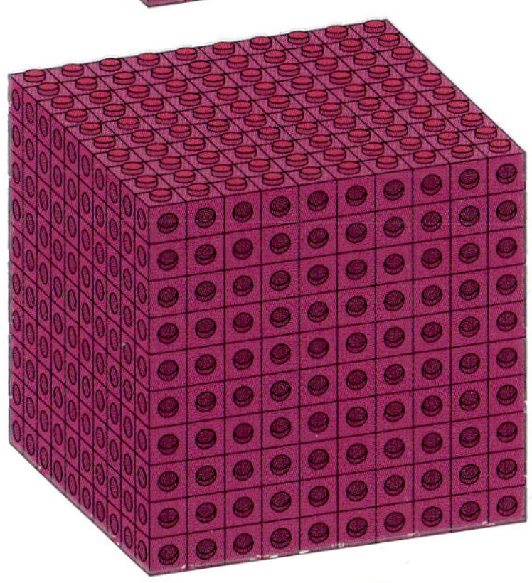
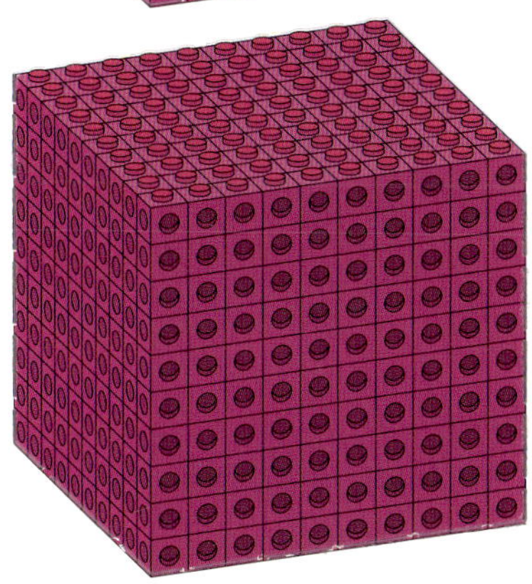
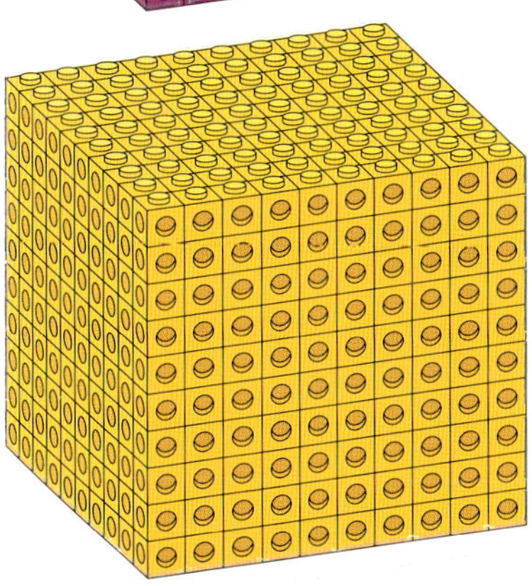
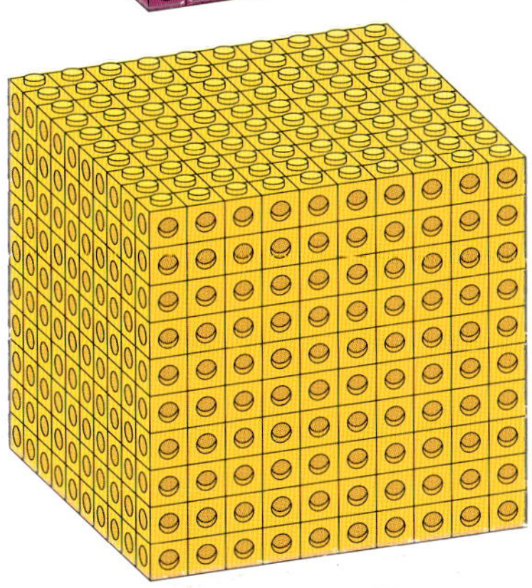
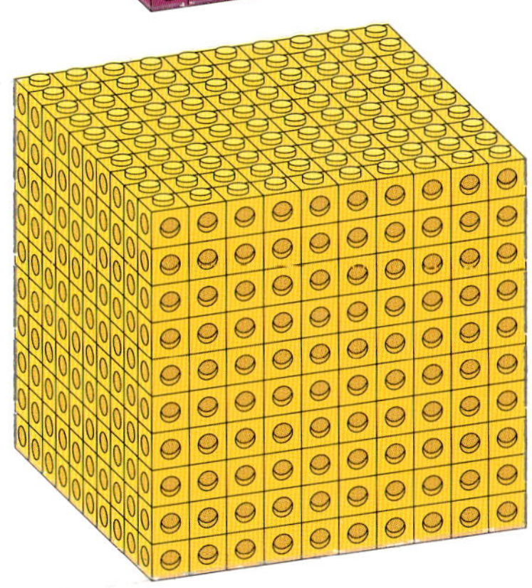
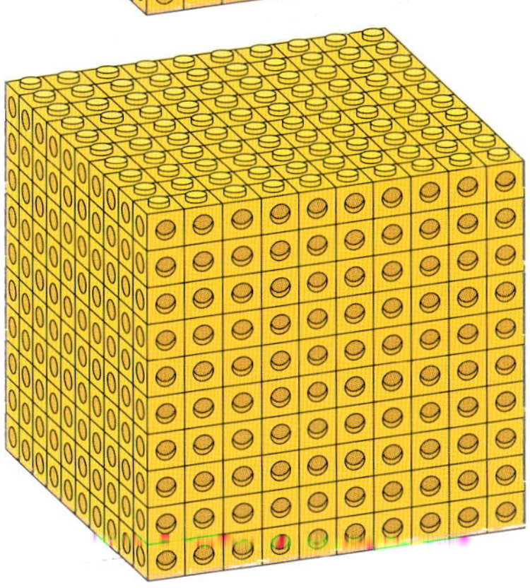
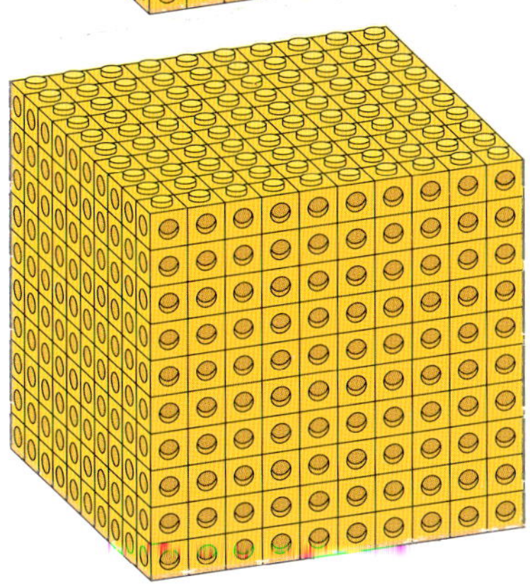

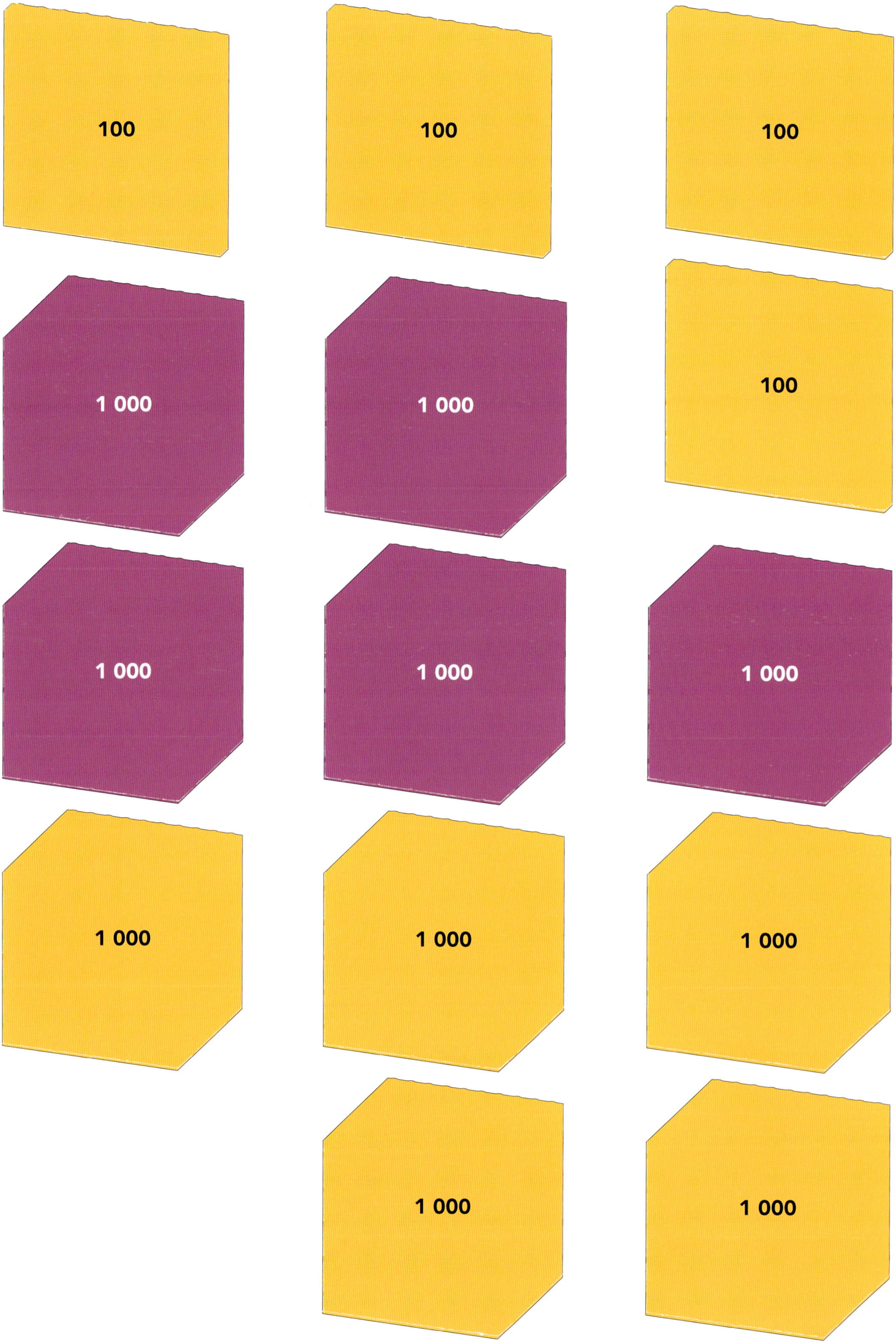
100
100
100
1 000
1 000
100
1 000
1 000
1 000
1 000
1 000
1 000
1 000
1 000

Page matériel H

....	
....	....

....	
....	....

....	
....	....

m	c	d	u
....	....	....	....

m	dm	cm	mm
....	....	....	....

L	cL	dL
....	....	....

m	c	d	u
....	....	....	....

m	dm	cm	mm
....	....	....	....

L	cL	dL
....	....	....

m	c	d	u
....	....	....	....

m	dm	cm	mm
....	....	....	....

L	cL	dL
....	....	....

m	c	d	u
....	....	....	....

m	dm	cm	mm
....	....	....	....

L	cL	dL
....	....	....